Della stessa autrice

Siracusa

Le strade
395

I edizione: giugno 2019

Via Isonzo 42, Roma

Titolo originale: *Hanging up*
Traduzione dall'inglese di Enrica Budetta

ISBN 978-88-9325-562-2

www.fazieditore.it

Delia Ephron

Avviso di chiamata

traduzione di Enrica Budetta

Fazi Editore

A mio padre, Henry Ephron
1911-1992

Uno

Ho sempre saputo che mia madre non aveva amici, perché non parlava mai al telefono. Durante la giornata, quando il telefono squillava, rispondeva la donna delle pulizie, dicendo: «Casa Mozell». Oppure mio padre, berciando: «Ci penso io». O altrimenti io e le mie sorelle ci contendevamo la cornetta strappandocela a vicenda dalle mani. Se era Georgia a rispondere e la lasciava cadere, facendola penzolare a un paio di centimetri da terra, voleva dire che la telefonata era per me. In ogni caso non era mai per mia madre.

Era mio padre a organizzare la loro vita sociale. «Venerdì vediamo gli Irving», o qualcun altro, annunciava, arrivando con un balzo nella stanza dopo aver riagganciato. La vita sociale lo eccitava. Era come un cane che tirava il guinzaglio, aspettando il momento in cui avrebbe potuto correre a una cena, a incontrare qualche amico. Mia madre se ne stava distesa sul divano a fare le parole crociate. «Venerdì vediamo gli Irving»: a volte lui era costretto a ripeterlo tre volte per attirare la sua attenzione.

Tutti i giorni, quando tornava da scuola, mia madre faceva il cruciverba del «New York Times». Eravamo la sola famiglia di mia conoscenza a Los Angeles che comprava il «New York Times» e lo compravamo perché mia madre sosteneva: «È l'unico cruciverba che valga la pena fare». Se ne stava distesa lì, la testa appoggiata su dei cuscini, i piedi coperti dai collant incrociati con compostezza, e progrediva senza incertezze dall'uno orizzontale al sessantadue verticale.

Il cruciverba sembrava essere ciò per cui viveva e fu la principale costante delle nostre vite quotidiane, fino alle lotte.

Era così che le chiamavamo io e le mie sorelle: le lotte. Come se le frequenti discussioni tra i nostri genitori fossero incontri su un ring.

Iniziarono nell'autunno del 1966, quando io ero al secondo anno alla Uni High School di West Los Angeles, la stessa scuola superiore dove mia madre insegnava letteratura: *Racconto di due città*, *La mia Antonia*, *Lo straniero*. Finiva le lezioni alle due, io non uscivo prima delle tre e mezzo e andavo in salotto per farle capire che ero a casa. Lei mi diceva sempre la stessa cosa: «Se hai fame prendi una mela», senza interrompere l'avanzata della penna sul cruciverba. Un giorno, però, quando tornai a casa, la trovai che si guardava i piedi, il cruciverba intonso appoggiato sulla pancia. Non si era tolta le scarpe, che peraltro non erano le solite décolleté marrone che portava sempre con i suoi chemisier. Erano scarpe spuntate, rosse, con il tacco alto. Mentre la osservavo sollevò una gamba e fece ruotare il piede sottile, muovendo le dita e poi ammirando il tallone scoperto attraversato da un cinturino.

«Ciao mamma», dissi.

Lei si rimise dritta e si sfilò le scarpe. «Tacco alto e cinturino sul tallone», disse. «Ti piacciono?».

«No».

«No?». Mi sorrise. «Be', a me sì». Si alzò, andò verso lo

specchio e fece un'altra cosa che non le avevo mai visto fare: si tirò su il colletto dello chemisier.

«Ti fa sembrare una scema», dissi.

Lei ignorò il mio commento, lisciandosi i capelli sopra le orecchie.

Mia madre portava i capelli scuri e ondulati corti quasi come quelli di un maschio e se li pettinava all'indietro, in uno stile che descriveva come «senza fronzoli». La sua unica concessione alla vanità, fino alla comparsa delle scarpe con i tacchi alti e il cinturino sul tallone, era stato il rossetto rosa acceso che si ripassava più o meno ogni ora.

Continuai a tenere d'occhio quelle scarpe. Scomparvero nel guardaroba per il resto della settimana, anche se i colletti rimasero alzati, e ci aggiunse anche un foulard, un affare di seta elegante che portava legato al collo con un piccolo nodo in stile western, lasciando i lembi corti a penzolare sopra la scollatura.

Poi, il sabato mattina, scoprì le carte.

Maddy, la mia sorella minore, che aveva dieci anni, era distesa sul pavimento in soggiorno e stava guardando *I Flintstones.* Io ero appollaiata sul ripiano della cucina, immersa nella prima delle mie innumerevoli ore quotidiane di conversazione telefonica con il mio ragazzo. Si chiamava Stuart, ma io lo chiamavo Sonny e lui mi chiamava Cher, perché, come Sonny e Cher, ci facevamo da spalla a vicenda. «Che fai?», mi chiedeva lui. «Chi lo vuole sapere?», era la mia risposta fulminea. Pensavamo che fosse roba forte. E comunque Georgia, più grande di me di quattro anni, era in Massachusetts, al secondo anno di università, ed era una placida mattina del fine settimana come tante altre – i miei genitori che prendevano il caffè, il vassoio girevole al centro del tavolo pieno di bagel, salmone affumicato e *cream cheese* – quando mia madre, leggendo il giornale, esclamò: «Questi taglialegna del cazzo».

La porta a vento era aperta e riuscivo a vedere i miei genitori nella sala da pranzo. Anche se ero immersa nella Stuartland, sentii il commento e mi accorsi che mio padre, che stava facendo girare il vassoio per prendere una seconda porzione di salmone, rimase immobile per un attimo.

Qualche sera più tardi, invece di andare alla sua partita settimanale di poker, la seguì in un motel e per poco non sfondò la porta.

Dopo quell'episodio iniziarono a litigare regolarmente. Sera dopo sera rivivevano il momento: l'illuminazione di mio padre durante la colazione, la rabbia e l'umiliazione di mia madre per essere stata sorpresa a letto con Tom Winston, l'insegnante di biologia, che, lo scoprimmo durante le lotte, era un membro molto attivo del Sierra Club.

Aveva i capelli rossi ed era enorme. «Un corpo grande come un letto a due piazze», affermò sinistramente Georgia quando io e Maddy portammo il telefono nel ripostiglio dell'ingresso e, accovacciandoci sotto le giacche, la chiamammo per raccontarle quanto era successo.

«L'hai avuto come insegnante?», le chiesi.

«Sì. Mi ha insegnato a dissezionare le rane. Come fa mamma ad andare a letto con uno che sa tutte quelle cose sugli organi interni?».

Maddy mi strappò il telefono di mano. «Torna a casa, Georgia».

Io lo ripresi. «Non può, Maddy. Vuoi che si faccia bocciare?».

Cercavo d'immaginare quale sarebbe stato il mio aspetto se Tom Winston fosse stato mio padre. Sarei stata grossa come uno struzzo, costretta a comprarmi i vestiti in un negozio di abiti fuori misura invece di portare la mia normalissima taglia media? Forse non avrei avuto i capelli neri con i ricci sparati in tutte le direzioni, ma ciocche disciplinate color mandarino, con un'impeccabile riga sul lato. Avrei avuto gli occhi azzurri invece che castani? Occhi azzurri con – oddio – ciglia rossastre come le sue?

Ogni giorno m'inventavo buone ragioni – che non dicevo a nessuno, se non a me stessa – per passare davanti al laboratorio di scienze. Lanciavo un'occhiata dentro, intravedendo a stento l'immagine confusa dei microscopi e del camice bianco di Tom Winston. Non vidi mai mia madre con lui (cosa che desideravo e temevo con tutta me stessa) e Tom Winston non vide mai me. Si aggirava per i corridoi come se portasse sci di fondo, disegnando falcate enormi, e se per caso c'incrociavamo non sussultava e non rallentava. Neanche il più piccolo battito di ciglia a rivelare che tra di noi c'era un legame.

Controllai il laboratorio ogni giorno per tutto il mese di giugno e poi, durante il primo giorno del mio terzo anno, ci passai davanti di nuovo furtivamente. Dov'era Tom Winston?

Aspettai la fine della lezione di francese, fingendo di metterci parecchio a raccogliere i miei libri. Quando finalmente rimasi da sola in classe con Monsieur Lecard, dissi con grande disinvoltura: «Oh», l'«oh» era importante, indicava che quel pensiero mi era appena saltato in testa, «oh, sono passata davanti al laboratorio di scienze e ho notato che c'è un nuovo insegnante. Che n'è stato del signor Winston?».

«*En français*», mi riprese Monsieur Lecard.

«*Où est Monsieur Winston?*», chiesi iniziando a sudare e pensando che mia madre sarebbe comparsa da un momento all'altro, sbucando in quel preciso istante dalla sua lezione d'inglese.

«*Il est à Big Bear*».

Big Bear? Chiamai Georgia all'università. «Si è trasferito a Big Bear. Credi che sia finita tra di loro? Dove si trova?».

«È un villaggio schifoso in mezzo alle montagne. Ci sono capitata una volta per caso mentre andavo al lago Arrowhead. C'è un bowling».

«A Los Angeles ci sono un sacco di bowling».

«Non è quello che intendevo». Avvertii il disgusto nella sua voce. «Voglio dire che non c'è nient'altro. Di sera le persone escono dalle loro casette di legno e vanno a giocare a bowling. Indovina? Mi sono fidanzata».

«Ah, auguri».

«Georgia si è fidanzata», dissi a mia madre quando rientrò dal giardino, dove stava ispezionando i cespugli di rose. Mia madre ispezionava spesso le rose dopo aver fatto le parole crociate. Poi dava istruzioni al giardiniere. Da grande mi sono chiesta come mai avesse tanto da dirgli. Io e Joe abbiamo dei cespugli di rose e l'unica cosa che facciamo è potarli e annaffiarli. Potare e annaffiare. Potare e annaffiare. Forse aveva una tresca anche con il giardiniere. «Ci chiama stasera per raccontarci tutto».

«Non durerà», disse mia madre. Aprì il mobile bar, tirò fuori una bottiglia di scotch e se ne versò un bicchiere. Erano le quattro di pomeriggio e lei si comportava come se stesse bevendo una spremuta d'arancia. Mangiando Oreo, la osservai mentre ci aggiungeva due cubetti di ghiaccio.

«Che hai da guardare?», mi chiese.

«Ehm, niente. Vuoi un Oreo?». Le allungai il pacchetto.

«Non fare l'insolente, Eve».

«Non sto facendo niente».

Mia madre divenne pensierosa, mentre spingeva giù i cubetti con un dito. Pensai che stesse pensando a me, ma poi si girò, guardò fuori dalla finestra e iniziò a sorseggiare lentamente il suo scotch, come se io non fossi neppure lì.

Non era mai stata una grande cuoca. La sua idea di cena era carne arrostita (pollo, costolette di agnello o bistecca), patate al forno e verdure surgelate Birds Eye. Ma almeno aveva l'abitudine di disporre le pietanze sui piatti da portata e di lasciar servire mio padre. In quel periodo riempiva i nostri piatti in cucina e, mentre noi mangiavamo, lei spariva in salotto e si versava altro scotch.

Io cercavo di tenere occupato mio padre. «Come va la scrittura?». Era una domanda che avevo sentito fargli da uno dei suoi amici del poker.

«Bene». Mio padre teneva lo sguardo fisso sulla porta, in direzione di mia madre.

Diedi un calcio a Maddy.

«La signorina Weber fa preferenze, dico davvero», borbottò lei. «Non vuole mettermi in prima fila nel tableau vivant dei pellegrini. Andrò a lamentarmi dal direttore».

«Non può lamentarsi per una cosa del genere, vero, papà?».

Mio padre lanciò la forchetta dall'altra parte della stanza e noi rimanemmo di sasso. Andò in salotto. E iniziarono a urlare l'uno contro l'altra.

Casa nostra, come tutte le case della strada, si trovava su una collina coperta d'edera, che digradava fino al marciapiede. Una volta, di sera molto tardi, durante le lotte, mia madre si buttò giù dai gradini dell'ingresso. Come se si stesse tuffando da un trampolino con una panciata gigantesca. Atterrò con un tonfo nell'edera e rimase lì a faccia in giù. Io e Maddy la guardammo incredule, le facce premute contro una finestra del piano di sopra, facendo cerchietti sul vetro con il fiato, le bocche spalancate. Dopo qualche minuto nostra madre si alzò e tornò dentro. Pensava che ci saremmo precipitate fuori? Oppure aveva aspettato che succedesse qualcosa, qualcosa come la morte, e poi, quando non era successo, era semplicemente rientrata in casa per urlare un altro po'?

Quando Georgia tornò a casa per Natale, io, lei e Maddy uscimmo a prendere un gelato. Ci sedemmo l'una accanto all'altra davanti al bancone – Georgia mangiando pistacchio, Maddy un ghiacciolo alla menta e io stracciatella – e raccontai a Georgia tutto del fiacco tentativo di suicidio di mamma.

«Morte per asfissia da edera». Georgia scoppiò a ridere e poi le scappò una specie di grugnito, che ci provocò un attacco di risate isteriche. Di solito era estremamente composta. Restava immobile, le braccia vicinissime al corpo e, anche se non era alta, sembrava che guardasse dall'alto in basso tutti, anche quando era seduta. Leccava il gelato in un modo squisitamente educato. Sul cono rimaneva una pallina perfettamente rotonda che diventava sempre più piccola. Non colava mai.

Io non riuscivo a starle dietro con il mio gelato. Mi si scioglieva sempre sul dorso della mano, che mi leccavo, facendone finire un po' sul mento. Una volta, mentre agitavo la mano per sottolineare chissà quale concetto, la pallina mi volò via dal cono finendo dall'altra parte della gelateria. Ho sempre parlato con le mani. Georgia riusciva a calamitare gli sguardi altrui anche solo stando seduta. Ma evidentemente io sapevo di dovermi impegnare di più per attirare l'attenzione, dal momento che qualunque cosa dicessi era accompagnato da una serie di gesticolii.

«È tutto vero», ripresi facendo il solito balletto con le mani. «Noi eravamo affacciate alla finestra. Mamma aveva addosso la sua vestaglia rosa elegante ed era a faccia in giù in mezzo all'edera».

«Forse la prossima volta s'impalerà sui cespugli di rose», disse Georgia.

«Oppure andrà in overdose da margherite».

«Lo so io, lo so io». Maddy alzò la mano.

«Sì, signorina Madeline Mozell», disse Georgia, imitando la voce da professoressa di mamma. «Ha un suggerimento da comunicare alla classe a proposito del modo in cui nostra madre, Patricia Mozell, potrebbe suicidarsi?».

«Correrà per tutto il laboratorio di scienze finché non crollerà a terra. Continuerà a girare, girare e girare».

«Come *Scarpette rosse*», disse Georgia.

«Le sue scarpette rosse?», chiesi io.

«No. È un film in cui una ragazza indossa delle scarpette da danza e non riesce a smettere di ballare, finché a un certo punto non muore».

«Pluffete», esclamò Maddy. Alzò le braccia in aria e si lasciò cadere a terra, morta. «Pluffete, pluffete, pluffete». E morì ripetutamente, in vari punti della gelateria.

Una sera, mentre mamma e papà litigavano, io e Maddy sgattaiolammo fuori di casa. Avevo appena superato l'esame per la patente e, affrontando l'autostrada per la prima volta, guidai fino all'aeroporto. «Qui fuori c'è sempre un sacco di gente che aspetta gli aerei», dissi a Maddy. «Nessuno si accorgerà di noi. Penseranno che siamo venute a prendere i nostri genitori».

Dopo circa un'ora passata a vagare da un gate all'altro, telefonammo a Georgia con una chiamata a carico del destinatario.

«Siamo in aeroporto per colpa delle lotte. Non vogliamo tornare a casa. Cosa dobbiamo fare?».

Georgia c'istruì. «Andate in un motel. Ce n'è uno grigio con le inferriate bianche all'angolo tra Sepulveda e Washington Boulevard. Non quello di fronte con il cartello che dice: "LE NOSTRE STANZE SONO IL TOP". Vi sembrerà che sia meglio, ma non è vero».

Georgia sapeva sempre darci consigli per evitare che sbagliassimo. Preveniva anche le nostre ansie. «Potete prendere una stanza usando il vostro nome, non vi faranno domande, ma ce li avete quindici dollari? È il prezzo che vi chiederanno».

«Forse è qui che mamma veniva con lui», disse Maddy dopo che avevamo fatto il check-in.

Rimanemmo piantate al centro della stanza senza sapere cosa fare, anche se c'erano soltanto due opzioni: letto o televisione. «Dobbiamo dormire vestite», dissi io.

«È sicuro qui?», chiese Maddy. Si sedette proprio sul bordo del letto guardandolo con circospezione; poi alzò lo sguardo verso di me.

«Adesso ti dico io cosa devi fare. Se hai paura, di' solo: "Auuh"».

«E che significa?». Maddy indietreggiò fino alla testiera di legno.

«Non significa niente. Auuh». Mi diressi con passo deciso verso il televisore e lo accesi.

«Auuh». Maddy spostò le coperte su cui era seduta e c'infilò sotto i piedi. «Auuh, auuh, auuh». Si distese accoccolandosi e appoggiò la testa sul cuscino.

Scivolai accanto a lei, anche se non avevamo mai dormito nello stesso letto prima di allora. «Spostati». Le diedi un calcio.

«Auuh». Me lo restituì.

Lasciammo la televisione accesa per tutta la notte.

La mattina dopo cercammo di rifare il letto esattamente come lo avevamo trovato. Le lenzuola non erano spiegazzate quasi per niente. Avevamo dormito entrambe senza mai muoverci, o almeno così sembrava, ma sistemammo e sprimacciammo i cuscini per fargli riprendere la forma di salsicciotti, e poi li coprimmo ripiegandoci sotto il copriletto, lavorando insieme e sentendoci molto professionali, una vera squadra.

«Quando scopriranno dove siamo state si sentiranno terribilmente in colpa», dissi a Maddy mentre tornavamo a casa. «E se sono arrabbiati me ne andrò per sempre». Aprii la porta d'ingresso con una manata ed entrai per prima con fare aggressivo. Maddy mi seguì tenendosi a una certa distanza e insieme perlustrammo tutta la casa fino a individuare i nostri genitori in cucina. Mio padre disse: «Ciao, avete fame?». Mia madre ci lanciò un'occhiata da dove stava spremendo le arance e continuò a spremere.

Un anno e mezzo più tardi, quando partii per andare all'università, i miei genitori mi accompagnarono in aeroporto e fingemmo tutti di essere una famiglia. Mamma mi comprò delle riviste e, davanti al gate, papà le appoggiò un braccio sulle spalle. Il volo fu annunciato e Maddy mi saltò addosso, mettendosi a cavalluccio su di me.

Ormai aveva tredici anni, era più alta di me e tutta dinoccolata. Le sue gambe non finivano mai e scomparivano nei pantaloncini larghi, come pertiche di una caserma dei pompieri che arrivano su fino al soffitto. Mi strinse le gambe intorno alla vita e le braccia intorno al collo. «Maddy, lasciami». Era come essere serrata in una morsa.

«Auuh», squittì.

Un colpo basso. Me la scrollai di dosso. «Ciao, papà. Ciao, mamma. Mi mancherete». Grossa bugia. Mi misi in fila e non mi guardai indietro.

Durante i miei primi due anni di università mia madre non mi chiamò mai. Ma mio padre sì. Nel mio dormitorio c'era un telefono a gettoni che serviva tutto il piano. Era in una cabina di legno con porte di vetro e un sedile dentro e passavo più tempo in quella cabina a parlare con mio padre di quanto non ne passasse la ragazza della porta accanto a chiacchierare con il suo fidanzato. Iniziai a prevedere le telefonate di mio padre. «Per Eve», strillava chiunque rispondesse. Io mi avvicinavo al telefono con trepidazione, afferrando la cornetta e drizzando le orecchie per capire se era una telefonata a lunga distanza. A quel tempo le telefonate a lunga distanza si potevano riconoscere dal suono. Era un suono vuoto, come quello dell'aria in una galleria. Se lo sentivo, sapevo chi poteva essere.

«Ciao, volevo solo sapere se va tutto bene», diceva lui.

«Che novità ci sono?», gli chiedevo io.

«Ieri sera abbiamo litigato. Tua madre mi manda ai pazzi».

Chiamai Georgia per lamentarmi. «Ma ci credi che non hanno ancora smesso?».

«Rinfrescami la memoria», disse Georgia, che adesso era a New York e lavorava come assistente presso la rivista «Mademoiselle».

«Cosa?».

«Mamma ha avuto una sola relazione, vero?».

«Per quanto ne sappiamo noi...».

«Be', non vorrei dire una banalità, ma non è poi chissà che».

«Magari lei non riesce a dimenticarlo, Georgia».

«Ma chi, il topo di laboratorio? Un tizio che puzza di formaldeide? Io non credo proprio. E comunque, non è nostro padre quello che inizia sempre a litigare?».

«Non esattamente. Lei beve e questo lo fa innervosire. Senza contare che è tutta colpa di mamma, perché è lei che si è trovata un amante».

«Eve, ormai ci sono centinaia di persone in questo paese che hanno matrimoni aperti, che praticano lo scambismo e tutto il resto... e lui fa tutte queste scene per una sola, minuscola storiella? Sai, quando io e Richard ci sposeremo...».

«Chi è Richard?».

«Ti piacerà un sacco. Se parla. Ma non parla mai molto in pubblico».

«E dove parla, allora?».

«Al lavoro: fa l'avvocato. Oppure con me».

«È una cosa seria o è come quando ti sei fidanzata all'università? Mamma aveva previsto che non sarebbe durata».

«È una cosa seria. Ci sposeremo di nascosto l'estate prossima. Non posso far venire i nostri genitori al matrimonio. Chissà cosa sarebbero capaci di combinare».

Passai l'estate in cui Georgia si sposò di nascosto a fare l'istruttrice in un campo estivo nel Maine. Al mio ritorno feci appena in tempo a posare i bagagli nella mia stanza al dormitorio che il telefono a gettoni squillò. Risposi io.

«Non vuole andare a scuola», annunciò mio padre. Quella era nuova: non mi aveva neanche salutato. Aveva saltato la prima parte della conversazione.

«Cosa? Vuole lasciare gli studi? Passamela, papà».

«Non Maddy, tua madre. Dice che non gliene frega un cazzo di Sydney Carton. Si è chiusa in bagno con una bottiglia di scotch». Riagganciò.

Anche quella era nuova: non mi aveva neanche salutato. Aveva saltato l'ultima parte della conversazione.

Il giorno dopo fui di nuovo io a rispondere. E sentii di nuovo il suono della telefonata a lunga distanza. Poi un pianto. Be', non proprio un pianto, ma dei singhiozzi. Enormi singhiozzi.

«Papà, cosa c'è, cos'è successo?». Chiusi la porta della cabina.

Ancora nient'altro che lunghi respiri.

«Stai bene?». Iniziai a respirare affannosamente anch'io, senza volerlo, all'unisono con lui. Vidi Joanne, la ragazza fidanzata, che avanzava lungo il corridoio per usare il telefono. I minuti passavano. Lei mi fissava, perciò non potei fare a meno di notare che stava aspettando.

«Papà».

Nessuna risposta.

Joanne usò il suo anello con il diamante per bussare alla porta. Mi rigirai per cambiare posizione sul sedile e non doverla più vedere.

«Se n'è andata», disse alla fine mio padre.

«Mamma è andata via?».

«Già».

Bene, pensai. Perfetto, se n'è andata. Grazie al cielo. Basta sbronze, basta lotte. «Papà, non preoccuparti. Sono sicura che tornerà».

«È scappata con quel pel di carota».

«Cosa?».

Riagganciò.

È scappata con quel pel di carota. È scappata con quel pel di carota. Le sue parole mi risuonavano in continuazione in testa. Joanne bussò di nuovo con il diamante contro il vetro e mi lanciò un'occhiataccia. *È scappata con quel pel di carota.* Feci la linguaccia a Joanne e spalancai la porta.

Quella notte non dormii. Il giorno dopo non riuscii a concentrarmi su niente. Avevo inventato un sistema, cinque minuti di studio e cinque minuti di fantasticherie, che mi permetteva di rivivere le pomiciate del fine settimana con il mio ragazzo, Mark. Ma mentre ero alla scrivania a cercare di studiare e poi a cercare di pensare a Mark, continuavo a tornare con il pensiero a mamma e Tom Winston. Si era logorata per lui per cinque anni oppure aveva continuato a frequentarlo di nascosto per tutto quel tempo? S'incontravano alle varie uscite dell'autostrada che da Westwood arrivava fino a Big Bear oppure avevano un luogo di ritrovo preferito, una stanza preferita? Lui la teneva immobilizzata sul letto come teneva immobilizzate quelle ranocchiette quando le apriva in due?

«È per te», strillò Joanne. «Telefono».

Forse è mamma. Forse sta chiamando per dirmi dov'è.

Presi la cornetta e, tenendola lontana dalla testa, rimasi fuori dalla cabina ad ascoltare. Eccolo di nuovo, ma sommesso, il suono della telefonata a lunga distanza, insieme a rumore, clacson, traffico. «Pronto?».

«Evie?».

Mi attaccai la cornetta all'orecchio. «Maddy, dove sei?».

«A Malibu. In un parcheggio. Indovina? Vado a vivere con Isaac».

«Che stai dicendo? Non puoi andare a vivere con Isaac. Hai soltanto quindici anni. E la scuola?».

«Non sono costretta a vivere a casa per andare a scuola. Oddio, sapevo che lo avresti detto». Le sue parole diventarono un piagnucolio. «Lasciami in pace, d'accordo? Non sei tu a dover vivere con una persona che sbevazza dalla mattina alla sera».

«Ma pensavo che mamma se ne fosse andata. Papà mi ha chiamato ieri sera. Ha detto che era andata via».

Adesso stava piangendo sul serio. Grossi singhiozzi. Un pianto inconsolabile da adolescente. «Non mamma, idiota. Papà. Senti, starò da Isaac. Lui non ha il telefono. Ciao».

Papà? Ma che cosa stava dicendo?

Due

La porta non è chiusa dall'interno, un'assistente l'apre e Angie entra spingendo mio padre. Questo posto non è vecchio, è soltanto malridotto. L'intonaco dei muri è tutto graffiato, probabilmente per colpa delle sedie a rotelle. Le cornici di legno intorno a porte e finestre – un particolare pensato per scaldare l'ambiente, che esprime cura e voglia di fare le cose per bene – sono bucherellate e la finitura color noce è tutta segnata e scorticata. «UCLA – PSICHIATRIA GERIATRICA»: le parole sono stampate con discrezione su una targa di plastica rettangolare accanto alla porta, che l'assistente richiude dietro di noi.

La sedia a rotelle stride sul linoleum mentre percorriamo il corridoio. Superiamo dapprima una vecchia cabina del telefono incassata nel muro – è quasi identica a quella del mio dormitorio all'università di tanti anni fa –, poi una sala piena di file di sedie. Sedie assortite dai colori assortiti, ma perlopiù hanno gambe e braccioli di metallo, con sedute di vinile imbottito e imbottiture di vinile sui braccioli. Su alcune di esse sono sedute persone anziane, davanti a un televisore, che è acceso. Proprio di fronte c'è una cosa che inizierò a chiamare la gabbia. È un ufficio che ha una piccola apertura munita di una grata protettiva, come davanti agli sportelli bancari nei quartieri pericolosi. Le infermiere sono lì. È chiuso da vetrate laterali in modo che loro possano vedere quello che succede nelle stanze dei pazienti che le circondano.

Mio padre si gira per guardare Angie. Girarsi è un grande sforzo per lui, perché è molto grasso. Occupa tutto lo spazio della sedia e, quando si volta, la camicia si tende fino quasi a strapparsi. «Cosa ci fa qui Claire?», mugugna.

«Non sono Claire. Sono Angie».

«Conosci Angie», intervengo. «Lavora alla casa di riposo dove vivi tu. Mi sta aiutando a portarti qui».

Angie lo spinge in una sala da pranzo. Un tizio di una certa età con gli occhiali e una donna, entrambi in camice bianco, entrano nella sala chiudendo la porta dietro di noi.

La donna si presenta. «Sono la dottoressa Kelly», dice. Sembra la cheerleader di una scuola superiore. Incredibilmente giovane e atletica. «Lui è Rob Bateson».

«Sono l'assistente sociale», aggiunge Bateson, cordiale. «Che ne dite di sederci?». Indica il tavolo di formica più vicino.

Angie spinge mio padre fino al tavolo e poi indietreggia, aspettando noi.

«Io mi siedo vicino a mio padre», annuncio. È un'affermazione inutile. Da quando mia madre se n'è andata di casa, quasi venticinque anni fa, io e le mie sorelle abbiamo fatto a turno a chiamare i medici per lui, farlo ricoverare nei manicomi, farlo disintossicare, comprargli i vestiti. E quando più di una di noi è presente, facciamo a turno addirittura per sederci vicino a lui. Oggi però al reparto di psichiatria geriatrica della UCLA, l'ultima prigione di mio padre, ci sono soltanto io.

Sento un gridolino e vedo la dottoressa Kelly che sussulta, lancia un'occhiataccia a mio padre e poi si ricompone. Si alliscia la parte di dietro dei pantaloni, dove evidentemente lui le ha appena dato un pizzicotto, poi prende una sedia, si siede e sorride calma.

Mi consolo dicendomi che tra mezz'ora sarò fuori di qui. È un trucco che mi ha insegnato mio figlio, il modo in cui riesce a sopportare le lezioni che detesta.

Iniziano a fare delle domande a mio padre. Come si chiama? «Lou Mozell». Anni? «Trentanove», risponde.

«Ottantuno», dico io, sorridendo.

Dov'è nato? «Nel Bronx». Università?

«Harvard», risponde mio padre. «Mi sono laureato con lode». Trascrivono tutto questo diligentemente.

«In che mese siamo?». Mio padre non ne ha idea. «Che giorno della settimana è?». Alza lo sguardo verso il soffitto, osservandolo come se ci fosse qualcosa da decifrare.

«Sentite», intervengo. «Tutto questo è ridicolo. Mio padre vive in una casa di riposo. Lì le giornate sono tutte uguali. Come fa a sapere se è lunedì o mercoledì? E poi siamo a Los Angeles. Qui il cielo è sempre azzurro. Anch'io la metà delle volte non so in che mese siamo».

«Queste domande sono state testate», dice la dottoressa Kelly con una punta d'irritazione nella voce.

«Be', sono assurde».

Nel frattempo mio padre si rifiuta di parlare.

«Vuole scrivere il suo nome, signor Mozell?». Gli allunga una penna e il suo bloc-notes.

Lui esegue.

«Potrebbe scrivere una frase intera?».

Fa anche questo. La dottoressa mi mostra il bloc-notes. Ha scritto: «È troppo tardi».

Oh, wow. Ho davvero questa reazione idiota da liceale. Oh, wow. Pesante. E, nella mia testa, sono già al telefono con le mie sorelle. «"È troppo tardi". Ecco cosa ha scritto. Vi rendete conto?».

«Adesso le mostriamo la sua stanza, d'accordo?», dice la dottoressa Kelly a mio padre.

«Mi lasci qui?», mi chiede lui. Le sue mani, che finora erano rimaste languidamente appoggiate alle ginocchia, si alzano all'improvviso stringendo i braccioli della sedia a rotelle.

«Starai qui per un paio di settimane». Forse di più, ma non lo dico. «Hai dei problemi di memoria, papà. Devi fare qualche accertamento».

«Stronza che non sei altro. Tu e Claire. Mi avete già rinchiuso qui dentro in passato. Siete in combutta». Cerca di darmi uno schiaffo, ma siccome sono lontana mi manca di parecchio.

«Questa non è Claire, è Angie, e tu non sei mai stato qui prima d'ora». Lo dico a bassa voce, ma sento che sto arrossendo.

Angie scatta in avanti. «Ci penso io». Gira la sedia a rotelle. «La porto nella sua stanza, signor Mozell», annuncia, mentre Rob Bateson si precipita ad aprire loro la porta. «Stronza», grida mio padre mentre lei lo spinge fuori e Bateson richiude la porta dietro di loro. Scende il silenzio. Un momento di cordoglio per gli scomparsi.

«Mio padre non è andato a Harvard».

La dottoressa ride e poi cancella immediatamente la risposta dal questionario. «Dov'è andato?».

«È andato a… vediamo, come si chiama quell'università, sapete, no, è a New York, ma qual è, ah…».

«Columbia?», suggerisce Bateson.

«No, no, è a downtown».

Bateson e Kelly si scambiano un'occhiata, sconcertati. La dottoressa Kelly si arrotola persino una ciocca dei lunghi capelli biondi su un dito mentre ci pensa su. «New York University», suggerisce con qualche esitazione.

«Quella. È andato alla NYU. Non riesco a credere che non me lo ricordassi. Ma so che è maggio e che siamo tra il quattordici e il venti del mese, giusto?».

Non ride nessuno. Bateson si allunga verso di me sul tavolo. «Lei è molto legata a suo padre?», mi chiede.

Odio questa domanda. Non li riguarda. Quello che li riguarda è scoprire che cosa c'è che non va stavolta nel suo cervello. Quello che li riguarda è aggiustare il dosaggio delle sue medicine per farlo funzionare. Ha solo bisogno di una nuova terapia. È già andato fuori di testa in passato. Gli è successo un sacco di volte. Risponderò a questa domanda spassionatamente. Mostrerò loro che un interrogatorio sui sentimenti che provo per mio padre non fa scattare proprio niente in me. «Mi occupo di mio padre, ma non sono legata a lui», rispondo con fermezza. Sorrido per mostrare che questa risposta fredda non è solo vera, ma anche facile da dare.

* * *

«Ha scritto: "È troppo tardi". Ti rendi conto?».

«Veramente», dice Georgia.

È impossibile descrivere l'affetto che Georgia prova per la parola "veramente". L'accarezza. La carica di molteplici significati: sorpresa, incredulità, a volte disgusto, sospetto, piacere, forse anche emozione, oltre che curiosità. Tutti espressi senza troppa veemenza. "Veramente" le appartiene. Anche "verosimilmente", perché sa enfatizzarla alla perfezione.

«Credi che verosimilmente nostro padre intendesse dire ciò che ha scritto?», mi chiede.

«Vuoi dire se si può avere una lesione cerebrale ed essere cosmici allo stesso tempo? Io credo di sì».

«Ma che cosa intendeva davvero con quella frase? Troppo tardi per cosa?».

Mi rendo conto che ignoro che cosa intendesse. «Per essere aiutato, immagino. È troppo tardi perché lo si possa aiutare, no? Ma potrebbe essere troppo tardi anche perché cambi qualcosa o perché succeda qualcosa o magari è solo… troppo tardi».

Lei non dice niente. Suppongo che stia riflettendo su tutto questo, ma forse sta solo correggendo un articolo al computer mentre parla con me al telefono. A volte Georgia si spegne nel bel mezzo di una conversazione: inizia a fare qualche altra cosa o a pensare a qualche altra cosa. Devo faticare per avere di nuovo la sua attenzione.

«Ha dato un pizzicotto alla dottoressa Kelly. Sul sedere».

«Veramente», dice Georgia.

Maddy fa un urletto quando le racconto del pizzicotto. «Che spasso».

«Non è stato uno spasso, credimi. Tu non c'eri».

«Sei stata tu a dirmi che potevo partire. Mi hai detto che lo avresti portato tu a… com'è che si chiama questo posto?».

«Reparto di psichiatria geriatrica della UCLA».

«È tipo un ospedale?».

«In realtà assomiglia di più a un manicomio. Diciamo che è a metà tra le due cose. E comunque non fa niente se non ci sei».

«Sono le mie uniche vacanze. Lavoriamo dieci ore al giorno, cinque giorni a settimana».

«Maddy, non c'è problema».

Lei però è partita in quarta. «Lavoriamo cinquantadue settimane all'anno, Eve. Cinquantadue settimane!». Prendo in considerazione l'idea di appoggiare la cornetta sul tavolo. Se lasci Maddy nel bel mezzo di una conversazione e ritorni qualche minuto più tardi, di solito ti ritrovi allo stesso punto. Succede la stessa identica cosa se guardi la soap opera in cui recita e poi ricominci a guardarla dopo due settimane. «L'unico motivo per cui posso andare in vacanza adesso è che in questo momento Juliana dovrebbe essere alle Bahamas, così il suo capo può andare a letto con la stagista».

«Chi è Juliana?».

«Il mio personaggio! Eve, non sai neanche questo? Dio mio, ma non guardi mai il programma?».

«Certo che sì. Solo che non avevo capito quello che stavi dicendo, Maddy, non è mica la fine del mondo».

«Sai che non è facile trovare un telefono qui. Non è facile trovare proprio un bel niente nel Montana. Ti può capitare di fare quarantacinque minuti di macchina solo per andare a prendere il latte».

Richiamo Georgia. «Maddy dice che nel Montana bisogna fare quarantacinque minuti di macchina per andare a prendere il latte».

Questa è una delle cose che mi piace di più: fare da intermediario tra le mie sorelle. Che gioia ci sarebbe nel sentir dire un'assurdità a una delle due se non potessi riferirla all'altra? Stavolta però sto usando la frase di Maddy come pretesto per poter raccontare qualcosa di più a Georgia.

«Immagina papà che dà un pizzicotto a quella dottoressa. È così triste, non lo so, è davvero ripugnante. Credo che abbia fatto anche l'occhiolino. È questo tutto ciò che resta quando si è vecchi? Mangiare e fare il mandrillo?».

«È un vecchio patetico», dice Georgia. Sono sicura di sentirla rabbrividire.

«Poco ma sicuro. La dottoressa Kelly sembrava la sorella piccola di Doogie Howser».

«Be', Eve, di sicuro non era un medico. È così ovvio, ovvio. È solo una specializzanda. Quello che devi fare domani è chiamarli e parlare con il medico. Il medico vero. Scopri chi è il capo della baracca e insisti per parlare direttamente con lui o con lei. Sai che c'è una differenza enorme tra parlare con il capo e parlare con l'ultimo arrivato».

«Forse dovresti chiamare tu».

«Cara, lo farei, ma tu sei lì. Io sono a New York, perciò se devono richiamarmi è una telefonata a lunga distanza e questa cosa impressiona molto i medici, non so proprio perché. Senza contare che sono terribilmente oberata per questo numero speciale per il decimo anniversario. Non faccio altro che dirmi, da una parte, sono così fortunata che la mia rivista sia durata dieci anni, dall'altra, come mi è venuto in mente di fare un numero speciale, è un incubo».

D'un tratto m'invade una stanchezza immensa, che provo soltanto quando parlo con le mie sorelle. Ho l'impressione che la bocca e le orecchie mi si potrebbero staccare dalla testa. «Devo andare», dico. «Ti chiamo domani». Riaggancio. Il telefono squilla. «Pronto?».

«Mamma?».

«Ciao, Jesse, dove sei?».

«Non è colpa mia».

«Cosa?».

«È stato un incidente».

* * *

«Cazzo». Faccio irruzione nello studio di Joe. «Jesse ha fatto un altro incidente».

«Sta bene?». Joe si gira sulla sua sedia da ufficio, andando a sbattere contro elenchi del telefono di diverse città, impilati intorno a lui come mattoni.

«Sta bene».

Per potermi sedere sposto il mucchio di cassette che ricoprono il divano. «Adesso sta tornando. Ha dovuto legare lo sportello con una corda. La sua polizza schizzerà alle stelle, ma forse possiamo convincere l'altro automobilista a non denunciare l'incidente alla compagnia assicurativa. Vuoi occupartene tu?».

«La settimana prossima sarò fuori città», mi ricorda.

«Perciò hai tempo. Senza contare che nello Iowa ci sono i telefoni».

Joe mi guarda appena. Lo sa lui e lo so anch'io che toccherà a me fare questa telefonata. Siamo sposati da troppo tempo per avere una conversazione che abbiamo già avuto altre sessanta volte e di cui conosciamo già la conclusione.

Sento una macchina e, sbirciando attraverso le tende, vedo Jesse che accosta al marciapiede. Scivola sul sedile del passeggero e scende. Si dirige verso casa muovendo le spalle avanti e indietro abbastanza da far sì che, a ogni passo, i muscoli del petto gli si gonfino sotto la maglietta.

«Sono tornato», grida, ma non troppo forte. C'è un pizzico di apprensione nella sua voce.

«Vieni qui. Siamo nello studio di papà». Sento il frigorifero aprirsi e richiudersi e poi compare lui, che tracanna acqua da una grande bottiglia di plastica.

«Cosa è successo?», chiede Joe.

Jesse si dà una manata in fronte e spalanca la bocca per farci capire che ha passato l'inferno. «Boh, ero lì, okay, e stavo aprendo lo sportello, quando questo tizio è sbucato dalla curva, ve lo giuro, a cento all'ora».

Joe fa scivolare le dita sotto la montatura e si stropiccia gli occhi. È stanco in anticipo per questa discussione. «Eri parcheggiato?», gli chiede fiaccamente.

«Già, ero parcheggiato. Quel tizio avrebbe dovuto guardare dove stava andando. Per colpa sua non ho potuto portare a casa Ifer».

«Chi è Ifer?».

«Solo la mia migliore amica, papà. Dio santo».

«Ifer è Jennifer, ma in classe ci sono così tante Jennifer che si fa chiamare Ifer. Te l'ho detto, te lo sei dimenticato». Questa è una cosa che faccio con Joe quando sono di cattivo umore. Lo faccio sentire in colpa di non ricordarsi tutte le cose affascinanti che gli racconto.

«Perché non si fa chiamare Jenny?», chiede Joe.

«Ifer è kasmiana», dice Jesse.

Gli occhiali di Joe ripiombano sul suo naso e gli occhi si spalancano di scatto. Sa che ha appena sentito qualcosa di promettente nella sua assurdità. L'incidente non gli interessa più. Troppo banale. Jesse è sano e salvo ed è di fronte a lui. Ma Ifer potrebbe rivelarsi affascinante come la donna nello Iowa che andrà a intervistare e che prepara torte alte due metri. «Perciò Ifer è un nome kasmiano?», chiede.

Jesse assume quel tono che significa che sei un ignorante, ma che lui sarà così generoso da illuminarti. «Nella religione kasmiana quattro lettere portano bene, papà. "Bene" è composto da quattro lettere, capisci?».

«Spero che questi kasmiani non siano fuori di testa come quelle persone che si sono scolate quella bevanda in quel paese del Sudamerica», dico. «Come si chiama? Inizia con una lettera grande».

«Kool-Aid», dice Joe.

«Non mi ricordavo di Kool-Aid? Oddio».

«I kasmiani bevono solo Coca. Quattro lettere, capito?», continua Jesse. «Quel tipo deve risarcirci. Avrebbe potuto uccidermi».

Faccio qualche respiro profondo, solo per segnare un'interruzione. «Senti, la cosa importante è che tu stia bene. Che tu non avessi la gamba fuori dalla macchina o altro». Questa è la cosa importante e io lo so bene, ma la dico solo per un motivo: perché in questo modo mi sento in diritto di dire la cosa seguente, che mi provoca un grande senso di colpa. «Ma la responsabilità è tua».

Jesse sbatte la bottiglia sul tavolo. «Questo qui è sbucato da una curva cieca. E io non posso vedere quello che c'è dietro una curva cieca... o no? È proprio una giornataccia. Non ho bisogno di questo. Non è colpa mia. Di certo non posso vedere uno che sbuca da una curva cieca andando a centotrenta all'ora».

«Ha staccato lo sportello dalla macchina?», chiedo. Suona il telefono. Rispondo io. «Pronto?».

«Georgie Porgie ha vinto il Pulitzer».

«Fantastico».

«Tua sorella è un fenomeno, dico bene?».

«Sì, è fantastica, papà».

Lui riaggancia. Io riaggancio.

«Georgia ha vinto un altro Pulitzer. Come ha fatto a chiamare? Non credo che abbia il telefono in stanza. L'unico telefono che ho visto era un telefono a gettoni».

«Gli hai dato delle monete?», chiede Joe.

«Stai scherzando? Perché avrei dovuto farlo? Per torturarmi?». Mi volto verso Jesse. «Anch'io ho avuto una giornataccia. Ho dovuto far ricoverare tuo nonno al reparto di psichiatria geriatrica della UCLA».

«Ah sì, e come mai?». Jesse si stravacca su una poltrona. Le sue gambe lunghissime si estendono nella stanza; aspetta di far inciampare qualcuno per poter sostenere che non è colpa sua.

«Ha dei problemi di memoria».

«Ha sempre avuto dei problemi di memoria. Non sa neanche come mi chiamo».

Joe ride.

«Non è divertente, Joe». Adesso sono arrabbiata con

tutti e due. «Ha anche altri problemi. Ha colpito una persona, si mette a gridare di punto in bianco quando gli salta in testa. Non riesce a camminare: non ha più l'equilibrio. I medici pensano che la terapia sia tutta da rivedere. Potreste mostrare almeno un po' di compassione».

«Non ho compassione per tuo padre e sai benissimo perché», dice Joe.

«Perché?», chiede Jesse.

«Non sono affari tuoi», rispondo. «Allora, Jesse, ha staccato lo sportello dalla macchina?».

«No».

«Be', se non ha staccato lo sportello non poteva andare a centotrenta».

«Il fatto che lo sportello resti attaccato non c'entra niente con la velocità. Dipende dal peso della macchina che ti viene addosso».

È vero? Non ne ho idea. Anche se, per quanto ne so io, le scuole al giorno d'oggi non t'insegnano neanche che cos'è un pronome, eppure Jesse sostiene di sapere tutto. Sa se si può affermare o meno che i cani si suicidano, in quali condizioni meteo gli aerei possono decollare dall'aeroporto di Los Angeles, se un giorno l'astigmatismo potrà essere curato grazie al laser. Rinuncio a cercare di dimostrare il mio punto di vista. «Hai preso i dati dell'assicurazione di questo signore? Spero che tu ti sia fatto dare anche il suo numero di telefono».

Jesse alza la mano. Sul suo palmo ci sono un nome e un numero, scritti a penna nera.

«Jesse, sei veramente sciatto. Pensa se ti fossi bagnato la mano. Non saremmo mai più riusciti a metterci in contatto con questo tizio».

«Ci avrebbe trovato lui».

«Il punto non è questo».

«Ci avrebbe trovato. Purtroppo», dice Joe. «I kasmiani hanno un luogo di culto?».

«Accendono candele nelle loro stanze», risponde Jesse.

«Per favore, possiamo parlare dell'incidente?».

Joe e Jesse mi guardano: le loro teste si girano esattamente nello stesso modo e assumono esattamente la stessa inclinazione, verso destra. Si direbbe che siano stati interrotti a metà battuta di una canzone che eseguono all'unisono, come The Temptations. Sono entrambi estremamente verticali e tutte le volte che camminano, mangiano o semplicemente si muovono, le loro braccia e gambe formano angoli, da linee rette che erano. Solo che Joe porta gli occhiali, occhiali tondi con la montatura di corno. Con quei buffi cerchi su entrambi i lati del naso stretto e il resto del corpo sottile come uno stecchino, somiglia a una simpatica figura disegnata, ridotta alla sua essenza geometrica. Aspettano entrambi che io ricominci a parlare, Joe con un'aria tollerante e Jesse con il suo solito cipiglio.

«È importante contattare questo signore prima che lui contatti te, in modo che...».

«In modo che cosa, mamma?».

«In modo che tu abbia una strategia, così la cosa non ti sfuggirà di mano».

«Fai un favore a tua madre», dice Joe. «Copia su un foglio le informazioni che hai sulla mano e poi lasciaglielo sulla scrivania».

Jesse si alza lentamente, stiracchiandosi, così abbiamo modo di vedere il suo metro e ottanta d'altezza che si dispiega. Poi esce dalla stanza con un'andatura rilassata.

Aspetto che Jesse sia sulle scale. Non voglio che mi senta. «Cosa c'è?», dice Joe, sapendo che sto per dire qualcosa.

«Non dovresti prendere in giro mio padre, soprattutto adesso».

«Non ti aspettare che io mostri sentimenti che non provo». Fa spallucce. «Tra l'altro questo è soltanto l'ennesimo round».

«Assolutamente no. Per l'amor del cielo, Joe, perché non sistemi qui dentro? Guarda quelle cassette. E poi ci sono giornali ed elenchi del telefono dappertutto».

«Mi piace il disordine. Così so dove sono le cose. Eve, smettila di preoccuparti. Tuo padre ha appena chiamato, perciò è ovvio che sta bene».

«E allora perché non riesce a camminare? E continuava a chiamare Angie Claire. Lui conosce benissimo Angie».

«Qualche minuto fa tu non riuscivi a ricordarti Kool-Aid».

«Non è affatto la stessa cosa». Inizio a raccogliere giornali da terra, afferrandoli a due mani, con l'aria di stare facendo una faticaccia. «Guarda, questo posto è un porcile. Pensa se dovesse scoppiare un incendio. Questa stanza brucerebbe come un fuoco d'artificio. E poi brucerebbe anche il resto della casa».

Joe mi toglie la pila di giornali dalle mani e li rimette a terra, con cura, addirittura in modo cerimonioso, come se non fossero vecchi giornali, ma un elegante servizio da tè in argento.

«Joe, sta morendo».

«Ti piacerebbe».

«Sì, è vero. Che male c'è?».

Tre

Quando tornai a casa per Natale dopo la separazione dei miei genitori e il trasferimento di Maddy, lei venne a prendermi all'aeroporto con il suo ragazzo, Isaac.

I capelli lunghi, divisi da una riga al centro, le lasciavano scoperta solo una piccola parte del viso e sembrava che ci fosse bisogno di tirare un cordone per aprirli, come con un sipario.

Quando ci abbracciammo, i suoi capelli mi finirono in bocca. «Dov'è papà?».

«Probabilmente a giocare a tennis. Vieni a stare con me e Isaac. In quella casa ci viviamo solo in dieci».

«No, andrò a casa».

«E va bene, ma non ti aspettare che io ci metta piede. Non ho intenzione di metterci piede».

Maddy e Isaac erano vestiti nello stesso identico modo: jeans con le borchie argentate lungo tutta la gamba e giubbotto di jeans con la bandiera americana cucita sulla schiena. Sotto lei portava una canotta con le bretelle, mentre lui era a petto nudo. Sotto il colletto del giubbotto di entrambi c'era un cuore rosso ricamato da cui scendevano delle lacrime ricamate. «Siamo ancora a lutto», mi spiegò lei, allungando la mano per scompigliarmi i capelli.

«Ferma». La bloccai alzando a mia volta la mano.

«Sono più selvaggi che mai», commentò.
«Lo so». Mi schiacciai i ricci sulla testa.
«I tuoi capelli sono dello stesso colore di quelli di mamma», riprese lei malinconicamente.
«Non ricordarmelo».
«Perché non te li fai crescere? Vivi un po', Eve».
Cambiai discorso. «Perché siete a lutto? Chi è morto?».
«Jimi Hendrix… e chi, sennò?». Maddy lo gridò e sembrò che non le importasse il fatto che mezzo aeroporto si era girato per guardarla. Poi chiamò Isaac, che ci precedeva di qualche metro. «Eve è molto simpatica, è solo ignorante». Poi proseguì abbassando un po' la voce: «Jimi era l'anima gemella di Isaac».
«Già», disse Isaac.
«Ho ricamato io i cuori».
«Molto carini», commentai.
«Posso insegnartelo», fece Maddy. «È divertente».
Attraversammo l'aeroporto, con Maddy che trascinava stancamente le zeppe massicce che aveva ai piedi e Isaac che faceva ondeggiare la testa, come se dentro ci fosse una musica e lui stesse tenendo il tempo. «Isaac è un genio della musica», disse lei. «È troppo figo, dico sul serio». Si divertì a tirargli un po' la coda di cavallo.
«Vai al diavolo», disse lui.
«Che strumento suoni?», gli chiesi.
«Sa suonare di tutto: basso, tastiera…». Maddy rifletté un istante. «Basso, tastiera». Stavolta mise un punto alla fine della frase. «Hanno un gruppo: Isaac, Aaron, Kevin e Presto». Li enumerò contando sulle dita. «Io sarò la solista e registreremo una demo. Credi che Georgia potrebbe conoscere qualcuno che possa aiutarci a, insomma, sfondare?».
«Perché Georgia? Senti, Madeline, non credi che sarebbe meglio se tornassi a vivere a casa?».

Fece finta di non aver sentito. «Perché Georgia lavora a "Mademoiselle". Anche se scrivono solo di idioti come Karen Carpenter, ho pensato che forse…».

«Stai andando a scuola?».

Si mise a ridere. «Quando mi va. Senti, Eve, abbiamo questa canzone troppo giusta che ha scritto Isaac. *Born Too Late for Woodstock.* Perché, sai, abbiamo mancato Woodstock di pochissimo». Il suo tono si fece addolorato. «Se Woodstock fosse stata quest'anno, ci saremmo andati. Isaac ha della terra raccolta lì. L'ha comprata in un *head shop*. La vedrai, è sul cruscotto».

«Non lo so, chiedilo a lei».

«Chiedere cosa a chi?».

«A Georgia, se ti può aiutare. Quella è la mia». Indicai la mia valigia che veniva verso di noi sul nastro trasportatore. Isaac non si mosse, perciò la tirai giù da sola.

«La macchina è proprio lì». Maddy indicò il parcheggio di fronte. Isaac ci precedette, con la testa che continuava a ondeggiare. «Non è carinissimo?», mi sussurrò. Io annuii. Lei mi strizzò il braccio. «Ti rendi conto che la tua sorellina diventerà una rock star?».

Ci mettemmo in viaggio verso casa a bordo di una macchina con un segno della pace appeso allo specchietto retrovisore che penzolava sopra un barattolo di maionese pieno di terra. Isaac rimase in macchina mentre Maddy mi aiutava a prendere la valigia dal portabagagli.

«Non chiedermi di entrare, okay, Eve? Non lo posso sopportare».

«Perché?».

«È inquietante. Lui è inquietante». Staccò un piede da terra, allungò la gamba dietro di sé e rimase lì, come un fenicottero.

«Vai pure, Maddy. Non preoccuparti, ti chiamo domani».

«Pace», urlò lei mentre ripartivano a tutta velocità.

La casa era quella di sempre, a eccezione dei cespugli di rose. Non erano stati potati. I rami erano lunghi, con i residui dei fiori secchi alle estremità, patetici pistilli gialli con un petalo o due ancora attaccati.

Girai il pomello: la porta non era chiusa a chiave. «Papà?».

«Ehi, Evie, sono qui fuori».

Lasciai la valigia all'ingresso e attraversai il soggiorno per raggiungere il giardino sul retro. Mio padre si alzò di scatto dal tavolo del patio. «Evie, tesoro». Tirò fuori un fazzoletto dalla tasca dei pantaloncini da tennis e si tamponò gli occhi. «Piango sempre», spiegò alla donna che era seduta accanto a lui.

«È vero», dissi io. «Piangeva tutte le volte che tornavo a casa dagli scout».

«O dal campo estivo», aggiunse lui. La bocca gli tremolava mentre cercava di riprendere il controllo, di calmarsi. Si rimise il fazzoletto in tasca e mi abbracciò. «Lei è la mia Evie», disse tutto fiero.

«Come se non lo sapessi», gli fece notare la donna.

«Davvero?», mi meravigliai io.

«Sapevo che non ti avrebbe riconosciuto. Vuoi un indizio?», gracchiò mio padre.

«Certo, ma che ti è successo al naso?».

Lui si sfiorò il ponte del naso, dove aveva una grossa crosta. «Mi sono fatto male servendo una palla». Rimase in silenzio per un attimo. «Ma almeno l'ho messa dentro».

«Be', è questo che conta, no?». Sorrisi alla donna.

«Collutorio», disse mio padre.

«Oddio, Esther».

Era la segretaria del nostro dentista. Era la sua segretaria da sempre. I capelli, un assortimento di castani che avrebbe fatto un bellissimo effetto su un cucciolo di cane ma che era alquanto improbabile su un essere umano, erano raccolti sulla testa di Esther in grandi boccoli sinuosi e si era passata lo smalto arancione sulle unghie lunghissime. Gliele avevo sempre guardate incredula mentre compilava il cartoncino per l'appuntamento successivo.

«Mi dispiace tantissimo per tua madre. È una tragedia», disse Esther.

«Cos'è succ...». Vidi mio padre che si portava un dito alle labbra: *sssshhhh*. Mi corressi. «Oh, grazie, è molto gentile da parte sua».

«Per quanto mi riguarda, detesto volare». Si risistemò una ciocca con una forcina. «Penso che tu sia stata proprio coraggiosa a salire su quell'aereo per tornare a casa per Natale. Se fosse successo a qualcuno della mia famiglia, io mi sposterei soltanto in macchina».

Notai una caraffa di tè freddo sul tavolo. Con limoni veri che ci galleggiavano dentro. Magnifico. Mamma se n'era andata e finalmente papà aveva imparato a fare qualcosa: il tè freddo. L'aveva preparato anche con amore e dedizione, che era molto più di quanto mamma avesse mai fatto.

Esther si mise a frugare nella borsa e tirò fuori una piccola cipria rotonda. Si guardò nello specchietto, si riapplicò il rossetto e poi richiuse la cipria. «Adesso scappo, così voi due potete farvi una bella chiacchierata. Volete che vi lasci il tè e che mi riporti a casa soltanto la caraffa?».

«Lo ha portato lei da casa?».

«Sì». Esther si sistemò i volant intorno alla scollatura.

«Lascialo qui», rispose mio padre. «Sai dov'è il frigorifero».

«Eccome se lo so».

Era completamente diversa da mia madre. Mia madre

non faceva smancerie, non portava volant e non avrebbe mai usato le parole "Eccome se lo so" per fare un'allusione sessuale. Almeno così pensavo io. Ma forse tutte le volte che mamma portava a Tom Winston una birra – era questo che immaginavo bevesse un insegnante di scienze alto e robusto – gli si sedeva sulle ginocchia per soffiargli via la schiuma.

Mia madre non c'era più. Si capiva dalle rose trascurate. Ma la sua assenza rendeva sconcertante tutto il suo comportamento di quando era ancora qui. Non soltanto non sapevo chi fosse adesso: non sapevo neppure chi fosse prima.

Prima di scomparire in casa, Esther agitò le dita in segno di saluto, la mano alzata all'altezza della spalla.

«Una ragazza fantastica», sussurrò mio padre.

«Stai uscendo con lei?».

«Sì, a letto è una bomba».

«Papà, per favore, non voglio saperne niente, va bene?».

«Certo, bambina mia. Andiamo a sederci con il proiettile».

In soggiorno, sulla mensola del camino, c'era un proiettile dorato dritto come l'Empire State Building. John Wayne l'aveva regalato a mio padre quando lui aveva scritto un film che si chiamava *Luck Runs Out*, nel quale Wayne faceva la parte di uno sceriffo che deve trovare un assassino di nome Lucky. L'anno era il 1956. Io avevo cinque anni e avevo conosciuto John Wayne sul set. C'erano un finto saloon e cinque ballerine di cancan. «Tuo padre è un grande sceneggiatore», aveva detto Big John e mi aveva fatto una carezza sulla testa. Io avevo sempre sostenuto di non avere nessun ricordo di tutto questo, perché mio padre me lo aveva raccontato così tante volte da rendermi polemica, davvero polemica, già a dieci anni, ma in realtà me lo ricordavo eccome. Avevo alzato lo sguardo verso quell'uomo alto. Mi ricordavo il fazzoletto rosso che portava al collo e la barbetta incolta, piccoli peli neri che gli spuntavano come erba sulle guance e il mento. Ricordavo di aver capito che quello doveva essere un momento molto importante. Avevo detto: «Ehilà, cowboy», e ciò lo aveva fatto ridere tre volte: «Ah, ah, ah».

Mio padre non scriveva più film. Dopo vari western era passato alla televisione e lavorava a una sit-com che si chiamava *Ghosttown*, che dal titolo sembrava un western, ma non lo era. Andavano di moda le serie soprannaturali, come *Vita da strega* e *Strega per amore*, e la sua sit-com era simile. Parlava di questa città in cui un uomo viveva con il fantasma della moglie morta e quando lei era in scena si capiva dal fatto che si vedevano i cuscini del divano di casa loro che venivano sprimacciati e un aspirapolvere che passava avanti e indietro sulla moquette.

Mio padre si accomodò sul divano del soggiorno e mise i piedi sul tavolino. Io non riuscivo a decidere dove sedermi. Il posto logico, la poltrona di fronte, era dove si accomodava sempre mamma quando avevamo ospiti. Mi accorsi che mio padre aveva una delle scarpe da tennis slacciata. «Come va all'università?», mi chiese.

«Bene. Che cosa hai detto a Esther di mamma?». Un quadro appeso al muro era storto. Lo raddrizzai.

«Oh, niente. Le ho solo detto che era su quell'aereo che è precipitato a Denver».

«Quale aereo che è precipitato a Denver?».

«Bambina mia, è su tutti i giornali. Le persone pensano sempre di ricordare gli incidenti aerei, anche quando non si sono verificati. O forse sì. Credi che veniamo informati di ogni incidente aereo?».

«Ma mamma non è morta».

«È a Big Bear, è la stessa cosa».

Scoppiai a ridere.

«Vedi, riesco a farti ridere, no? Il tuo vecchio se la cava ancora».

«Hai visto Maddy recentemente?», gli chiesi, conoscendo già la risposta.

«Tua sorella è una stronza. Sono suo padre, lo posso dire».

* * *

«La situazione non sembra troppo orribile». Quella sera ero nella mia stanza e stavo disfacendo i bagagli mentre parlavo al telefono con Georgia. «Nel frigorifero c'è solo tè freddo – che non ha preparato lui – e confezioni di salsa di soia, ma non capisco perché Maddy sia dovuta andare via. Probabilmente voleva solo una scusa». Erano le nove a Los Angeles, mezzanotte a New York. Sentii Georgia che sbadigliava. «Perché tu e Richard non venite qui per Natale?».

«Cosa? La settimana prossima?». Non credeva alle sue orecchie. «Prima di tutto Richard lavora come un pazzo. Gli avvocati si ammazzano di lavoro. Poi venire lì per me potrebbe essere una catastrofe. Sono stata assegnata a Make-up. Da "Mademoiselle" Make-up è la corsia preferenziale. Ti ricordi la mia amica Ursula? È andata dal dentista e, quando è tornata, era stata spostata su Salute, che è un vicolo cieco».

Sentivo che Georgia andava avanti e indietro mentre parlavamo. «Che cosa stai facendo?».

«Sto tirando fuori i vestiti per domani».

Georgia faceva sempre una sagoma sul pavimento, creando la forma di un corpo con i vestiti. Sistemava persino gli orecchini dove sarebbero stati approssimativamente i lobi. «Usi una base?», mi chiese.

«No».

«Benissimo. Pensavo che fosse un male e invece ho scoperto che è un bene. Bisogna mostrare il più possibile il colore naturale della propria pelle, anche se ci sono delle discromie. Il giallo copre il rosso, lo sapevi?».

«Non ne avevo idea. Che significa?».

«Significa che se hai un grosso naso rosso, ci devi mettere sopra un fondotinta che vira al giallo. Hai presente com'è il tuo naso quando hai il raffreddore, Evie?».

Mi controllai il naso allo specchio. Era di un bel bianco rosato. Quando avevo undici anni e Georgia quindici, mi aveva informato che la mia pelle era del colore di una capasanta, un insulto così potente che ci penso ancora tutte le volte che vedo il mio riflesso. In realtà la pelle è la cosa più bella che ho: chiara, luminosa, delicata. «Sembra porcellana», avevo ribattuto con decisione. Quella era una descrizione che avevo trovato in un romanzo rosa. Ma sul mio naso aveva ragione lei: diventava rosso peperone non appena iniziavo a raffreddarmi.

«Non ci crederai, ma papà frequenta Esther, quella con le unghie lunghe, dello studio del dottor Seymour».

«Esther?». Georgia era incredula. «Dopo mamma, frequenta Esther?».

«Già». Meditammo per qualche secondo sul declassamento umiliante che ciò comportava per nostro padre. «Secondo te mamma sente la nostra mancanza?».

«Ne dubito. Tu senti la sua?».

«No. Non lo so», risposi. «Ho la sensazione che ci sia qualcosa che non va».

«In casa?».

«Forse. No, in me».

«Magari ti serve un analista». Sentii il suono di un campanello dall'altro capo della linea. «Deve essere Richard», disse Georgia. «Non ha le chiavi. Ciao».

«Ciao».

Mi sedetti a gambe incrociate sul letto con il telefono davanti a me. In casa regnava il silenzio e ciò comunicava un senso di morte più che di pace. Non riuscivo a sentire la televisione, che adesso mio padre non spegneva quasi mai. Mi chiesi se dovessi comprare un albero di Natale l'indomani e tirare fuori tutte le decorazioni. Sarebbe stato stranissimo.

Scorsi la mia racchetta da tennis appoggiata al muro. Una di quelle di legno che ormai non usava più nessuno. Mi alzai dal letto e la impugnai. Cambiai la presa varie volte, passando dal diritto al rovescio.

Provai un servizio: abbassai la racchetta, la sollevai in alto tenendo il braccio ben teso, la portai dietro le spalle disegnando un semicerchio, poi la sollevai di nuovo e infine l'abbassai con un movimento rapido. Un gioco di polso. Ci provai di nuovo, cercando di colpirmi il naso con la racchetta. Non ci riuscii. Mio padre si feriva sempre nei modi più strani. I suoi incidenti erano impossibili da replicare. Qualcuno bussò alla porta. «Eve?».

«Sì, papà».

Entrò con il suo pigiama blu e rimase lì, riempiendo tutto lo spazio. Sentii odore di scotch. Lo stesso odore di mamma. «Che stai facendo?».

«Niente».

«Hai voglia di andare a fare un giro?».

«In realtà no. Perché non chiami Esther?». Ondeggiò lentamente da una parte all'altra. «E che mi dici dei tuoi amici?». Buttai lì qualche nome, persone che lui e mamma frequentavano regolarmente.

«Quelle sono cose da coppia». Gli occhi gli si riempirono di lacrime. «Non riesco a dormire senza di lei».

«Ah». Iniziai a pensare alla mia stanza del dormitorio,

pentendomi di non esserci rimasta. «Dove vuoi andare?».

«Che importa?». L'odore di scotch era davvero forte. Presi in considerazione l'idea di non respirare. Esci di qui, papà, esci di qui, per favore. «Facciamo solo un giretto in macchina, va bene, Evie?».

«Va bene, vestiti. Ci vediamo giù».

Guidai per tutta Los Angeles mentre lui dormiva disteso sul sedile posteriore, russando forte. Mentre ascoltavo quei respiri rumorosi e monotoni, avevo l'impressione di essere vittima di quella tortura della goccia cinese di cui mi aveva parlato Georgia, in cui una persona veniva fatta posizionare sotto un rubinetto gocciolante e dopo un po', a forza di non riuscire a pensare ad altro che alla prossima goccia d'acqua che sarebbe caduta, impazziva. Cercai di dimenticare papà recitando poesie che avevo imparato in quinta elementare. «Orbene, ammainatene il lacero vessillo!». «Per i Mudville Nine quel giorno si era messo male». Mentre cercavo di anestetizzarmi con quei versi, mio padre grugnì, un rumore così improvviso e tonante che lui stesso si svegliò farfugliando. Gli ci volle un attimo per orientarsi. Lo guardai nello specchietto mentre scuoteva la testa, guardando fuori prima da un finestrino e poi dall'altro, prima di ripiombare sul sedile e ricominciare a russare.

Alla fine tornai a casa e parcheggiai sul vialetto. Mi ci volle un po' per scendere perché cercai di aprire lo sportello senza far rumore per non svegliarlo. Probabilmente nulla sarebbe riuscito a svegliarlo, ma non volevo scoprirlo.

Quei giri in macchina diventarono un'abitudine.

Smisi di dormire: tutte le sere me ne stavo stesa a letto aspettando di sentire i suoi passi sulle scale. Non volevo addormentarmi. Non volevo che mi cogliesse di sorpresa.

«Vieni a stare da noi», disse Maddy, che chiamava dal

chiosco di tacos del suo quartiere. Io ero stesa a letto con la cornetta infilata tra il cuscino e l'orecchio.

«Non posso».

«Perché?».

«È così solo. Ci rimarrebbe malissimo». In quel momento stavo aspettando i suoi passi e temevo di sentirli. «Dove sono finiti tutti i suoi amici? È stato lui a scaricarli o il contrario?».

«Probabilmente il contrario. È un ubriacone, Evie. Si stordisce con lo scotch. Ormai chi beve ancora lo scotch? Isaac dice che papà dovrebbe fumare erba. A quel punto non sarebbe più un ubriacone, sarebbe solo sballato».

«Accidenti a mamma. È tutta colpa sua. Se fosse rimasta, questo non sarebbe mai successo. Ma ovviamente lei pensa solo a se stessa».

«Pensa anche a me», disse Maddy.

«Sì, come no».

«La vedo più o meno ogni due settimane».

«Cosa?». Mi rimisi dritta di scatto nel letto. «Ti ha chiamato? A me non ha mai telefonato».

«Mi ha dato il suo indirizzo quando è andata via. Non è una fan del telefono».

«Hai il suo indirizzo? Ce l'ha anche Georgia?».

«No, solo io».

«Ma comunque, chi se ne importa. Io non voglio vederla. Non m'interessa».

Il giorno dopo chiamai il servizio informazioni di Big Bear.

«Ho un Thomas Winston a Coot Street, potrebbe essere questo?».

Sparai un numero. «Centotrentacinque?».

«No, ventisei», disse l'operatore.

Imboccai la San Diego Freeway in direzione sud e poi

svoltai a est verso San Bernardino. Chilometro dopo chilometro il paesaggio diventava più piatto, gli edifici più brutti e quando sembrava che il mondo non potesse essere più scialbo di così, ogni traccia di civiltà scomparve e da una parte e dall'altra della strada non rimasero che cactus e rotolacampi. L'uscita per Big Bear era indicata modestamente da un cartello di legno. Mentre affrontavo le curve di una strada che saliva verso una montagna e un bosco di pini, mi sentivo sempre più ridicola. Superai motel – fatti tutti di tronchi di legno, proprio come aveva detto Georgia – con nomi come "Hitching Post Inn". Non potevo tornare indietro, ero arrivata troppo lontano, ma mi sentivo come se mi stessi dirigendo a Dodge City senza che ce ne fosse nessun motivo.

A un'altitudine di milleduecento metri iniziai a intravedere chiazze di neve tra gli alberi. Non avevo neanche un maglione con me e adesso alla radio si sentiva una sola stazione, che trasmetteva musica country-western. Mi fermai a fare benzina, ma non volli chiedere al benzinaio quanto mancasse ancora a Big Bear. Avrebbe potuto capire perché ero lì e così sarei stata smascherata: una ragazza che aveva bisogno di vedere la sua mamma. Alla stazione di servizio sfogliai le cartine. C'era una cartina stradale di Big Bear, non una stampa ufficiale, ma un foglio fotocopiato. La presi in un modo che mi sembrò disinvolto per non farmi notare dal tizio alla cassa, che non stava assolutamente facendo caso a me.

Guidare lungo quelle curve stava iniziando a farmi venire il mal d'auto, quando la strada improvvisamente diventò dritta e io entrai in città, quasi superandola, a dire il vero: Big Bear General Store, il Bear Claw Diner, un bowling e molti altri motel. Tutti gli edifici sulla sinistra avevano come sfondo un lago azzurro scintillante.

Alla fine della strada principale c'era Spruce Street, che portava su in montagna, nella direzione opposta rispetto al lago. Alla prima curva trovai Coot Street: in realtà non una strada vera e propria, ma un sentiero di ghiaia su cui ogni tanto si affacciava un'abitazione. C'era una roulotte, mentre le altre erano casette prefabbricate con serbatoi dell'acqua e pile di tronchi nel cortile davanti. Poi però arrivai al ventisei. Il numero era dipinto a calce su un mucchio di pietre accanto al vialetto d'ingresso. Lo stesso tipo di pietre grigie, solo molto più grandi, costituivano il basamento della casa che, come praticamente tutto quanto il resto, era fatta di tronchi.

Non era una baita con una sola stanza come quella di Abe Lincoln. C'era un'ampia veranda e anche un secondo piano, sebbene fosse molto più piccolo del primo. Ma era diversa da casa nostra a Westwood quanto lo sarebbe stata una piccola capanna di paglia alle Hawaii. Mio padre definiva sempre la nostra una casa «alla *Papà ha ragione*»; aggraziata ma solida, su due piani, grigia, con una porta bianca e una cornice bianca di legno intorno alle grandi finestre a golfo, che offrivano orgogliosamente una panoramica delle comodità di cui si godeva all'interno: moquette, divani e poltrone imbottiti saggiamente disposti secondo uno schema rettangolare.

Feci per scendere dalla macchina e poi mi resi conto che i ciuffi di marrone che avevo scambiato per altri rotolacampi erano scoiattoli. Da noi c'era uno scoiattolo per isolato, ma in quel posto c'erano legioni di scoiattoli. Morivo di paura all'idea di scendere dalla macchina. Intrappolata lì dentro, mi tenni occupata cercando di trovare un modo per spiegare il mio arrivo. Non potevo certo dire che mi ero trovata a passare di lì. Era ridicolo. E se avessi detto che stavo tornando da Palm Springs e mi era saltato in mente di fare una deviazione? Quello poteva andare, pensai, quando un pick-up si fermò sul vialetto e ne scese mia madre. Fece il giro del veicolo e aprì l'altro sportello. Oddio, ha un bambino. Fui colta dal panico all'idea che, in tre mesi, potesse aver prodotto un bambino di cinque anni. Invece dalla macchina saltarono giù due cani. Golden retriever, immaginai, ma all'epoca non sapevo niente di cani.

«Mamma?».

«Eve, sei tu?», chiese lei con un tono che sembrava piacevolmente sorpreso. I cani abbaiarono rincorrendo gli scoiattoli.

Mentre la seguivo in casa, mi massaggiai le braccia scoperte per riscaldarmi. Mia madre portava una giacca imbottita come un cuscino, di un tipo che non le avevo mai visto prima e aveva sostituito gli chemisier e le décolleté con jeans e robusti stivali con lacci color marrone. Camminava a passo pesante, appoggiando saldamente i piedi a terra con evidente soddisfazione. L'identità di mia madre è tutta legata alle sue scarpe, pensai mentre la guardavo colpirne le suole con un legnetto per ripulirle dalla neve e dal fango prima di aprire la porta di casa. Io mi limitai a pulirmi le scarpe sullo zerbino e, così facendo, sentii che stavo restando fedele a Westwood e a mio padre.

Cercai di varcare la soglia, ma i cani continuavano ad annusarmi. «Li porto fuori. Muffin, Daisy». Mia madre schioccò le dita. I cani la seguirono immediatamente in cucina trotterellando e lasciandomi sola in quella landa sconosciuta.

Il pavimento del soggiorno era di legno, una cosa che non si era mai vista nel mio quartiere, e sparpagliati qui e là c'erano dei piccoli tappeti rotondi tutti colorati. C'era un grande camino di pietra e le pigne disposte sulla mensola, più che una decorazione, sembravano una piccola esposizione scientifica della flora boschiva. I mobili erano fatti di legnetti legati insieme e piegati secondo la necessità, con una minima concessione al comfort: cuscini piatti di velluto. Sull'unico cuscino imbottito appoggiato allo schienale del divano, la cui struttura era fatta anch'essa di legnetti, erano ricamate queste parole: «PORTA VIA SOLO FOTOGRAFIE. LASCIA SOLO IMPRONTE». In una cornice c'era una foto di mamma con Tom Winston davanti al lago. Lui la cingeva con il suo grande braccio pallido e lei, appena visibile, sembrava una pianta ficcata nella crepa di una roccia molto grande.

«Vuoi un caffè?», gridò dalla cucina.

Guardai la foto. Non riuscii a rispondere. Lei comparve sulla soglia. «Adesso lo bevi il caffè?». Scossi la testa. «Che ne dici di un succo d'arancia?». Assentii sempre con un cenno della testa.

M'invitò a seguirla in cucina. Non c'erano comodità. Non c'erano neppure armadietti, solo mensole con pentole e tegami e un assortimento di cibi in scatola impilati sopra. Le mattonelle dei ripiani erano scheggiate. Da un frigorifero vecchissimo tirò fuori un cartone di succo e poi me lo allungò con un bicchiere. Era quello che avrebbe fatto a casa, lasciare che fossi io a decidere quanto ne volevo. Mentre lo versavo, lei mise su il bollitore e aprì un barattolo di caffè istantaneo. «È passata dallo scotch al caffè istantaneo», mi preparai a raccontare a Georgia.

Rimasi lì con il cartone in mano. Mi sembrava troppo sfrontato rimetterlo in frigorifero. Il cartone divenne più pesante e, nella mia testa, più ingombrante. Alla fine lo appoggiai sul ripiano. Mentre mia madre versava un po' di caffè istantaneo in una tazza, io esaminai il mio bicchiere, sfiorando con le dita il motivo di palloncini volanti che era quasi del tutto cancellato.

«Allora, come va all'università?», mi chiese.

Io scoppiai a piangere. Lei rimase lì a guardarmi. Non si avvicinò e non mi abbracciò. Aspettò e basta. Alla fine smisi di piangere per un lasso di tempo sufficiente a chiederle un fazzoletto. Lei scomparve in un'altra stanza e riapparve con una scatola. Mi asciugai gli occhi. «Torna a casa, mamma. Devi farlo».

Il bollitore emise un fischio stridulo. Mia madre versò l'acqua bollente nella tazza. «Perché non andiamo a sederci in soggiorno?», disse.

Indicò una sedia a dondolo come se fosse il posto più comodo e poi si sedette di fronte a me sul divano, la schiena dritta contro quel cuscino ricamato. In realtà non era cambiata affatto, solo i capelli un po' più lunghi, che adesso le si arricciavano intorno alle orecchie. Probabilmente a Big Bear non c'era un parrucchiere decente dove farsi tagliare i capelli. Il rossetto rosa non era cambiato. Perciò, se le avessi rimesso addosso i suoi vecchi vestiti… «Perché te ne sei andata, mamma?».

Lei tolse qualche granello di polvere immaginario dal velluto mentre ci pensava su. «Ho compiuto quarantacinque anni».

«Questo non è un motivo».

«Vedrai», rispose seriamente.

Lanciai di nuovo un'occhiata alla foto di lei e Tom. Non volevo farlo, ma… una volta avevo avuto un forte mal di denti, il dente mi faceva malissimo quando lo toccavo, eppure non riuscivo a trattenermi. Continuavo a sfiorarlo con la lingua per vedere se faceva ancora male.

«Stavamo cercando nidi di accipitridi», disse.

«Eh?».

«Quando è stata scattata quella foto, stavamo cercando nidi di accipitridi».

«Che cosa sarebbero?».

«Le aquile. Sapevo cosa voleva dire solo per le parole crociate. È una parola che c'è sempre, probabilmente perché è così lunga e complicata. Chi avrebbe mai detto che un giorno le avrei viste?». Rise, quasi imbarazzata.

«Bevi ancora?». Sorpresi me stessa con quella domanda, ma mia madre non batté ciglio.

«Tom ha detto che non sarebbe rimasto con me se avessi continuato a bere».

Tom aveva fissato delle condizioni? Le aveva detto davvero qualcosa del tipo: «Non resterò con te a meno che tu...»? Ciò rendeva il loro rapporto così ordinario che finalmente diventò reale. Mia madre avrebbe passato la vita in quella casetta di legno con quei cani, quelle sedie fatte di legnetti intrecciati, quell'uomo.

«E io? Io, Maddy e Georgia?».

«Tesoro, guardati. Tu stai bene». Si appoggiò di nuovo allo schienale e incrociò le gambe. Non sembrava turbata. Né sentirsi in colpa. Bevve un sorso di caffè istantaneo. «Fammi pensare a come metterla giù».

«Sì?». Adesso non rischiavo più di ricominciare a piangere.

«Alla fine il fatto di essere una madre non si è rivelato una ragione sufficiente». Quell'idea rimase sospesa per un po' nell'aria.

«Sufficiente per cosa?», le chiesi.

«Quello che intendo dire», si fermò di nuovo a riflettere, «è che io non ero una di quelle donne che sentono il bisogno di diventare madri. Quando ero piccola, tutte le ragazzine volevano fare le mamme e così l'ho fatto anch'io, solo che...». Si allungò in avanti come se stesse per farsi uscire di bocca un paragrafo intero o per fissare un record di auto-rivelazione. Poi però cambiò idea. Aggiunse soltanto: «Sto cercando di essere onesta».

«Grazie».

«Non ci credo che l'hai ringraziata», mi disse Georgia più tardi. «Tu hai davvero bisogno di un analista».

«Hai gli occhi castani di tuo padre», continuò mia madre. «Te l'ho mai detto?».

«Un sacco di volte. Devo cavarmeli?».

«Eve, non fare l'insolente». Era arrabbiata e stava tracciando un confine: non avrebbe tollerato nessuna risposta impertinente. Per un attimo fu mia madre.

Poi disse: «Tom mi rende felice».

Mi alzai. «Bene. Ottimo, fantastico. Senti, sono passata soltanto perché stavo tornando a casa da Palm Springs e Maddy mi aveva dato il tuo indirizzo. Adesso è meglio che vada».

«Sei sicura che non puoi trattenerti? Tom sta per rincasare. Mi farebbe piacere che tu lo conoscessi».

«Proprio non posso».

«Vuoi venire qui a Natale?».

«Passerò il Natale con papà. Faremo come abbiamo sempre fatto». Presi la borsa. «Ci vediamo», dissi, andando verso la porta. Appena uscii fuori, vidi gli scoiattoli. Presi il legnetto che mamma aveva usato per pulirsi gli stivali e lo buttai nel cortile. Gli scoiattoli si dispersero e io corsi in macchina.

Quando arrivai a casa, praticamente mi buttai sul telefono. «Lei non ha bisogno di essere mia madre. Benissimo. Io non ho bisogno di essere sua figlia». Questa fu la prima cosa che dissi a Georgia; poi le raccontai tutto per filo e per segno. «È come se fosse diventata una di quelle divinità femminili, la grande madre… meno la parte della madre».

«Grazie al cielo almeno ha aspettato che fossimo diventate grandi», commentò Georgia. «Immagina se avessimo dovuto vivere lì».

«Senti, non dirò niente a Maddy. Oh, forse sì, non lo so».

Avevo appena riagganciato con Georgia che Maddy chiamò. «Ma non hai trovato che fosse magnifico lassù?», mi chiese.

«Ma che stai dicendo? È un posto dimenticato da Dio e dagli uomini. E il problema degli scoiattoli è assolutamente fuori controllo. Ci saranno un milione di casi di rabbia ogni anno».

«Ma hai visto il cielo? Di notte luccica».

«Luccica», ripetei sarcasticamente. «Sono sicura che questa cosa non è venuta in mente a te. L'ha detta mamma, oppure Tom?».

«Sei impossibile». Maddy mi chiuse il telefono in faccia.

Scesi al piano di sotto ed entrai nello studio di papà. Lui era in tenuta da tennis, adesso la portava tutto il giorno anche quando non andava a giocare, e aveva girato la sedia in modo da poter guardare fuori dalla finestra. Teneva in grembo un bloc-notes. «Stai ancora lavorando?».

Mi mostrò la pagina bianca.

«Andiamo a comprare un albero di Natale».

Scattò in piedi, come se fosse stato spinto da una molla. «Grande idea, Evie».

La novità fu che si mise lui al volante. «C'è un grande vivaio all'incrocio tra la Terza e Fairfax Avenue», disse. «L'ho notato la settimana scorsa».

Fu una sensazione meravigliosa sedersi al posto del passeggero, vedere che sapeva dove stava andando e poter armeggiare con il quadrante della radio. Mi misi a cercare una stazione che trasmettesse canzoni natalizie.

«Prendiamo un albero bello grosso». Mio padre diede una manata al volante con aria di sfida. «Come sempre».

Quando arrivammo al vivaio stava canticchiando *Ru-*

dolph the Red-Nosed Reindeer. «Lo vedo», annunciò. «Ho già messo gli occhi su un albero».

«Ma chi preparerà il tacchino?», gli chiesi.

«Esther», rispose mio padre. «Inviteremo Esther».

Perciò per la cena di Natale io, papà ed Esther ci riunimmo intorno al tavolo. Mio padre era vestito di tutto punto, con giacca, cravatta e tutto il resto. Esther si era annodata un grande nastro rosso intorno alla testa a formare un fiocco. «Sono il tuo regalo», disse a mio padre. A me regalò un tacchino arrosto.

Mentre Esther preparava il resto della cena, io e papà riempimmo l'albero di decorazioni. La storia della nostra famiglia era su quell'albero; almeno la storia pubblica. L'angelo per il quale io e Maddy litigavamo sempre. I festoni per i quali mia madre aveva un debole. L'elfo di argilla che Georgia aveva fatto agli scout. Le decorazioni di vetro trasparente con dentro le ghirlande natalizie, il nostro orgoglio e la nostra gioia. «Mettile dove si vedono», disse mio padre tutto contento, consapevole di averlo detto tutti gli anni precedenti.

Mangiammo tacchino, patate dolci, cipolline alla panna e fagiolini. Esther era una cuoca migliore di mia madre – non ci voleva molto – ma ci informò che si era spezzata un'unghia mentre apriva la lattina di salsa di mirtilli rossi e che l'aveva lasciata sul davanzale della finestra. «Ricordatemi di portarla a casa», disse.

Passando da lei per scusarmi per il mio comportamento, ero riuscita a convincere Maddy a fare un salto a casa. Regalò a tutti noi delle collane di perline che aveva fatto a mano, anche a papà, e lui ricambiò dandole i soldi per farsi installare un telefono.

Più tardi mio padre mise su canzoni natalizie a tutto volume. *Joy to the World* si sentiva in ogni angolo della casa. «Avevo dimenticato che cosa volesse dire festeggiare», disse. «Avevo dimenticato tutto quello che riguarda i festeggiamenti». Chiuse gli occhi per un attimo e si lasciò travolgere dalla musica. «Evie?».

«Cosa?».

«Se non festeggi, potresti benissimo essere morto».

«Non credo proprio, papà».

«Ehi, aspetta un attimo». Mio padre mi diede un buffetto sotto il mento. Il gesto era un tale cliché paterno che sarebbe potuto uscire da una sit-com, forse anche da una di quelle che aveva scritto lui. «Ormai non mi capita tanto spesso di dire cose intelligenti, tesoro mio, perciò, quando lo faccio, dammi retta».

* * *

Sulla base del suo comportamento il giorno di Natale e del fatto che, tra Natale e Capodanno, avevo dovuto portarlo in giro in macchina a notte fonda soltanto due volte, informai le mie sorelle che stava semplicemente soffrendo per amore: il nostro vecchio padre era da qualche parte dentro quel guscio malridotto e prima o poi sarebbe tornato. Questo però non significava che non fossi felicissima di tornare all'università. «Basta che mi lasci in aeroporto», gli dissi.

«Sei sicura?».

«Sì, assolutamente».

Quando arrivammo al terminal, mio padre tirò fuori la mia valigia dal portabagagli e rimase lì, il fazzoletto in mano, pronto a raccogliere le sue lacrime. Gli diedi un rapido bacio sulla guancia.

«Tra di noi c'è qualcosa di speciale, vero, Evie?». Un sorriso triste gli tremolò sulle labbra.

Io afferrai la valigia. «Ciao, papà». Indietreggiai velocemente. «Ciao», ripetei a voce più alta, anche se non era lontano.

Avrei voluto esultare quando quelle porte automatiche si aprirono e mi ritrovai nell'area dei check-in con un sacco di altri ragazzi che tornavano all'università. Loro avevano genitori che gli giravano intorno, che gli allungavano gomme e caramelle alla menta, che gli chiedevano se avessero messo tutto in valigia. Io ero anonima. Nessuno dei presenti aveva qualche legame con me e questo mi fece scoppiare il cuore di gioia.

Appena tornata mi lanciai nella preparazione degli esami finali. L'ultimo era quello del corso sulle grandi opere teatrali americane. Avevamo dovuto leggere un'opera teatrale ogni sera. La mia amica Zoe si era procurata una copia del questionario dell'anno precedente e c'erano domande come: «Costolette di maiale?». Dovevi sapere in quale opera teatrale comparivano le costolette di maiale.

Io e Zoe, dopo aver fatto il pieno di No-Doz, stavamo sveglie tutta la notte a darci indizi a vicenda. «Acqua?». «*Anna dei miracoli*». «Cane?». «*Torna, piccola Sheba*».

Quando il telefono del corridoio squillò, erano le quattro di mattina.

«È mio padre, chi vuoi che sia?». Risposi. «Ciao, papà». Non aspettai neanche di sentire la sua voce ed ero sufficientemente frastornata per essere gentile. Non ci fu nessuna risposta. «Uno scherzo», dissi a Zoe.

«*Il terrore corre sul filo*», disse lei.

Stavo per riagganciare quando sentii: «Pillole». Con una voce pastosa. Come se avesse del fango in bocca.

«Pillole?». Riavvicinai il telefono all'orecchio.

«*Lungo viaggio verso la notte*. No, *Dopo la caduta*», strillò Zoe.

Le feci segno di smetterla. «Papà, cosa c'è?».

«Ho preso No-Doz». Una voce davvero pastosa adesso. Come se la lingua fosse troppo spessa per la sua bocca.

«Be', non è niente di preoccupante. Credimi, lo so per esperienza».

Lui riagganciò. Io riagganciai. «Cos'è successo?», chiese Zoe.

«Niente. Noi stiamo prendendo No-Doz qui e lui lo sta prendendo lì. Che strano».

Tornammo nella mia stanza. Io mi sedetti sul letto e mi trascinai in grembo il libro di testo, *Cento opere teatrali americane*. Era il libro di testo più pesante di tutti i miei corsi: quattro chili e mezzo. Lo sapevo perché io e Zoe lo avevamo pesato. Per protesta lo spostavamo solo trascinandolo o spingendolo. «Lui non ha gli esami di fine corso. Perché prendere No-Doz se non si hanno… Oddio. Non ha detto: "No-Doz", ha detto: "Overdose"».

Spinsi via il libro e mi misi a cercare sotto vestiti, fogli, libri. «Che stai cercando?», chiese Zoe. Eccola lì, la mia agenda, sotto un sacchetto di patatine. Corsi al telefono.

Non riuscivo ad aprire la cabina, nonostante continuassi a tirare la porta. «Aiuto». Zoe mi aveva seguito. Allungò la mano e spinse. La porta si aprì ripiegandosi verso l'interno.

«Ho bisogno di monete», gridai, mentre sfogliavo l'agenda alla ricerca del numero di Maddy.

«Silenzio», urlò una voce assonnata.

«Il padre di Eve è in overdose», annunciò Zoe, correndo nella sua stanza.

«Stai scherzando?».

«Il padre di Eve è in overdose». Lo sentii ripetere all'infinito, intervallato da sbadigli, mentre Zoe tornava di corsa, brandendo un barattolo pieno di monete da cinque e dieci centesimi e un quarto di dollaro.

Infilai le monete nel telefono armeggiando nervosamente, feci il numero sbagliato, e ricominciai a comporlo troppo in fretta. Diedi una manata alla cornetta per riavere la linea.

«Lascia fare a me». Zoe riagganciò, aspettò un attimo, poi riprese la cornetta e infilò varie monete nella fessura. «Qual è il numero?».

Tutto il piano si era alzato e si era raccolto intorno alla cabina. Notai che Joanne, la ragazza fidanzata, adesso dormiva con la carta igienica avvolta intorno alla testa. Mentre Zoe componeva il numero per me, mi domandai se Joanne avrebbe dormito in quel modo dopo che si fosse sposata.

Zoe mi allungò la cornetta. Sentii squillare. Una voce maschile arrabbiata rispose: «Che c'è?».

«Scusa se ti ho svegliato…». M'interruppi. Riuscivo a stento a parlare. «Sono la sorella di Maddy, Eve, la sorella di Madeline Mozell. Vai a chiamarla, sbrigati, per favore, è un'emergenza».

Mentre aspettavo per quelli che a me sembrarono cinque minuti, ma che probabilmente furono soltanto due, varie ragazze si annoiarono e tornarono a letto.

Alla fine Maddy venne al telefono. «Che è successo?».

«Papà è in overdose, non so che cosa ha preso. Devi chiamare la polizia e andare subito a casa».

«Io?».

«Sei l'unica lì, per l'amor del cielo!».

«Ma pensa se è morto. Pensa se lo trovo riverso sulla moquette. Oppure potrebbe essere nella vasca da bagno». Iniziò ad ansimare, iperventilando.

«Maddy, devi farlo».

«Io non ci vado». Lo gridò molto forte e continuò a gridare. Probabilmente la sentirono tutti quelli che erano in corridoio.

«Che succede? È suo padre?», chiese Joanne.

Io strillai nella cornetta: «Isaac, Isaac, ci sei?».

«Bella».

«Isaac?».

«Non sono Isaac, sono Presto. Se Maddy voleva stare con Isaac, poteva starci, ma non vuole. Vuole stare con me».

«Presto, per favore, dai uno schiaffo a mia sorella, sta avendo una crisi isterica». Sentii il rumore di uno schiaffo. «Grazie. Me la ripassi, per favore?».

Adesso Maddy piangeva sommessamente, le lacrime intervallate da piccoli singhiozzi tristi, come se si fosse fatta un graffio sul ginocchio in cortile e la sua maestra fosse finalmente riuscita a calmarla.

«Madeline, devi farlo».

«Perché? Non è colpa mia».

«Non è neanche mia». Adesso piangevo anch'io, tenendole testa. «Maddy, qualcuno deve occuparsi di questa cosa, perciò fallo e basta, va bene?».

«Va bene».

«Grazie». Stavamo tirando su con il naso all'unisono. Riagganciai.

«Tutto a posto?», chiese Zoe.

«Sì». Mi asciugai il naso con la manica. «Non penso di poter continuare a studiare», dissi mentre Zoe mi riaccompagnava in camera. «Credo di dover...», le feci una smorfia, cercando di sorridere, «andare a letto». Chiusi la porta.

* * *

Quello fu il primo ricovero di mio padre e io e le mie sorelle ci comportammo da grande squadra. Dopo quella telefonata delirante, Maddy lo fece ricoverare e Georgia si occupò del resto. «Non ne ha prese abbastanza da morirne. Che sorpresa», mi riferì.

«Non sono riuscita a chiudere occhio. Probabilmente sono stata bocciata», dissi a Georgia, sapendo che non era vero. Ero troppo secchiona per farmi bocciare. Ero una delle super-competenti sorelle Mozell. Ero in grado di far abortire il tentativo di suicidio di mio padre e superare un esame di fine corso il giorno dopo. «Guardati. Tu stai bene», mi aveva fatto notare mia madre. Aveva ragione, oppure le stavo dimostrando che aveva ragione, cercando di essere all'altezza delle sue aspettative anche adesso, soprattutto adesso, quando non avrei potuto avere la sua approvazione?

Quattro

Alle sei di mattina squilla il telefono. «È morto», dico a Joe e afferro la cornetta. «Pronto».

«Parlo con la splendida e meravigliosa figlia di Lou Mozell?».

«Ciao, papà. Stai bene?».

«Perché mi hai messo in galera? È per via di Jesse?».

«Cosa? Ma di che stai parlando?».

«Vai al diavolo». Riaggancia.

Accuso il colpo della sveglia improvvisa, prima fisicamente e poi mentalmente. Joe allarga il braccio perché io mi ci accoccoli. Scuoto la testa.

«È in quel reparto di psichiatria geriatrica da una settimana e chiaramente non sta migliorando. Vorrei che potessero ammanettarlo. Almeno così non telefonerebbe».

«Che ne dici di una camicia di forza?», suggerisce Joe.

«Già». Sposto le coperte e mi alzo. Spalanco l'armadio e cerco la vestaglia.

«Non sa quello che fa». Joe tasta il comodino alla ricerca degli occhiali. Li inforca e mi guarda dal letto.

Io vado in bagno. Perché ci sono venuta? «Che sto cercando?», grido a Joe.

«L'accappatoio».

«Giusto». Lo stacco dal gancio e torno in camera da

letto. «Spero che questo problema con la memoria di mio padre non sia contagioso».

Il telefono squilla di nuovo. Joe fa per prenderlo, ma io ci arrivo per prima. «È *mio* padre», dico nobilmente.

Lui mi toglie la cornetta di mano. «Pronto». C'è una lunga pausa. Cerco di interpretare l'espressione di Joe, che sembra leggermente divertita. «Adesso sta facendo una chiamata a carico del destinatario», m'informa coprendo la cornetta. «Sì, accetto la chiamata. Salve, Lou». Un'altra pausa. «No, ma certo che Jesse non è incazzato con te». Riaggancia.

«Grazie».

«Figurati. Non è mio padre». Joe si gira per dormire un altro po'. Il telefono squilla di nuovo. Lui sbuffa e risponde. «Sì. Accetto… Non sei in galera e Jesse non è incazzato con te». Brusco stavolta. Riaggancia. «Cazzo. Che bel risveglio».

Questa è una cosa che Alexander Graham Bell non aveva previsto. Mi sembra di aver letto da qualche parte che aveva finito per odiare la sua stessa invenzione, ma non credo che fosse perché aveva un genitore anziano che lo chiamava dieci volte al giorno. Sono certa che non immaginasse che persone incapaci di riconoscere i propri pantaloni si sarebbero ricordate il numero di telefono dei loro figli – sarebbero anzi riuscite a ricordarsi un numero di sette cifre più il prefisso. Io odio Alexander Graham Bell. Ovviamente in questo momento odio tutti.

«Credo che dovremmo comprare le azioni di qualche compagnia telefonica», dico più tardi, a colazione, mentre vado avanti e indietro mangiando granola. «Non adesso, ma quando noi *baby boomers* arriveremo agli ottanta».

Joe non alza lo sguardo. Sta leggendo i giornali di tutto il paese – il «Mercury News» di San Jose, il «Tribune» di

Waco, il «Daily Camera» di Boulder – per trovare storie per la sua trasmissione radiofonica.

«Jesse, mi raccomando: quando avrò ottant'anni compra le azioni di qualche compagnia telefonica».

Neanche Jesse alza lo sguardo. Sta leggendo il retro del cartone del latte.

«Devo andare a trovarlo oggi?», mi domando ad alta voce.

Joe non chiede a chi mi riferisca. «No», risponde.

«Ma non lo vedo da quando l'ho fatto ricoverare. Jesse, sarai felice di sapere che stamattina tuo nonno si è ricordato come ti chiami. È stato un miracolo».

«Non può essere considerato un miracolo, mamma. È una semplice ineluttabilità scientifica». La bocca di Jesse si piega in un piccolo ghigno. «Quando il cervello si deteriora – e tuo padre è fuori come un balcone – il danneggiamento del lobo frontale fa sì che ci si ricordi cose che si erano dimenticate e ci si dimentichi cose che si sanno».

Non rispondo e la giudico una prodezza straordinaria. «Questo mi ricorda che devo chiamare quel tizio con cui hai fatto l'incidente. Ci ho già provato due volte e lui non mi ha richiamato».

«E allora lascia perdere».

«Probabilmente dovresti pensarci tu. Sai, io ho un sacco di cose da fare».

«Se pensi di avere una vita impegnativa, dovresti provare le superiori». Jesse continua a mangiare mentre va a portare la ciotola dei cereali nel lavandino. «Torno tardi. Io e Ifer andiamo a una seduta. Sai, mamma, ogni porta è un ingresso. Pensaci». Posa la ciotola dentro il lavandino. «Ciao».

Io mi verso un altro po' di caffè, anche se dopo due tazze la caffeina mi rende elettrica. Mi concedo il lusso di sedermi. Per un attimo il silenzio è assoluto. Neanche un soffio d'aria, niente che scompigli alcunché. Che tutto si fermi, in questo preciso istante. Che tutto si fermi, con questa sensazione, in questa stanza: Joe seduto al tavolo che legge i suoi giornali, l'aroma di caffè, la tazza tiepida tra le mie mani, due sorsi prima dell'agitazione.

«Joe, quando parti?».

«Domani. Tornerò più o meno tra una settimana».

«Vorrei che non te ne andassi».

Joe non presta attenzione alle mie parole e questo suscita allo stesso tempo il mio rancore e la mia ammirazione. «Non sei in ritardo?», mi chiede in modo molto diretto.

Do il via al mio rituale pre-uscita. Trovare la borsa, frugare nella valigetta, cercare penne, agenda ad anelli, blocnotes. «Hai visto i miei occhiali da sole?». Corro di sopra. Cerco sul comodino, sullo scrittoio, in bagno, mi fermo davanti allo specchio. Mio Dio, ma questa è la mia faccia?

Non è la prima volta che succede. Non è la prima volta, da quando ho superato i quaranta, che passo davanti a uno specchio e resto di sasso, sbalordita dal mio stesso riflesso.

Questi incontri di sbieco, inaspettati, sono i più irritanti, questi momenti spontanei in cui m'intravedo senza aver avuto il tempo di preparare la mia faccia a essere vista e il mio cervello a vederla. Non noto altro che le rughe intorno agli occhi. Sono nuove? Le pieghe che mi scendono ai lati del naso. Nettamente più profonde. La bocca, a cui sono tanto affezionata – e lo sono da quando una ragazzina nel mio dormitorio al Camp Tocaloma mi aveva detto che era a forma di bocciolo di rosa – la bocca sta iniziando ad afflosciarsi ai lati. Ho bisogno di una vacanza. No. Semplicemente questa sono io. Io a quarantaquattro anni.

Sono la stessa di sempre, ma la faccia del futuro minaccia di prendere il sopravvento. Ho due facce in una, un'offerta speciale che non può essere restituita.

Un giorno, mentre io e Joe passavamo accanto a una coppia di anziani che camminavano sottobraccio, lo avevo messo in guardia: «Presto saremo come loro». «Lo spero proprio», aveva risposto lui. Ammirava la loro intimità affettuosa, ma non era quello che intendevo io.

La prima volta che avevo «capito» la morte, avevo otto anni ed ero nel cortile della mia scuola elementare, aspettando in fila il mio turno per schiacciare la palla contro il muro. «Quando sei morto non lo sai». Il bambino che mi precedeva si voltò verso di me, fece questo annuncio e poi si stropicciò l'occhio con il pugno chiuso. «Quando sei morto non lo sai». Ogni volta che andavo a dormire contavo freneticamente nel mio letto andando da uno a cento più in fretta che potevo per non pensarci e, alla fine, ci ero riuscita. Non ci avevo più pensato per anni. Ma da quando ho iniziato a essere sorpresa dal mio riflesso nello specchio, il pensiero è tornato, e ultimamente mi sveglio ogni mattina con la faccia di quel bambino che mi guarda fisso: «Quando sei morto non lo sai». E poi nell'ultimo anno ho cambiato taglio di capelli ogni due mesi. In qualche modo mi sembra che ci sia una correlazione.

Perché sono qui? «Joe», strillo, «sai perché sono venuta di sopra?».

«No», strilla lui a sua volta.

«Oh, mi ricordo. Gli occhiali da sole». Li trovo sulla mia scrivania, accanto al numero del dottor Omar Kunundar. Oh Signore, stavo quasi per andarmene senza occuparmi di questa cosa. Mi siedo alla scrivania e compongo il numero. Sento la voce di una donna molto professionale.

«Salve, risponde lo studio del dottor Kunundar. Per un'emergenza premete uno e lasciate un messaggio. Per una chiamata medica non urgente premete due e lasciate un messaggio. Per tutto il resto premete tre. Grazie».

Premo tre. «Salve. Sono di nuovo Eve Mozell. Una settimana fa mio figlio Jesse ha urtato la macchina del dottor Kunundar aprendo lo sportello. Vorrei parlare dell'incidente il prima possibile e sarei gratissima al dottore se potesse richiamarmi al numero 555-4603».

Queste parole non danno la misura di quanto io risulti affascinante quando parlo con una segreteria telefonica. Sono spontanea e cordiale, formale ma anche affabile. È tutto nella mia voce ed è uno dei motivi per cui sono brava nel mio lavoro: organizzo eventi. Le persone mi ingaggiano per organizzare feste per raccolte fondi o convention aziendali. Sono una grande organizzatrice, bravissima quando si tratta di prevedere cosa potrebbe andare storto, per cui non succede mai. La mia società si chiama No Surprises. Svolgo gran parte del mio lavoro al telefono, quindi lascio molti messaggi un po' dappertutto, per esempio per sapere se vogliamo una postazione che serva pasta o una postazione che serva roastbeef, o per proporre questo splendido gruppo di mariachi che ho trovato. Ho un "talento telefonico". Faccio facilmente amicizia con le persone al telefono.

E allora perché non ho avuto notizie dal dottore dopo che gli ho lasciato vari messaggi in segreteria, anche nell'eventualità in cui lui sia fuori città? Immagino che sia perché non ha sentito la mia voce. Perché quest'odiosa infermiera – è ovvio che è odiosa – ha filtrato le chiamate.

Telefono alla mia assistente.

«Ciao, Kim. Sono un po' in ritardo. C'è qualche messaggio?».

Mi dà il numero di Madge Turner, che è nel consiglio di varie associazioni mediche del Sud della California e che mi chiama spesso perché mi occupi dell'organizzazione dei loro eventi. In questo momento ne sto organizzando uno per lei. «Salve, Madge, sono Eve Mozell».

«Ciao, Eve, come stai?».

Prendo in considerazione l'idea di risponderle sinceramente, di dare sfogo al mio stato generale di ansia. «Bene, sto bene, grazie. Com'è andata la crociera?».

«Oh, relax assoluto».

Mi piace parlare con Madge perché dice sempre la cosa più ovvia. Se partecipasse a *Family Feud* – «Abbiamo fatto un sondaggio tra cento persone e le cinque risposte più frequenti sono sul tabellone» – la risposta di Madge sarebbe sempre la prima. (Perché si va in crociera? Risposta numero uno: per rilassarsi).

«Che bello, mi fa piacere».

«Si mangiava benissimo. Ogni sera prima di cena servivano tartine con salmone e caviale. Credi che potremmo avere salmone e caviale?».

«Penso proprio di sì. Ti farò sapere il costo».

«Ho mangiato decisamente troppo». (Di che cosa si rammaricano le persone dopo essere tornate da una crociera? Risposta numero uno: di aver mangiato troppo).

«Ho parlato con quelli del Biltmore…».

«Eve». M'interrompe. Mi accorgo che è nervosa.

«Sì?».

«Potremmo cambiare la location? Un attimo, non dire di no. So che gli inviti sono stati spediti».

«Manca soltanto un mese alla festa».

«Lo so, lo so, ma se mi mandi la lista degli invitati che hanno confermato la loro presenza, mi occuperò io di informarli del cambio di location. Organizzerò anche un piccolo gruppo per fare le telefonate di conferma, te lo prometto. E sbroglierò la questione del nostro impegno con il Biltmore. Sai, il Biltmore è in centro e io odio il centro. Tra l'altro ho avuto un'idea splendida e l'ho avuta proprio in mezzo all'Oceano Pacifico».

«Bene, fantastico, di cosa si tratta?».

«Dovremmo fare la nostra festa alla Nixon Library».

Non le dico: stai scherzando? Non le dico: in tutto il tempo che abbiamo lavorato insieme non ho mai saputo che eri repubblicana. Il mio lavoro m'impone di trattenermi, di stare attenta a dove metto i piedi. Cerco di essere amichevole, mai sincera. «Fanno feste lì?», mi accontento di dire con un tono neutro.

«Oh sì, è un luogo davvero magnifico. Non è una vera biblioteca, è un museo. Ci sono fontane e anche uno stagno. E poi si può visitare anche il posto dov'è nato il presidente, casomai gli ospiti si annoiassero e volessero fare una passeggiatina. Mi hanno dato il nome di una persona che lavora lì».

Me lo segno, saluto Madge, poi chiamo Kim e le chiedo di organizzarmi un appuntamento con la tizia della biblioteca e di mandare immediatamente a Madge la lista degli invitati che hanno confermato. Scendo le scale a passi pesanti. «Io vado», grido. Ma non posso uscire senza lamentarmi. Faccio una deviazione per entrare in sala da pranzo. «Hai presente quella festa con quattrocentocinquanta otorinolaringoiatri? Be', Madge Turner ha deciso di spostarla alla Nixon Library».

Dopo un lungo silenzio Joe alza lo sguardo dal giornale. «Ma chi frequenta quel posto? Probabilmente i borghesucci più borghesucci di tutto il paese».

«Immagino che pensi che potrebbe essere interessante parlare con loro».

Ride. «"Cosa significa Nixon per me." Scommetto che ti divertirai tantissimo».

«Non penso proprio. Ci vediamo più tardi».

* * *

Alle cinque vado a trovare mio padre. Chiamo Joe e gli dico che non c'è bisogno che venga con me. «Lo spero bene», dice lui.

C'è una cosa che mi piace nel fare qualcosa per la seconda volta, anche se è sgradevole: mi piace sapere come funzionano le cose. L'ascensore è a sinistra, subito dopo il banco dell'accettazione. Settimo piano, non devo controllare l'elenco. Dopo aver bussato devo dire il mio nome all'interfono, cosa sono venuta a fare (a trovare mio padre) e la porta verrà aperta dall'interno. Farò tesoro di queste informazioni. Mi conforteranno. Forse potrò condividerle con qualcuno. Forse la mia amica Adrienne dovrà far ricoverare sua madre.

E poi tutto ciò che ho visto e sentito e che la prima volta ho respinto, che forse mi ha addirittura spaventato, adesso diventa oggetto di curiosità. Usuale, addirittura familiare. Mi piace questo processo.

La prima cosa che vedo è una donna su una sedia a rotelle davanti alla cabina del telefono. Ha la cornetta in mano. L'ha tirata il più possibile fuori dalla cabina per poter parlare. E sta gridando: «Vienimi a prendere».

Ha i capelli bianchi, in realtà non molti, e sono tenuti indietro da una molletta per bambini. È minuta e ha il mento appuntito. Mi chiedo chi ci sia dall'altro capo della linea. Mi chiedo di chi sia il numero che non dimentica.

La supero dirigendomi verso la gabbia. «Sto cercando mio padre, Lou Mozell».

«Appena in tempo», dice l'infermiera.

«Per cosa?».

Si allunga in avanti fin quasi ad attaccare la bocca alla

grata e sussurra: «Diventano difficili, arrivati a questo punto. Noi lo chiamiamo il crepuscolo».

Annuisco comprensiva. Lei mi indica la sua sinistra con un cenno. «È la terza stanza. Doris le farà strada».

Doris, che ha i capelli crespi color paglia e due guance così paffute da non lasciare quasi spazio alla bocca che ci corre in mezzo come una strada diritta, esce dalla gabbia. La seguo lungo il corridoio. «Quindi vi sta dando del filo da torcere?».

«Vuole andarsene».

«Be', è comprensibile». Pronuncio quest'affermazione lealmente, con un tono che vuol dire: ma insomma, che cosa ti aspetti? Poi lo sento.

«Porca puttana, stronze, venite qui». Sta urlando così forte che lo si sentirebbe sopra la folla al Los Angeles Coliseum.

È seduto sulla sedia a rotelle in mezzo alla stanza, abbandonato a se stesso: un passeggero di una macchina che è andata in panne nel bel mezzo del nulla. Ha i pantaloni sbottonati e una corda in vita che glieli tiene su. «Potrebbe comprargli delle bretelle?», dice Doris.

«Cosa c'è che non va con la sua cintura?».

«A quanto pare non va bene con tutti i pantaloni che ha». Si china finché la sua faccia non è al livello di quella di mio padre. «Sua figlia è qui».

«Non sono mica cieco», dice lui.

Mi siedo sul letto. «Allora, come stai?».

«Ho fame». La faccia gli si corruga come se qualcuno ci avesse piantato un cacciavite al centro e avesse iniziato a girare.

«Credo che la cena arriverà presto».

«Chiama il servizio in camera».

Con tutta la pazienza di cui sono capace dico: «Papà, questo non è un albergo».

C'è un attimo di silenzio. «Be', allora cos'è?».

«È un ospedale. Ti aggiusteranno il dosaggio delle medicine».

Ci pensa su per un po'. «Qui non hanno la rivista di Georgia», dice irritato.

«Non mi meraviglia».

«Che razza di albergo non mette a disposizione degli ospiti "Georgia"?».

«Gli alberghi non fanno l'abbonamento a "Georgia". E comunque, questo è un ospedale e gli ospedali non si abbonano mai a "Georgia"». Essere paziente non mi riesce affatto bene.

«Mi hai messo qui dentro per via di Jesse, non è vero?».

«No. Senti, vuoi un po' di compagnia? Vuoi andare a stare con gli altri...». Sto per dire "detenuti", ma me ne rendo conto e m'interrompo appena in tempo.

«Certo, pupa, andiamo a farci una passeggiata».

Mio padre si alza e si lancia in avanti, crollando a terra. È uno spettacolo quasi bello: è lungo disteso, come se stesse tracciando il quadrante di un cerchio. Il rumore che fa quando colpisce il pavimento è una specie di gigantesco *ciaf*, come un cuscino che viene strizzato con forza.

«Aiuto, aiuto!», grido. Ci siamo? È morto?

Sono appiattita contro il muro, lo sguardo basso, quando Doris entra di corsa. Mio padre giace a terra come un pezzo dell'arredamento.

«Jocko!». Il tono di Doris è così autoritario che potrebbe benissimo chiamare a raccolta le truppe. «Per fortuna suo padre è grasso», mi dice. «Quando sono grassi cadono meglio».

Annuisco come se fossi d'accordo o capissi o sapessi qualcosa. Poi compare Jocko. È grosso come un camion.

Ha la testa rasata, a parte qualche capello in cima che spunta come una piantina. Probabilmente la sola vista di Jocko è stata in grado di far precipitare nel baratro anziani che erano mentalmente al limite.

Stringe mio padre tra le braccia e lo tira su, la pancia per prima. «Avremmo proprio bisogno di una gru per queste situazioni», mi confida Doris mentre Jocko mette mio padre in ginocchio. Poi lo solleva da dietro e lo riadagia sulla sedia. Mio padre è cosciente, ma silenzioso. Ha l'aria piuttosto confusa.

* * *

«È caduto», dico alla dottoressa Kelly. Siamo in una stanza vuota, il giorno dopo, per il consulto ufficiale alla fine della prima settimana. La dottoressa Kelly porta scarpe da ginnastica alte con il camice bianco. «Perché non si regge più in piedi?».

«È un fattore della sua condizione clinica». Apre la cartella e sparpaglia i fogli sul letto. «Tutti gli esami di suo padre sono normali. L'EEG, l'ECG, le analisi del sangue. Stamattina gli abbiamo fatto una TAC». Menziona qualche altro esame. Io perdo il filo e so che dovrei prendere appunti, perché più tardi Georgia m'interrogherà.

«Senta, mio padre è già andato fuori di testa in passato. Non sapeva più chi era e dove si trovava. Se gli aggiusta il dosaggio del litio e di qualunque altro farmaco stia assumendo, si riprenderà subito».

Lei scuote la testa.

«C'è qualcun altro con cui posso parlare?». Per dirlo faccio appello a tutto il mio coraggio. M'innervosisce sempre trovarmi di fronte ai medici, anche in questa versione edulcorata. Non dico: «Voglio parlare con qualcuno sopra di lei, il primario», ma cerco di immaginare di essere Georgia, che incute timore a tutti. Che è in grado di far correre le commesse da una parte all'altra dei negozi.

La dottoressa Kelly s'irrigidisce. «Io conosco il caso di suo padre».

«Bene». Capitolo immediatamente. E adesso il suo tono è più duro. Più arcigno. Tutta colpa tua, Georgia. «Senta», le dico sorridendo, nel tentativo di riconquistarla. «Mia sorella vuole avere la certezza che sappiamo tutto, soltanto questo, che non lasciamo niente d'intentato».

«Suo padre ha la demenza senile».

«La demenza senile?».

La dottoressa annuisce.

«Vuol dire che sta perdendo tutte le sue facoltà mentali a causa della vecchiaia?».

«Esatto». Sembra fiera di me: ho colto un concetto estremamente difficile.

«È sicura che non si tratti di Alzheimer?».

«Be', non potremo esserne sicuri finché non sarà morto e non eseguiremo l'autopsia, ma questa grave demenza e la perdita di capacità motoria sono sopraggiunte piuttosto rapidamente. Credo», e dice "Credo" come se si fondasse su anni di esperienza, «che si tratti solo di demenza senile».

«Quanto si può vivere con la demenza?». Sembra che le stia chiedendo: "Quanto vivrà?". Ma forse in realtà le sto chiedendo: "Quanto dovrò convivere io con la sua demenza?".

«Un anno, al massimo due».

«Perché continua a nominare mio figlio? Dice che l'ho portato qui per via di Jesse».

«Potrebbe riferirsi a qualcosa del passato, a un episodio specifico?».

Non devo pensarci sopra. «Sì».

«Sta perseverando».

Perseverando? Io la insulto e lei mi ripaga usando un termine tecnico incomprensibile. Chissà che vuol dire. Non mi prendo il disturbo di chiederglielo. Raccoglie i fogli e li rimette nella cartella.

«A proposito, dottoressa...».

«Sì?».

«L'altro giorno non riuscivo a ricordare perché fossi salita al piano di sopra. È normale?».

«Quanti anni ha?».

«Quarantaquattro».

«Sì».

Vado in camera di mio padre. È chino in avanti e sta cercando di arrivare alla scarpa, che è slacciata. Se anche riuscisse ad arrivarci, non avrebbe la destrezza per allacciarsela, e comunque non riesce più a camminare, perciò non importa se ha le scarpe slacciate. Non può più inciampare nei lacci.

Resto sulla soglia, osservandolo con freddezza, come il capo di un'azienda che cerca di valutare le capacità di un impiegato. Non vivrai più di due anni. Più di un anno. Non ci credo. Lui alza lo sguardo.

«Forza, papà, facciamo qualcosa. Andiamo a cercare un po' di compagnia».

Lo spingo lungo il corridoio. L'ultima volta che ho spinto qualcuno in questo modo si trattava di Jesse quando era nel passeggino.

Un uomo viene verso di noi con passo agile, saltellando sugli avampiedi. Ha la testa piena di capelli bianchi e una corporatura slanciata. Sembra il consumato istruttore di un campo estivo, segnato dalle intemperie, uno che potrebbe ancora tenere il tempo mentre noi facciamo i *jumping jacks*. «Scommetto che non mi riconosci», dice a mio padre.

«Certo che sì». Mio padre gli tende la mano.

Il tizio saltellante la stringe. «Mi fa tanto piacere rivederti. Ero in viaggio».

«Anch'io», dice mio padre.

«L'Oriente, Baghdad, Taiwan. Ma sai, stavo pensando», il tizio piega la testa prima da un lato, poi dall'altro, come un uccello su un ramo che sta decidendo in quale direzione spiccare il volo, «che mi fa proprio tanto piacere rivederti».

«Anche a me». Mio padre sta sorridendo così come questo tizio, mentre la loro conversazione va avanti senza limiti, come un cavallo su una pista senza traguardo.

«Vuole passare?». Sposto la sedia da un lato.

«Sto andando lì». Il tizio indica la porta della sala da pranzo. «Potrebbe aprirla?».

Ci provo. È chiusa a chiave, perciò busso. Doris fa capolino. «Chiedo scusa», dico.

Lei la apre un po' di più, vede il tizio saltellante dietro di me e la richiude sbattendola. «Aspetta qui», dico a mio padre, come se potesse andare da qualche parte.

Corro alla gabbia. «Quel signore», e lo indico, «vuole andare in sala da pranzo, ma Doris gli ha chiuso la porta in faccia».

L'infermiera si avvicina alla grata e sussurra: «S'infila dappertutto».

«Oh», dico io, come se avesse perfettamente senso. Chi potrebbe volere una cosa del genere? «Bene, ci vediamo più tardi», dico al tizio saltellante, che potrebbe aver perso la testa ma non ha la demenza senile. I suoi familiari moriranno di esasperazione ben prima che lui esali l'ultimo respiro.

«Non ho idea di chi fosse», dice mio padre. Di chi fosse. È il tempo verbale corretto. Un tempo era un'altra persona.

Anche mio padre lo era, immagino. Non ne sono sicura.

Lo spingo in sala TV. Alcuni anziani sono seduti davanti a uno schermo, che mostra loro le condizioni meteo delle spiagge vicine.

«Spero che tu non sia invidiosa di tua sorella», dice lui all'improvviso, a voce molto alta.

«Certo che no», ribatto, notando che vari anziani si sono girati a guardarmi. Persone che normalmente non sono interessate a niente. Sorrido loro per dimostrare che questa conversazione è innocua.

«È una donna di grande successo». Lo urla.

Io non rispondo. Forse smetterà di seguire il filo di questo ragionamento.

«Georgie Porgie, zucchero e panpepato». Recita la filastrocca, tutto contento. Ha dieci anni, è appeso a testa in giù sulle sbarre di una palestrina e si sta dondolando. «Lei è Georgia, il giornale», canticchia. «Noi l'abbiamo chiamata così e poi hanno chiamato un giornale come lei. Chi avrebbe mai pensato quando abbiamo scelto quel nome che sarebbe finito per diventare un giornale? È stato geniale, no? Vorrei un applauso».

Molti degli anziani dementi battono le mani.

«È sua sorella». Ha fatto una capriola sulla sbarra più alta della palestrina e si sta facendo sentire da tutto il parco giochi. Io sorrido e faccio un cenno a tutti. Mio padre si gira di scatto verso di me. «Tu come ti chiami?».

* * *

«Lui è sempre stato così», dice Joe, che sta facendo la valigia.

«Vero».

«Ma adesso soffre di demenza senile. Se potessi vedere

il suo cervello, sono sicuro che assomiglierebbe a un pezzo di Emmental». Sorride, compiaciuto al pensiero del cervello di mio padre con dentro dei buchi giganteschi. «Ovviamente sono i buchi a rendere l'Emmental interessante. Anche se in fondo l'Emmental non è mai interessante. Come tuo padre».

Joe fa tre trasmissioni alla settimana di mezz'ora ciascuna per la National Public Radio. Ciò significa, per me che sono sposata con lui, che di punto in bianco gli viene in mente un'idea, come questa mini-disquisizione sull'Emmental, e a quel punto non sta più parlando con me ma sviluppando un'idea che, in un modo o nell'altro, potrebbe finire per andare in onda. Nella sua trasmissione, *USA from Here*, vengono ospitati tipi stravaganti. Joe imbastisce dei racconti a partire dalle loro vite.

Gli piace tantissimo. Imbastiva racconti ancora prima di iniziare a lavorare in radio. È cresciuto nel New Hampshire, in una piccola città, un posto in cui essere curiosi non era pericoloso. I suoi genitori vivono ancora lì, felici, in una casa di legno bianca del 1846 con tralci di rose intorno alle finestre e un galletto segnavento in cima a un tetto rivestito di tegole. Quando era lì, Joe era sempre in grado di sapere in che direzione soffiava il vento.

Con la sicurezza di chi è sempre davvero a proprio agio, Joe non presta particolare attenzione a cosa mette in valigia o a come lo fa, a eccezione del suo registratore, che è sempre riposto nella custodia di pelle e poi infilato nella taschina con la zip della sua borsa a tracolla. I vestiti sono scelti quasi a caso: la prima camicia su cui mette le mani nel cassetto, il paio di pantaloni più vicini all'anta del guardaroba. Il nostro bagno è pieno di esemplari doppi o tripli di cose che Joe ha dimenticato e ha dovuto comprare in giro.

«Mio padre è interessante», protesto io.

«Stai elogiando tuo padre? Guarda che non è ancora morto».

«Ma di che stai parlando?».

«Sai, quando Nixon è morto, lo hanno trasformato in un eroe. Revisionismo storico. Ma tuo padre non è morto».

«Sta morendo».

«Non sta morendo e non è interessante». Joe mi parla come se stesse correggendo la mia risposta sbagliata alla domanda di un test. «Più che altro è un guaio».

«Fai la valigia come uno sciattone». Lo dico con un sorriso che mi appiccico in faccia dopo essermi accorta del mio tono. Ma non basta a intortare Joe.

«Qual è il problema?».

«Arrivi sempre a destinazione e non hai quello che ti serve, ecco tutto».

«E a quel punto lo compro. Oppure no».

«Giusto. Lascia stare». Mi guardo allo specchio. Questo nuovo taglio è strano o è solo la mia immaginazione? I capelli sono corti intorno alle orecchie e poi c'è un dislivello di cinque centimetri sulla nuca. Sembra sottosopra. «Se mio padre ha la demenza senile, perché sa come destabilizzarmi? Le persone sviluppano la demenza senile rimanendo fedeli al loro personaggio?».

«Chiedi a Jesse. È il tipo di argomento su cui dovrebbe avere un'opinione». Joe chiude la zip della sua borsa, la piega in due e inizia ad allacciare le cinghie sui lati.

«Perché? Perché tu non vuoi parlare con me?».

Smette di allacciare e si rimette dritto. Si spinge gli occhiali sul naso. È un gesto incredibilmente aggressivo per essere così semplice. In questo modo l'affabile e rilassato Joe può ingannare. Usa l'indice per spingersi gli occhiali con decisione sul naso e adesso è indubbiamente chiaro che mi sta fissando e non solo con due occhi, ma quattro. «Non è questo che intendo, Eve. Il motivo per cui dovresti chiederlo a Jesse è che lui ha un'opinione su tutto. Ma che problema hai? Dov'è finito il tuo senso dell'umorismo?».

«Questo è proprio ingiusto». Sono vagamente consapevole del fatto che parlo proprio come Jesse in un altro periodo della sua vita. Un periodo di cui adesso sento la mancanza. Squilla il telefono. Spero che sia il dottor Omar Kunundar, la vittima dell'incidente automobilistico. «Pronto?».

«Bene, allora...», dice Georgia.

«Odio i miei capelli. E questo è il terzo taglio che provo nel giro di sei mesi».

«Tu non odi i tuoi capelli. Odi la tua faccia».

«Davvero?».

«Sì. Ma siccome non puoi fare niente per la tua faccia da quarantaquattrenne, cambi il taglio, pensando che farà sembrare la tua faccia giovane, com'era un tempo».

«Oddio, hai ragione».

«Certo che ho ragione», dice Georgia, chiudendo la questione. «Qual è il verdetto dei medici?».

Chiedo a Joe di riagganciare in camera da letto dopo che avrò preso la chiamata in un'altra stanza, il mio studio, dove ho passato migliaia di ore al telefono con Georgia, appoggiata allo schienale della mia poltrona girevole, come faccio adesso: mi appoggio allo schienale e mi metto comoda prima di dirglielo. «Ha la demenza». Aspetto il suo sussulto di sorpresa. Lo ottengo.

«Cosa? È questa la diagnosi?».

«Te lo giuro».

«Questa non è una diagnosi. Ha solo tre sillabe. Hai parlato con il capo della baracca? Oh cielo, aspetta un attimo. Ci credi se ti dico che sono ancora in ufficio? Devo controllare questa didascalia».

Quando torna in linea, lascio correre la domanda sul capo della baracca, sperando che lei non se ne accorga. «Dicono che il suo cervello si sta spegnendo e che non si riaccenderà. Cercheranno di modificare il dosaggio delle medicine per evitare che gridi e che diventi violento, ma non possono garantire sui risultati». Non ottengo risposta. È possibile che Georgia stia lavorando di nuovo e che abbia dimenticato che sono al telefono. «Pronto, ci sei?».

«Stavo solo pensando. È davvero triste».

«Lo so. Oh, aspetta un attimo. Jesse», grido, «sei tu?». Lui apre la porta e si appoggia allo stipite. «Tuo padre sta per partire. Non dimenticarti di salutarlo».

«Ma non mi dire», risponde Jesse.

«Sai, Jesse, in realtà non è necessario che tu ti rivolga a me in questo modo».

«Scu-sa». Due sillabe, non una diagnosi, e di sicuro non una richiesta di scuse.

«Fai qualcosa stasera?».

«No, non credo. Ifer è in punizione. Ha detto alla madre che è una stronza con la sindrome premestruale galoppante».

«Be', non mi meraviglia che sia in punizione».

«Sua madre è una stronza con la sindrome premestruale galoppante, è la verità».

«Sì, va bene, sono al telefono con tua zia Georgia. Finisco tra un minuto».

«Vuoi dire un'ora». Chiude la porta.

«Scusa, Georgia. E comunque, mentre lo spingevo lungo il corridoio, ero triste per papà e lui si è mostrato quasi affascinante. Sai che papà sa avere fascino».

«Il fascino di un pazzo, che non deve essere confuso con il vero fascino», dice Georgia ironicamente.

«Esatto. Perciò siamo entrati in sala TV e lui ha annunciato: “Indovinate un po’?” – te lo giuro, Georgia, è riuscito a ottenere l’attenzione di persone che non hanno nessuna capacità di mantenere l’attenzione – “indovinate un po’? Mia figlia è Georgia, il giornale”».

Georgia lancia un gridolino deliziato e questo mi fomenta. «“Non sono stato un genio a chiamarla Georgia?”. Ha detto proprio così, come se la tua rivista non si sarebbe chiamata come te, a prescindere da quale fosse stato il tuo nome».

«Secondo te dovrei mandare un abbonamento gratuito?».

«Al reparto di psichiatria geriatrica della UCLA?».

«Perché no?».

«Vuoi dire perché così Doris, l’infermiera, può informarsi sulla vacanza perfetta a Maiorca?».

«Non pubblichiamo articoli così irrilevanti e tu lo sai bene», dice Georgia. «Così papà può vantarsi».

«Si vanta comunque. È fissato con te. Mi ha chiesto se ero invidiosa». Faccio un’altra imitazione. «“Sei invidiosa di tua sorella?”». Lo grido come ha fatto lui.

«No!». Georgia è incredula. Che soddisfazione. Mi sento come se avessi pescato il pesce più grande del mondo.

«Poi ha detto: “Lei è sua sorella... come ti chiami?”. Non sto scherzando, ha detto proprio così».

So che Georgia si sta praticamente rotolando sul pavimento. «Ma è una cosa da scompisciarsi dalle risate! Tu non trovi? Sai, Eve...». La sua voce si abbassa di tre ottave. Be’, magari è una leggera esagerazione, ma Georgia ha due voci: una voce bassa e autoritaria che è quella di Georgia-la-rivista e una voce dall’intonazione normale che è quella di Georgia-l’essere-umano. Adesso passa alla voce di Georgia-la-rivista. «Ci sono prove del fatto che i figli dimostrano meno attenzioni ai genitori che danno di più rispetto a quelli che danno di meno. Stiamo per pubblicare un articolo sull'argomento. Non ci avevo pensato, ma forse anche i figli che danno di meno ottengono di più rispetto agli altri, quelli più generosi. Devo andare. Preparare il numero speciale per il decimo anniversario è un vero incubo... Non riesco neanche a spiegarti quello che sto passando».

Torno in camera e mi butto sul letto. Joe sta per finire e sta infilando vari fogli e riviste nella sua valigetta. «Allora, com'è questa tizia delle torte?», gli chiedo.

Voglio tirarmi su. Voglio mettermi comoda e ascoltare Joe che mi racconta una storia. Voglio vederlo sfoggiare il mio sorriso preferito, quello che parte in sordina, piano piano, e poi esplode in tutta la sua grandiosità. «Sale su una scaletta e glassa le torte con una racchetta da ping-pong. "Le compro all'ingrosso da Mel's Sporting Goods, perché una volta che ci ho spalmato la glassa verde lime, non riesco più a lavarla via"». Joe ne imita la voce roca, come il gracidio di una rana. «"Mi metto l'impermeabile..."».

Inizio a pensare a mio padre. La sua felicità quando lo guardavano tutti nella sala TV. Quell'espressione da centro-dell'attenzione-da-bambino-di-seconda-elementare in un uomo di ottantun anni. I denti davanti che stanno ingiallendo, i ciuffi di peli che gli spuntano dalle orecchie. Si sta trasformando in una bestia, una creatura che cammina a quattro zampe e sorride senza nessun motivo. Ma in un omaggio ridicolo alla forza della sua personalità, il bambino di seconda elementare che è in lui continua a predominare.

«Non mi stai ascoltando», osserva Joe affettuosamente.

«Scusa. Non voglio che tu te ne vada».

«Eve, tornerò presto. Mi sembri una bambina».

Io e mio padre. Rotolo sulla schiena e mi alzo dal letto. «Vado a preparare la cena. Jesse starà morendo di fame».

Inizio ad armeggiare in cucina. Prendo olio, aglio, riempio una pentola d'acqua per la pasta, accendo un fornello. *Non te ne andare, non te ne andare, non te ne andare*. Sto iniziando a sembrare quell'attrice bionda bassina in tutti quei film degli anni Cinquanta. Quella con i capelli da paggetto. Non Deborah Kerr, più bassa. Come si chiamava? In realtà non diceva mai veramente: «Non te ne andare», era troppo docile. I suoi mariti andavano dovunque dovessero andare e tu sapevi che l'aereo sarebbe caduto e infatti succedeva, ma c'è sempre la scena in cui lei non lo sa. Sta giocando innocentemente con i suoi figli. Oppure è tutta agghindata e sta accendendo le candele del tavolo in salone per festeggiare il ritorno del marito con una bella cena. In ogni caso, squilla il telefono. Sorpresa.

«Ciao», dice Joe. Mi dà un bacio.

«Come si chiama quell'attrice bionda degli anni Cinquanta, un po' insipida?».

«Kim Novak?».

«No, non sexy. Molto seria».

«Non lo so. Devo andare. Ti amo».

«Ti amo anch'io». Mi chiedo se le mogli che danno di meno ottengano maggiori attenzioni di quelle che danno di più. Sento Joe che prende la sacca. Mi sembra di sentirlo che se la carica in spalla, ma forse semplicemente so quello che succede dopo. Poi la porta si apre e si richiude silenziosamente.

Mentre mi allungo per prendere una presina dal gancetto su cui è appesa, sfioro con il braccio il bordo della pentola, che è caldo. Gemo.

Non c'è nessuno nelle vicinanze a cui chiedere cos'è successo.

Metto il braccio sotto l'acqua fredda e poi ci avvolgo intorno uno strofinaccio. Reggendolo con cautela, come se fosse fragile, vado in soggiorno. Mi ci aggiro per un po' e poi faccio quello che faccio sempre: mi siedo sulla mia poltrona preferita che, se mi ci accoccolo, mi avvolge comodamente. Me ne sto seduta senza fare niente. Cercando di sentirmi bene. Rimpiangendo che Jesse non possa tornare piccolo, così avrei qualcuno da coccolare.

* * *

Il giorno dopo, alle sette e mezzo, squilla il telefono. «È morto», dico. Poi mi ricordo che Joe non c'è e che non può sentirmi. «Pronto?».

«Casa Mozell? Potrei parlare con la moglie del signor Mozell, per favore?».

«Sono io», rispondo irritata. Questo tizio mi ha appena fatto diventare la moglie di mio padre. «È una telefonata politica?».

«Mi scusi?».

«Nicaragua. El Salvador. Senta, io non do soldi al telefono. E poi è l'alba. Di solito voi non chiamate a ora di cena?».

«Sono il dottor Omar Kunundar».

«Oh, dottor Kunundar, mi scusi tanto. Sono davvero felice che abbia chiamato, grazie». Mi profondo in una serie di ossequi assurdi. Metto velocemente i piedi a terra. Svegliati, datti un tono. Ho appena immaginato che un tizio originario del Medio Oriente venisse dall'America Latina. Con il mio tono più gentile e amichevole, dico: «La prego di perdonarmi. Credo che mio figlio, Jesse, abbia urtato la sua auto aprendo lo sportello».

«Sì, sto andando in ospedale».

«Adesso?».

«No, quando suo figlio apre lo sportello. Come un muro, io ci sbatto contro. Dispiace tanto anche a me».

«È colpa sua».

«Sì, lo so».

«Io e mio marito ci chiedevamo... Sa come si comportano le compagnie assicurative al giorno d'oggi?».

«No, non me l'hanno detto».

«Be', sono molto severe con gli adolescenti. Chiedono tanti soldi per assicurare un sedicenne. E se vengono a sapere dell'ennesimo incidente di Jesse, il suo premio assicurativo andrà alle stelle, mi capisce, salirà molto». Oddio, sembro troppo condiscendente. «Perciò ci chiedevamo se ha già informato la sua compagnia dell'incidente».

«No. Sono troppo impegnato».

«Benissimo, allora. Le saremmo molto grati se potesse evitare di comunicarlo alla compagnia, così noi la rimborseremmo direttamente».

«I miei fari si stanno staccando», dice il dottor Kunundar.

«Non ne dubito. Saremmo felici di rimediare. Se lei potesse farsi fare una stima...».

«Non so se questa cosa va bene».

«Va benissimo, glielo dico con sincerità, va benissimo, ma ovviamente, se lei non si sente a suo agio...».

«Sono seduto, grazie. Stamattina ho tre orecchie e un naso, ma la richiamerò quando avrò parlato con sua madre».

«Mia madre? Perché ha bisogno di mia madre? Sono più di vent'anni che non la vedo. È mia sorella Madeline che mantiene i contatti con lei. Non ho proprio idea di che cosa stia facendo mia madre». Segue una lunga pausa, sfortunatamente, durante la quale non riesco a credere di aver detto ciò che ho appena detto.

«È molto triste sentirlo. È triste essere senza madre. Ma è il mio incidente».

«Be', è stata colpa di mio figlio».

«Quello che voglio dire è che...». Parla molto lentamente, come se fossi ottusa. «Voglio dire che devo parlare con *mia* madre. È a Burbank. Se questa cosa è illegale, dovrò avvertire le autorità. Me lo dirà lei. Arrivederci grazie». Niente virgola, tutto attaccato.

«Arrivederci». Resto a fissare la cornetta. Quando gli attori fanno questa cosa nei film Joe me lo fa notare sempre: una telefonata li sconvolge e passano qualche istante a fissare la cornetta prima di riagganciare. È una cosa assolutamente artificiale, sostiene Joe. Nessuno confonde la persona dall'altro capo della linea con l'apparecchio stesso. Io, però, l'ho appena fatto.

Il telefono squilla di nuovo. Due telefonate prima delle otto. «Pronto?». Lo dico educatamente. In modo impeccabile. Forse è di nuovo il dottor Kunundar.

«Nove-uno-uno, nove-uno-uno».

«Papà?».

«Mi stanno rubando i soldi». E si mette a ululare. Come un animale picchiato a morte, le cui urla svegliano la giungla. E non la smette.

«Papà, smettila, ti prego. Infermiera! Infermiera!». Adesso sto gridando io.

«Sì?».

Riconosco la voce di Doris. «Credo che a mio padre serva un sedativo».

«Gliene abbiamo già dato una dose da cavallo», risponde Doris.

«Per favore, chieda alla dottoressa Kelly di chiamarmi».

«Senz'altro».

«Grazie».

Mi lascio cadere di nuovo sul letto e mi tiro le coperte su fino al naso.

«Mamma?».

«Cosa c'è, tesoro?». La mia voce è attutita dalle coperte.

Jesse fa capolino in camera. Ha i capelli bagnati dalla doccia e ha un aspetto freschissimo. «Io scappo».

«Hai fatto colazione? Bisognerebbe sempre mangiare qualcosa di mattina».

«Lo dicono tutti, ma non è vero».

«Benissimo, ti credo, dimentica quello che ho detto, ti auguro una buona giornata, Jesse».

«Prendo la macchina di papà».

«Va bene. Porteremo la tua dal… non dal meccanico. Come si chiamano quelli che ricostruiscono le macchine?».

«Carrozzieri?».

«Giusto. Ci andremo dopo la scuola».

«Figo». Chiude la porta.

Non mi muovo finché non lo sento scendere le scale e uscire di casa.

Il telefono squilla di nuovo. Dovrei lasciarlo squillare, ma non posso. Probabilmente avrei bisogno di un programma in dodici fasi per liberarmi dall'abitudine di rispondere al telefono. Prendo la cornetta e resto in ascolto, ma non c'è più quel rumore come di aria in una galleria. Non si può più prevedere una telefonata a lunga distanza; tra l'altro, adesso siamo nella stessa città. «Pronto?».

«Non sono tuo padre».

«Oh, Adrienne, ciao». Che sollievo. «Adrienne, come si chiama quell'attrice bassa con i capelli da paggetto in tutti quei vecchi film?».

«Teresa Wright?».

«No».

«E quell'altra allora? Che ha un cognome che è un nome da uomo, ma qual è? È simpatica».

«Questa qui non è simpatica».

«Oh».

Faranno un quiz televisivo per me e Adrienne, in cui

tutti i concorrenti avranno più di quarant'anni. Si chiamerà: *Nomina quella persona che già conosci*.

Mezz'ora dopo siamo ancora al telefono. Io sono a letto e sospetto che Adrienne sia, be', non a letto, visto che sta chiamando da New York, dove sono tre ore più avanti, ma certamente sopra. Finché non si è sposata con Paul, nove anni fa, ha condiviso il letto matrimoniale con le sue cose: il taccuino da disegno, il filo interdentale, vari libri e riviste, Kleenex, il telecomando della televisione, il telefono, lo schedario, un sacchetto di biscotti di Leroy's Bakery. Adesso queste cose sono ammucchiate sul suo comodino, una montagnola di beni di prima necessità, per lasciare spazio a suo marito. Durante la giornata, però, mentre Paul si occupa di sport per il «Daily News», lei è ancora parcheggiata sul letto, dove le vengono la maggior parte delle idee, standoci semplicemente distesa sopra. Mentre disegna le sue vignette, la sua adorata TV, che troneggia su un vecchio cassettone di pino, non è mai spenta. Adrienne ama la televisione tanto quanto io amo il telefono.

«Credo che mio padre stia morendo». Sono già due volte che lo dico ad alta voce. Mi sto mettendo dentro il cerchio. I genitori di tutti finiscono per morire. Tutti muoiono, anche T-U. Dovrebbe esserci una via di fuga. Una volta ero andata a sciare con Joe ed ero caduta di proposito per non cadere involontariamente, ma in questo caso un approccio simile non funzionerebbe, vero?

«È stata la dottoressa Kelly a dirti che sta per morire?».

«No».

«Mi sembri sconvolta».

«Non lo sono. Perché dovrei esserlo? Non gli voglio bene. Tu hai paura della morte?».

Adrienne non ci pensa neanche su. «No».

Me lo sarei dovuto aspettare. I capelli di Adrienne

sono diventati grigi e lei non se li è tinti. «Perché? Perché no?». Non è una domanda, è un'implorazione. Salvami da questo. Salvami dal bambino con il pugno sull'occhio.

«Immagino che sia perché ho visto mio padre morire». Sento Adrienne che sgranocchia un biscotto alla cannella. «Se ne stava steso lì e soffriva così tanto che era scosso dai brividi».

«Parli del rantolo della morte?». È un termine che ho sentito moltissime volte. Che cos'è, e lo riconoscerò quando lo sentirò?

«No. Dico solo che ogni pochi secondi il suo corpo s'irrigidiva e tremava. Dio mio, era inquietante. Poi è morto. E hai presente quando nello yoga ti dicono di rilassare prima i piedi, poi le caviglie e poi continuano a salire finché tutto il tuo corpo non è inerte? È proprio quello che è successo a lui».

«Stai dicendo che la morte è la forma più perfetta di rilassamento?».

«Immagino di sì».

«Io non mi rilasso mai. Se ti rilassi, ecco che succede».

«Che cosa?».

«Qualunque cosa».

«Eve, io non penso che tuo padre stia morendo. Ma credo che questo pensiero ti stia mettendo ansia».

«Io non sono in ansia per mio padre. Jesse ha avuto un incidente in macchina – sta bene – ma adesso ho dei problemi terribili con l'assicurazione».

«Perciò sei così agitata per l'assicurazione?». Lo dice con calma, per sottolineare la sua incredulità, e io reagisco in modo aggressivo.

«Sai quanto costa assicurare i ragazzini?».

«Eve, guarda che ti sento».

Abbasso la voce. «Adrienne, se non riesco a convincere

questo dottore a cui Jesse ha urtato la macchina a farsi rimborsare il danno direttamente da noi, il premio della nostra assicurazione schizzerà alle stelle. Potrebbero anche non rinnovarci la polizza. E tu non hai parlato con questo tizio. È un otorinolaringoiatra ed è un pazzo completo. Ma a parte questo, è tutto sotto controllo. Sono sicura che se riesco a parlarci un'altra volta, posso mettere tutto a posto».

«Ed è solo questo che ti preoccupa?», chiede Adrienne.

«Sì».

Cinque

Mi laureai nel 1973, ma partii prima della cerimonia di consegna dei diplomi per evitare di dover sopportare la presenza di mio padre. Quella di mia madre non era un problema. Dopo la mia visita a Big Bear mi ero rifiutata di rivederla o di parlarci. Quando Maddy cercava di raccontarmi di un'escursione in montagna che avevano fatto tutti insieme o di riferirmi di un suo invito, io non l'ascoltavo.

Mio padre continuava a bere, ma, a parte l'overdose mentre stavo studiando per l'esame sulle grandi opere teatrali americane, non aveva più tentato niente di drastico. Io mi attenevo alla politica di non tornare a casa per più di una settimana una volta ogni tanto. Avevo deciso di trasferirmi a New York; questo mi collocava vicino a Georgia e a una distanza di sicurezza di quasi cinquemila chilometri da lui.

Conobbi Adrienne attraverso un annuncio che aveva messo su «The Village Voice», cercando «una coinquilina sana di mente e che non abbia mai partecipato a un seminario EST». Andammo a vivere insieme al quinto e ultimo piano di un palazzo senza ascensore. Le due stanze da letto erano grandi entrambe come scatole di scarpe. Il divano del soggiorno era un letto singolo con i cuscini impilati contro il muro sul lato lungo. Avevamo una pianta di asparago. Era appoggiata sul condizionatore, con i gambi merlettati che vibravano perché l'aria condizionata era sempre accesa; la tenevamo in funzione tutto l'anno per coprire il frastuono di Sixth Avenue. Avevo un tavolinetto di cui andavo fiera. In precedenza era stato usato come vetrinetta per, temo, niente di troppo interessante. Ma comunque era tutto di vetro con delle belle finiture in legno e sulla parte di dietro c'erano delle ante scorrevoli. Ci tenevamo dentro la collezione di saliere e pepiere di Adrienne.

Grazie al marito di Georgia, che conosceva il vice-commissario per le aree verdi, trovai lavoro presso il Dipartimento Parchi di New York come organizzatrice di eventi speciali: concerti, giornate della bicicletta, l'apertura di un nuovo laghetto per le foche a Central Park. Adrienne rimase in casa per tutta l'estate, seguendo in televisione i dibattiti in Senato sul caso Watergate finché non si ritrovò completamente al verde. A quel punto l'aiutai a trovare a sua volta un lavoro al Dipartimento Parchi, nell'ufficio grafico, dove disegnava i nostri poster.

All'inizio io e Adrienne condividevamo una linea telefonica. Dopo qualche settimana, però, iniziò a dire: «Probabilmente è tuo padre», ogni volta che il telefono squillava. Di lì a breve si fece installare una linea tutta per sé.

«Ehi, bambina mia, sto pensando di trasferirmi a New York». Mio padre chiamò proprio nel bel mezzo del discorso di Nixon sullo stato dell'Unione del 1974, mentre stava dicendo: «Un anno di Watergate è abbastanza».

«Papà, è una pessima idea».

«Questa città è morta».

«Be', forse sì, ma comunque New York non ti piacerebbe più. È così pericolosa, sai, ci sono...», frugai nel mio cervello alla ricerca di qualcosa di spaventoso, «ci sono un sacco di gang cinesi. Aggressioni a tutte le ore, dico sul serio».

A quel punto Adrienne spense la televisione e smise di fare finta di non stare ascoltando la mia conversazione. «Diciamocelo, bambina, quei bastardi della TV non vogliono quello che faccio. Adesso sono fissati con il realismo. Mary Martin Moore».

«Vuoi dire Mary Tyler Moore?».

«Già. Chi se ne importa, a me non importa. Io parlo del più e del meno. L'ho fatto ieri e penso che lo farò anche domani».

Chiamai subito Georgia. «È un vero incubo. Non ci crederai. Papà vuole trasferirsi qui».

«Be', sono sicura che non lo farà».

«Georgia, non c'è niente che lo trattenga a Los Angeles. È divorziato e la sua serie è stata cancellata».

«Tu prendi troppo sul serio tutto quello che dice. Ti sei mai chiesta se non ti rende felice stare male?».

«Non mi rende felice stare male».

«Come vuoi tu», disse Georgia, con un tono che indicava che mi stava prendendo in giro.

«Georgia, non mi rende felice stare male». Guardai Adrienne, che scuoteva la testa indignata per farmi capire che era d'accordo con me.

«E va bene. Pranziamo insieme lunedì prossimo?».

«Certo».

«Scegli tu il ristorante».

«No, sceglilo tu».

«Eve, guarda che per me è lo stesso».

«Okay, The Hare and the Tortoise».

«Ma esiste veramente? Hanno le tovaglie? Spero che non ci siano piante rampicanti che penzolano sui tavoli».

«Non me lo ricordo. Sì, le tovaglie ci sono. Senti, se non ti piace, sceglilo tu il posto».

«No, va bene, dov'è?».

«Sulla 44th Street, tra la Park e la Lexington. A che ora ci vediamo, Georgia?».

«Decidi tu».

«Alle dodici e mezza».

«Facciamo all'una».

Riagganciai. Non dissi niente a Adrienne. Lei riaccese la televisione, guardammo entrambe Nixon in silenzio, poi all'improvviso Adrienne pigiò il tasto del telecomando, spegnendola. «Spero che non ti dispiaccia se te lo dico...».

«Cosa?».

«Tutte le volte che stai male e chiami tua sorella, poi stai peggio».

«Non è vero».

Adrienne si tolse una scarpa e la sbatté a terra. «Questi cazzo di scarafaggi». Andò a prendere un pezzo di carta igienica per raccogliere lo scarafaggio morto. «Dov'è andato?», chiese.

«Non è lì?».

Ispezionò il pavimento e poi guardò sotto il divano.

«No».

«Mio padre è come uno scarafaggio. Proprio quando pensi di esserti sbarazzata di lui... Oddio, pensa se si trasferisce davvero qui».

«Non lo vedrai quasi mai, è una grande città. E quando dovrai farlo, verrò con te, te lo prometto».

«Grazie. Lo sai, la settimana scorsa Georgia mi ha detto che il naso e le orecchie di una persona continuano a crescere per tutta la vita. Cioè, il resto smette di crescere, ma il naso e le orecchie continuano per sempre».

«E perché te l'ha detto?».

«Perché è interessante. Scopre sempre cose del genere».

Adrienne tentò di schiacciare un altro scarafaggio. «Mancato». Si rinfilò la scarpa, accavallò le gambe pudicamente e si ravviò i capelli come se fosse di nuovo una signora. «Non è mia intenzione criticare Georgia, ma tu pensi che si vesta sempre così bene…».

«Io penso che sia chic».

«Sembra la mamma di qualcuno, la mamma molto chic di qualcuno. Scommetto che va dal parrucchiere tutte le settimane».

«No, non è vero».

«Non saprei dire se ha venti o quarant'anni».

«Ne ha ventisei».

«Be', non sembra giovane. Sembra giovanile».

* * *

Il giorno dopo, mentre stavo scrivendo un comunicato stampa sull'aumento delle tariffe d'ingresso alla pista di pattinaggio sul ghiaccio di Central Park, Madeline chiamò da Los Angeles.

«Devo parlare in fretta perché sono al verde».

«Vuoi che ti richiami io?».

«No, ho addebitato la telefonata a un numero falso, ma di solito ti beccano solo se parli per molto tempo».

«Maddy, è illegale».

«Oh, Evie, non fare la bacchettona. Che novità ci sono?».

«Papà potrebbe trasferirsi a New York».

«È il mio giorno fortunato», canticchiò Maddy. «Ruby Tuesday, quel bel negozio a Venice, ha preso tredici paia dei miei orecchini di perline in conto vendita. Presto è amico del direttore, ma gli sono piaciuti veramente. Li avrebbe presi comunque. Ti ho dovuto chiamare appena sono uscita dal negozio».

«È fantastico, Maddy».

«E adesso papà sta per trasferirsi da te. Ah, ah-ah-ah».

«Non è sicuro. E poi tra l'altro tu non lo vedi mai».

«Ma so che è a Los Angeles e praticamente è la stessa cosa. Chi l'ha portato in ospedale quando ha preso tutte quelle pillole?».

«È successo due anni fa. E non l'hai portato in ospedale, hai solo chiamato un'ambulanza». Quest'ultima affermazione è neutra solo in apparenza. Cambio argomento. «Allora, andrai all'università?».

«Oddio, ma tu e Georgia complottate alle mie spalle?».

«Perché?».

«Anche lei mi chiede solo questo. Non mi chiede mai di Presto o dei miei orecchini. Eve, mi faresti un favore?».

«Cosa?».

«Puoi chiedere a Georgia se può mettere gli orecchini nel giornale? Se può usarli per un servizio di moda?».

Adesso Georgia era la vice-caporedattrice moda di «Harper's Bazaar». Quando aveva ottenuto il lavoro, mi aveva chiamato. «Ti rendi conto che ho solo ventisei anni? È una cosa grossa».

Poi mi aveva chiamato mio padre. «Tua sorella diventerà presidente».

«Di che cosa?».

«Hearst. La nazione. Chi lo sa?».

Risposi a Madeline. «Perché non glielo chiedi tu? Perché dovrei chiederglielo io?».

«Mi hanno staccato il telefono, va bene? E poi non mi risponde mai quando la chiamo. A volte lascia passare un giorno intero prima di richiamarmi. Io non ti chiedo mai niente. Praticamente mai. Io non chiedo mai niente a nessuno».

«E va bene, lo farò».

Maddy tornò subito allegra. «Grazie, Eve. Significa davvero molto per me. Adesso sarà meglio che vada, prima di finire a San Quintino».

* * *

Seduta al tavolo del The Hare and the Tortoise, fingevo di prendere appunti sull'agenda del Movimento di Liberazione della Donna che mi aveva regalato Adrienne per Natale, alzando lo sguardo ogni pochi secondi per vedere se arrivava Georgia.

Finalmente comparve, rivolgendo alla direttrice di sala il suo mezzo sorriso, quello in cui le labbra rimanevano unite ma gli angoli della bocca si sollevavano. Portava un maglione molto lungo: era un dolcevita che proseguiva ben oltre i fianchi per diventare un vestito ed era stretto da un'ampia cintura di pelle, che mi ricordava che aveva una vita più sottile della mia.

Facevo sempre questo genere di calcoli: come sono io in confronto a lei? Essendo una sorella, a maggior ragione una sorella di mezzo, potevo capire me stessa solo in confronto a qualcun altro, e di solito quel qualcuno era Georgia.

Credo che la mia fissazione derivasse dal fatto che lei era venuta per prima, che c'era già quando ero arrivata io. Avevamo ereditato entrambe i capelli e gli occhi scuri dei nostri genitori, perciò le distinzioni fisiche più ovvie tra di noi erano poche. E Georgia era così definita, non solo adesso ma sempre, in ciò che pensava, in tutte le sue scelte. Di fronte alla sua sicurezza, avevo difficoltà a capire dove finiva lei e iniziavo io.

Se Georgia dichiarava una predilezione per qualcosa – le noci macadamia, poniamo – io non potevo preferire gli anacardi senza avere la sensazione di tradirla. Non ammiravo mai il suo naso aristocratico, stretto e diritto, senza ricordarmi che il mio era un po' all'insù e che mi dava l'aria impaziente di una bambina, mentre lei aveva l'aspetto serio di una donna. Quel giorno vidi che la sua vita non era solo sottile e arrotondata come da manuale, ma più sottile e arrotondata della mia, che era un ovale che si svasava in due fianchi non larghi, ma più larghi dei suoi. Madeline era proprio un'altra persona – più piccola di me di cinque anni, molto più alta, addirittura slanciata – una specie di spirito non più libero, ma libero, che faceva oscillare le braccia tranquillamente quando camminava. Georgia si comportava come se la strada fosse sua, Maddy ci camminava senza neppure farci caso. Io tendevo a guardare bene dove mettevo i piedi, cercando di avanzare senza dare troppo disturbo a nessuno.

Mentre osservavo Georgia che si faceva strada tra i tavoli, studiando con un'occhiata le pietanze nei piatti mentre passava, mi accorsi che, sulle spalle, sopra quel maxi-pull, portava un altro maglione, in pendant con il primo. Non avevo mai visto nessuno che non fosse in un parco giochi andare in giro con un maglione legato sulle spalle, ma la sola vista di Georgia così vestita mi fece venire voglia di legarmi sulle spalle tutto quello che avevo nel guardaroba.

Cosa che mi ricordò una telefonata con mio padre di qualche settimana prima. «Pagano tua sorella perché indossi certi vestiti», mi aveva detto. Quella telefonata in particolare era arrivata mentre stavo facendo quella cosa umiliante nota come "aspettare che il telefono squilli".

Avevo conosciuto un architetto mentre distribuivo comunicati stampa all'inaugurazione di un'area giochi a Central Park. Non era stato Philip a progettare l'area giochi, ma il suo capo. Philip si era occupato delle specifiche della struttura per arrampicarsi. Mi aveva chiesto il numero.

Il telefono era rimasto sul divano accanto a me mentre io e Adrienne guardavamo il telegiornale della sera, che verteva tutto su Rose Mary Woods e su come avesse cancellato accidentalmente diciotto minuti e mezzo di una registrazione di un nastro della Casa Bianca. Aspettai due squilli per non sembrare ansiosa e poi risposi.

«Pagano tua sorella perché indossi certi vestiti. Scommetto che non avevi mai sentito dire una cosa del genere».

«Caspita».

«Puoi dirlo forte». Riagganciò. Il telefono squillò di nuovo. Aspettai di nuovo due squilli. «Pronto?».

«Reggiti forte. Pagano Georgia perché indossi certi vestiti».

«Papà, mi hai appena chiamato».

«Pensavo di aver chiamato Maddy. Non t'incazzare».

«Non sono incazzata», mentii, dissimulandolo a stento.

«Sai come fa il tuo vecchio. Si lascia trascinare». Riagganciò di nuovo.

Georgia si sedette e mi lanciò un bacio dall'altra parte del tavolo. «Ciao, cara». Adrienne aveva ragione, era difficile dire quanti anni avesse Georgia. La cosa del bacio la faceva ormai da un anno, ma il "cara" era una novità. Anche se era un'affettazione, lei lo sapeva, lo si capiva dal modo in cui lo diceva. «Cara». Mi piaceva il suono che aveva. Era confortante. Mi allungai sul tavolo per avvicinarmi a lei, un albero che si tendeva verso il sole.

«Prendi un menu». Le allungai il mio. Vidi i suoi occhi che lo percorrevano sferzanti; poi lo appoggiò con cura accanto al tovagliolo. «Ho spiluccato tutta la mattina in ufficio. Tu mangia. Io prenderò solo un succo di pomodoro. Può chiedere al cameriere di portarmi un succo di pomodoro con una fettina di lime da parte?», chiese alla direttrice di sala.

«Papà dice che ti pagano per indossare quei vestiti».

«Non mi pagano. Me li danno solo gratis». Portò con ritrosia la mano al lato della bocca, come se qualcuno potesse origliare. «Di solito è una cosa che fanno solo con la caporedattrice moda. È la prima volta che lo fanno con la vice-caporedattrice moda». Si appoggiò di nuovo la mano in grembo. «Questo vestito è Halston».

«È un tessuto, come il cachemire?».

Georgia sorrise. «Oddio, quante cose che non sai. Halston è uno stilista molto famoso. Sai, Eve», quella fu la prima volta che sentii la sua voce abbassarsi di un'ottava e dare vagamente l'impressione che fosse cresciuta in Europa, «se non sai una cosa, di solito è una buona idea aspettare un po' per capire dove va a parare la conversazione, perché il più delle volte puoi scoprirlo da sola». Poi, con la sua voce normale, aggiunse: «È un consiglio che ti sarà molto utile».

«So benissimo chi è Halston», bluffai. «Ti stavo solo prendendo in giro». Cambiai argomento. «Hai presente gli orecchini di Madeline?».

«Vuoi dire il motivo per cui ha lasciato gli studi. Perché vuole diventare una fabbrica di orecchini».

«So che è un'idiozia totale». Scoppiammo a ridere entrambe. «Crede davvero di poter vivere di questo?».

«Chissà». Georgia spremette il lime nel succo di pomodoro.

«Mi ha chiesto di chiederti se potevi metterli nel giornale. In un servizio di moda. A dire il vero si è praticamente messa a piangere, mi ha implorato di chiedertelo, ma non dirle che te l'ho detto».

Georgia condì il succo di pomodoro con il pepe. «Dovrebbe andare all'università».

«Non vuole andarci».

«Assaggia. Non è delizioso?».

Ne presi un sorso. «Sì».

«Non troverà mai un uomo se non va all'università».

«Non è un'affermazione molto femminista, Georgia».

«È un'opinione di Adrienne? Probabilmente Adrienne non si depila le ascelle. Io sono femminista quanto lei. È solo una considerazione pratica».

«Be', non devi preoccuparti per Madeline e gli uomini. Lei li trova anche mentre è ferma al semaforo».

«Certo, quel tipo di uomini». Georgia aggrottò le sopracciglia per far capire al cameriere che si era avvicinato al nostro tavolo che eravamo pronte. «Io prendo solo il succo di pomodoro».

«E io prenderò l'insalata dello chef».

«L'insalata dello chef viene servita in una grande ciotola di legno?», gli chiese Georgia.

«Vado a controllare». E scomparve.

«Non sa neanche come viene servita l'insalata dello chef? Che razza di ristorante è questo?».

«La cucina è buona. Io e Philip pranziamo sempre qui. È vicino all'ufficio».

Il cameriere tornò. «Sì».

«E allora non prenderla», disse Georgia. «È troppo abbondante. Ti stuferai anche solo a guardarla. Prendi la bisque di granchio. L'ho vista passare».

«Bisque di granchio, per favore. Allora, userai gli orecchini di Maddy?».

«Ci darò un'occhiata, ma probabilmente non sono abbastanza di tendenza».

Non le chiesi che cosa significasse. Immaginai che sarebbe diventato chiaro, ma non successe.

«Dille di mandarmeli», continuò Georgia.

«Se papà si trasferisce qui, dovremo passare il giorno del Ringraziamento con lui?».

Georgia assunse una posa. Appoggiò il gomito sul tavolo, l'avambraccio e la mano alzati e il mento in equilibrio sulla punta delle dita. Socchiuse gli occhi e si mise a pensare. «Sì».

* * *

Sei mesi più tardi, io, Adrienne e Philip salimmo su un taxi per raggiungere mio padre a uptown. Aveva alloggiato all'hotel Algonquin per un mese e ora aveva trovato un appartamento. Avevo dovuto trascinare a forza Adrienne via dalla televisione. Nixon si era dimesso quel giorno e lei stava guardando a ripetizione il suo discorso al telegiornale. «Vite parallele», disse Adrienne. «Tuo padre arriva, Nixon se ne va».

Era un'afosissima sera di agosto. Restavamo appiccicati a tutto: ai nostri vestiti, al sedile del taxi, l'uno all'altro. Il taxi dovette schivare i geyser di svariati idranti che erano stati aperti dai ragazzini e che stavano riversando torrenti d'acqua sulla strada. Quando raggiungemmo l'appartamento di mio padre tra la 77th Street e 3rd Avenue eravamo tutti zuppi di acqua e sudore.

Era un grande palazzo di semi-lusso con un rivestimento di mattoni bianchi, del tipo che preannuncia appartamenti fatti con lo stampino con soffitti bassi e pareti di cartongesso invece che d'intonaco. «Non posso entrare in questo posto», disse Philip.

«È una presa di posizione politica?». Adrienne buttò fuori aria dalla bocca nel vano tentativo di rinfrescarsi.

Philip non ebbe bisogno di pensarci. «Sì».

«Nuove posizioni politiche», disse Adrienne. «Si rifiuta di entrare nei palazzi brutti. Potrei basarci una vignetta. Ti dispiacerebbe?».

«Tutto dipende dal giornale a cui vuoi venderla», rispose Philip.

«Proverò innanzitutto con il "New Yorker"», disse Adrienne.

«Va bene». E si avviò verso la fermata dell'autobus.

«Philip, mio padre sta per affittare un appartamento qui dentro».

«E allora?».

«È solo. Potresti almeno avere la gentilezza di salire e darci un'occhiata. Potresti addirittura dirgli qualcosa di carino».

«Gli farò le congratulazioni. È il massimo che posso fare».

Entrammo nel palazzo e salimmo in ascensore in silenzio. La porta del 6A era spalancata. «Papà?», chiamai.

«Eve? Ehi, ecco la mia Evie. Ciao, bambina mia». Si mise a piangere.

«Piange sempre», spiegai. «Dice "ciao" e piange».

«È una tradizione di famiglia», disse mio padre, tirando fuori il fazzoletto. «Eve, lei è… come hai detto che ti chiami?». Guardò la donna che era con lui. Era bassa e non grassottella, ma soda come una salsiccia, stretta in un tailleur con i pantaloni fiorati. Portava un paio di grandi occhiali quadrati e sembrava una di quelle donne delle "Bucce di banana" che Georgia pubblicava su «Mademoiselle».

«Virginia Hazen. Chiamami Ginny». Mi porse la mano. «Sono l'agente immobiliare di tuo padre».

«Piacere di conoscerti». Presentai Adrienne e Philip.

Mio padre spalancò le braccia. «Questo posto è una bomba, non trovate?». Guardammo la stanza che, se non fosse stata a forma di L, avrebbe potuto essere l'interno di una semplice scatola bianca.

«Il divano può andare qui», disse Ginny, stando di fronte al muro lungo. «E il tavolo da pranzo qui». Andò verso la nicchia.

«È splendido, papà».

«Fantastico», disse Adrienne.

«Congratulazioni», disse Philip.

«Peccato che il panorama non è un granché». Mio padre andò verso la finestra e guardò un palazzo straordinariamente simile a quello in cui ci trovavamo dall'altra parte di 3rd Avenue. «Poco male, metterò delle veneziane».

«Posso occuparmene io», disse Ginny.

In quel momento notai che la camicia di mio padre era abbottonata male. Una punta del colletto era più in alto rispetto all'altra di cinque centimetri. Era come portare al collo un cartello con su scritto «MI SERVE UNA MOGLIE».

Batté le mani, segnalando che la sua capacità di attenzione era arrivata al limite. «Chi può sopportare un appartamento vuoto? Andiamo a mangiare. Ginny, ti piacciono le costolette di maiale?». Non aspettò la sua risposta. «Noi mangiavamo sempre le costolette migliori, non è vero, Evie?».

«Altroché».

«Dove?», chiese Adrienne.

«Da Ah Fong's sulla Glendon, giusto?».

«Giusto, papà».

Ci fece strada lungo il corridoio. «Viene anche Georgia. Hai sentito, Eve? Viene anche Georgia».

«Sì, certo, lo so. Ci aspetta al ristorante».

Ginny chiuse la porta e diede le chiavi a mio padre. Ci stringemmo tutti nell'ascensore. «Ah, Gesù… è fantastico essere insieme, vero, Evie?».

Mi dispiace, nessuna risposta, niente da fare. Guardavo sfilare i numeri dei piani: cinque, quattro, tre…

Le porte dell'ascensore si aprirono. Grazie al cielo, finalmente un po' d'aria. Spazio per respirare. Fui la prima a uscire, nell'androne del palazzo e poi all'aperto.

Le strade non erano esattamente deserte, ma solitarie. Ad agosto la maggior parte dei residenti dell'Upper East Side se la squagliava nelle seconde case e quelli che restavano avevano un'aria stropicciata, da scaffale dei saldi. Il caldo umido appesantiva le gambe, facendo camminare la gente lentamente, a fatica. L'unico motivo per cui Georgia e Richard erano in città (condividevano una casa in affitto con degli amici a Bridgehampton) era che lei doveva sostituire il suo capo, che non c'era.

Io, Adrienne e mio padre iniziammo a camminare lungo 3rd Avenue. Philip rimase un po' indietro con Ginny. Lo sentivo che le faceva una paternale sulla mostruosità anonima di quei condomini.

«Ti piace Ginny?», mi chiese mio padre.

«È molto carina».

«Sto pensando di sposarla».

«Cosa? Da quanto tempo la conosci?».

Mio padre però era già preso da altro. «Ehi», gridò. «Ehi, c'è Georgia». Agitò la mano avanti e indietro come un tergicristallo in direzione di Georgia e Richard, che erano a un isolato di distanza. Georgia indossava un impermeabile di un tessuto sottile e appariscente che, quando alzò la mano per salutare a sua volta, si dispiegò come una bandiera.

«Quanto ti pagano per metterti questo coso?», le chiese mio padre.

«È seta per paracadute. Non ti piace?», rispose Georgia facendo una giravolta.

«Salve, Lou». Richard strinse la mano di mio padre. Nonostante il caldo era vestito di tutto punto – giacca blu, cravatta a strisce, camicia bianca – anche se continuava a tamponarsi la fronte con un fazzoletto. Probabilmente Richard era stato il rappresentante degli studenti del suo liceo ed era stato brillante in quel ruolo; eppure, a poco più di trent'anni, aveva un'aria arrogante e innocente, come immaginavo dovesse apparire nella foto dell'annuario scolastico. Pur non essendo bello, era piacente, il classico tipo che piace ai genitori. Aveva una quantità di capelli neri perfettamente distribuiti, separati da una riga in mezzo senza neanche un pelo fuori posto. Anche Georgia aveva dei bei capelli. Folti, corti, ugualmente neri e lisci, si erano allargati mentre faceva la giravolta per poi tornare subito al proprio posto. Adrienne aveva supposto che probabilmente all'inizio non si erano innamorati l'uno dell'altra, ma del modo in cui i loro capelli si abbinavano. «Adrienne, cara, sono contenta di rivederti. Philip». Georgia lanciò baci a tutti mentre Richard strinse le mani, tre strette ciascuno. «Chi l'ha impagliato?», sussurrò mio padre.

La futura moglie di mio padre era rimasta un po' in disparte. «Oh, Georgia, Richard», dissi io. «Lei è Virginia Hazen».

Vidi Georgia squadrare Ginny, osservandone ogni centimetro fiorato, prima di sorridere e comportarsi in modo amabile.

Georgia si lanciò nel ristorante con noi al seguito. «Abbiamo una prenotazione per sei a nome Mozell, ma stasera saremo in sette». Seguì il maître al tavolo; noi seguimmo lei e poi rimanemmo ad aspettare mentre negoziava per ottenere un tavolo che preferiva rispetto a quello che ci era stato assegnato, tondo e con un vassoio girevole al centro.

«Non è molto meglio questo?», esclamò mentre prendevamo tutti posto. «I tavoli tondi sono migliori di quelli quadrati per conversare. Noi eravamo sul punto di comprare un appartamento, ma non l'abbiamo fatto perché la sala da pranzo era stretta e lunga».

«Di che anno era il palazzo?», chiese Philip.

«Anteguerra», rispose Georgia.

«Cosa posso portarvi da bere?», chiese il cameriere, che non padroneggiava perfettamente l'inglese. Mio padre ordinò uno scotch e un bicchiere d'acqua. Richard ordinò del vermouth. Dopo aver chiesto quale vino bianco avevano, Georgia ordinò birra cinese e noi facemmo altrettanto.

«Ordinate da mangiare adesso?», chiese il cameriere.

«Vogliamo le cose più buone», disse mio padre. «Georgia, pensaci tu».

Lei prese: costolette di maiale, involtini primavera, riso fritto ai gamberetti, aragosta alla cantonese, *chow mein* con pollo e mandorle extra.

«Infanzia cinese», commentò Adrienne.

«Vorremmo tutti le bacchette, tranne mio padre. Ginny, tu le vuoi?», chiese Georgia.

«Oddio, no», rispose lei.

«Cinque, allora».

Mio padre alzò la mano per impedire al cameriere di andarsene. «Sai con chi stai parlando?».

Il cameriere si guardò intorno confuso, ma annuì educatamente.

«Lo sai?», insistette mio padre.

«Nessun problema con le bacchette», disse il cameriere facendo un piccolo inchino. Aveva ancora il sorriso appiccicato in faccia, ma era chiaro che aveva la sensazione di essere stato preso in contropiede.

«Stai parlando con la caporedattrice moda di "Vogue"».

«Vice-caporedattrice moda». Quello fu il primo contributo di Richard alla conversazione.

«Ed è "Harper's Bazaar", grazie mille», disse Georgia. Sorrise al cameriere congedandolo e, senza prendere fiato, si lanciò nel racconto di questo famoso stilista eccentrico che si portava sempre dietro un orsetto di peluche di nome Fred, che aveva persino un posto tutto per sé alla Philarmonic. Georgia era una di quelle magnifiche portatrici di palla. Probabilmente Richard l'aveva sposata per liberare se stesso da ogni tipo di responsabilità sociale. Georgia liberava tutti. Mentre c'intratteneva raccontandoci di aver inviato a Fred un mazzo di fiori mentre era ricoverato all'ospedale delle bambole, sentii Philip che ricominciava con Ginny. «Ci sono cinque architetti viventi molto rinomati», le disse. «Immagino che tu sappia chi sono».

«Adesso smettila», lo rimproverai praticamente sbraitando.

Lui chiuse la bocca in una maniera che suggeriva che non aveva intenzione di riaprirla mai più. Georgia esitò un istante, quel tanto che bastava perché io, sua sorella, e io soltanto, capissi che aveva notato lo scambio, prima di continuare a descrivere la minuscola giacca da fumo di Fred.

«Hai finito con questa storia?», brontolò mio padre.

«Perché no?», rispose affabilmente Georgia.

«Bene, adesso vi racconto io della pistola».

«Quale pistola?», chiesi.

«Hai mai sentito parlare di *Luck Runs Out*?», chiese ad Adrienne.

«So che lo ha scritto lei. Avrei voluto vederlo, ma…».

«Grande film». Mio padre la interruppe. «Avrebbe potuto essere famoso come *Casablanca*, se ci fosse stata una storia d'amore. Raccontagli di quando lo hai conosciuto, Eve».

«Chi?», chiese Ginny.

«John Wayne, e chi sennò? E va bene, è repubblicano, e allora?».

«Avevo cinque anni e non mi ricordo niente».

«Le fece una carezza sulla testa e le disse che il suo vecchio era un grande sceneggiatore. Quando finimmo di girare mi regalò una pistola. Mi disse che l'aveva portata con sé in tutti i film che aveva fatto».

«Pensavo che ti avesse regalato un proiettile».

«Chi era lì, eh? C'eri tu?». Mio padre alzò improvvisamente la voce. Agitò minacciosamente una costoletta di maiale e un po' di senape gli finì sulla camicia. «Torno subito». Alzandosi fece cadere la sedia, che andò a sbattere contro la donna che era seduta dietro di lui. Richard scattò in piedi in tutta fretta e tirò su la sedia mentre mio padre si faceva strada sbandando tra i tavoli. Non mi girai, ma lo seguii con lo sguardo in una parete a specchio. Dopo che fu uscito dalla sala si fermò al bancone del bar, ordinò altri due alcolici e se li scolò.

Qualcun altro lo aveva visto? Incrociai lo sguardo di Georgia.

Lei aprì la borsa, ci frugò dentro e tirò fuori un piccolo portapillole.

«Solo Georgia potrebbe avere un portapillole», commentò Adrienne più tardi.

«Mi stava salvando», le feci notare.

«Hai sentito che cosa ha detto Richard?».

«Cosa?».

«Ha sottolineato che Georgia era la *vice*-caporedattrice moda. È stato un commento ostile».

«No, Adrienne, non lo è stato. Lui è un severissimo avvocato. E loro ci tengono a essere sempre tecnicamente precisi».

«Io non credo proprio», insistette Adrienne.

E comunque, Georgia aveva tirato fuori un Valium. Con attenzione, in modo addirittura cerimonioso, aveva appoggiato il tranquillante sul bordo del vassoio girevole, gli aveva dato una spinta e poi lo aveva fermato quando il Valium era arrivato davanti a me. Mentre prendevo la pillola, lei ne aveva tirata fuori un'altra per sé e aveva alzato la tazza del tè in un brindisi silenzioso.

* * *

«Papà ha detto che l'avrebbe sposata. Credo che l'abbia conosciuta solo pochi giorni fa. E Philip è stato incredibilmente molesto. Avremmo litigato di brutto mentre tornavamo verso downtown, ma Georgia mi ha dato un Valium, perciò mi sono addormentata praticamente prima di entrare in casa. In realtà Adrienne voleva che vedessi *Quarto potere*, così avrebbe potuto mostrarmi la sua scena preferita, ma io sono riuscita a stento ad arrivare a letto».

«Qual è la sua scena preferita?».

«Hai visto il film, Maddy?».

«No».

«E allora non avrebbe nessun senso per te».

«So che non sono andata all'università, ma ho diciotto anni e sono in grado di capire una scena di un film anche se non l'ho visto».

«Non so neanche di che scena si tratti. Avrei dovuto dirtelo. E comunque papà non ha preso il conto, così ha dovuto farlo Richard. Sai che Richard non ha detto neanche una parola per tutta la cena, se non per sottolineare che Georgia non è la caporedattrice moda ma la *vice*-caporedattrice moda. È un atteggiamento ostile o no? Non parla praticamente mai. Forse non ha la lingua».

«Ce l'ha eccome. Me l'ha infilata in bocca».

«Madeline, ma dici sul serio?».

«Ti ricordi quando è venuto qui? E mi ha portato fuori a cena? Immagino che fosse stata Georgia a ordinargli di farlo. Mi ero fatta prestare questi sandali greci con i lacci che salivano lungo tutta la gamba fino al ginocchio perché pensavo che lo avrebbero mandato fuori di testa. E avevo anche scelto un ristorante messicano. Quando mi ha accompagnato alla macchina, mi ha dato un bacio sulla bocca e mi ha infilato la lingua fino in gola».

«E tu che hai fatto?».

«Niente. Gli ho detto: "Grazie per la bella serata", e ho chiuso lo sportello».

«Oddio, dobbiamo dirlo a Georgia?».

«Io non glielo dico».

«Ma se tu fossi sposata con uno che ha dato un bacio in bocca a tua sorella, non vorresti saperlo?».

L'operatore intervenne. «Ho una chiamata d'emergenza per Eve Mozell».

«Oddio! Va bene, operatore, adesso metto giù».

«Fammi sapere di che si tratta, okay?».

«Okay. Ciao, Maddy». Riagganciai. «È una chiamata d'emergenza», strillai ad Adrienne mentre il telefono squillava. «Pronto?».

«Eve».

«Cosa c'è che non va, Georgia? Si tratta di te e Richard?».

«Perché dovrebbe trattarsi di me e Richard?».

«Non lo so, solo che non sapevo perché stavi facendo una chiamata d'emergenza».

«Nostro padre ha comprato tre case, una macchina e una bicicletta».

«Da quando siamo andate a cena con lui? Dalla settimana scorsa?».

«A dire il vero, ha comprato tutto in un solo giorno».

«Ma si può fare?».

«Certo che si può fare. Ginny lo ha portato a Westchester. Perché pensavi che ti avessi chiamato per parlare di me e Richard?».

«Non lo so. Mi è semplicemente passato per la testa. Papà non può permettersi tre case».

«Questo lo sappiamo, Eve. Grazie al cielo Richard è un avvocato. Tirerà fuori papà da questo pasticcio. Grazie al cielo può tirare fuori chiunque da qualunque cosa».

«Grazie al cielo».

«Ho parlato con il mio analista. Lui dice che dovremmo portare papà da Bloomingdale's».

Non le chiesi se si trattasse del grande magazzino. Mi sembrava improbabile. «Se ne occuperà Bloomingdale's?». Lo dissi con circospezione, con un punto di domanda appena accennato alla fine. Forse, in un piano dove io non sono mai stata, c'è un reparto di shopping terapeutico. A mio padre vengono dati dei soldi, poi viene lasciato libero e non deve spenderli. Impara a controllarsi da Bloomingdale's e poi non ha più la tentazione di comprare tre case, una macchina e una bicicletta. Scossi la testa in direzione di Adrienne, che era ferma sulla soglia cercando di capire cosa stesse succedendo.

«Beve come una spugna e prende Dio solo sa cos'altro. Lo faranno disintossicare e capiranno che cosa c'è che non va in lui. Sono davvero fantastici nel trattamento dell'abuso di sostanze. Sono sicura che la psicoterapia è una perdita di tempo. Il mio strizzacervelli dice che la cosa migliore è tendergli un'imboscata stasera».

«Adesso? Non possiamo aspettare fino a domattina?».

«Adesso», disse Georgia.

Quando il mio taxi arrivò davanti al palazzo di papà,

lei mi aspettava sul marciapiede. Anche in una situazione di crisi, sembrava padrona di se stessa: i capelli lucidi e pettinati, probabilmente un pizzico di fard, certamente un velo di rossetto. Stava dritta come un fuso come al solito e si era addirittura presa il disturbo di abbinare l'abito a un pendente in argento a forma di fagiolo di Lima. Be', è importante farti bella quando stai andando in un grande magazzino, altrimenti come fai a sapere come ti staranno le cose? Questo me lo aveva detto Georgia un giorno che ero andata a fare shopping con lei con un jeans e una maglietta, che era quello che indossavo in quel momento.

Georgia rivolse un sorriso condiscendente al portiere. «Stiamo andando a fare visita a mio padre, è inutile avvisarlo». Ci precipitammo verso l'ascensore. «Ho paura», dissi. Lei rimase in silenzio, facendo oscillare il fagiolo di Lima. Salimmo al sesto piano e Georgia suonò il campanello.

Nessuna risposta. Georgia provò ad aprire la porta. Non era chiusa a chiave. Un appartamento newyorkese che non era chiuso a chiave? Cosa significava? Era stato aggredito e derubato? Georgia girò lentamente il pomello e aprì la porta di un paio di centimetri. Una musica assordante. *Everything's Coming Up Roses.*

«Non è morto», disse Georgia. «Sicuramente non è morto. Papà!», gridò.

«Sono qui».

Lui e Ginny stavano giocando a carte in soggiorno. A poca distanza era parcheggiato un tandem e l'unico altro complemento d'arredo era un divano rivestito di una stoffa a fiori molto simile al tipo che Ginny prediligeva per i suoi tailleur. Il divano era ancora ricoperto di plastica.

«Ciao, ragazze», disse Ginny.

«Gin». Mio padre mise a terra le carte, afferrò le banconote al centro del tavolo e se le ficcò in tasca.

«Ho perso di nuovo», disse Ginny bonariamente. «Cielo, non riesco proprio a battere quest'uomo».

«Potresti andartene?». Georgia era imperiosa come non mai. «Vorremmo parlare con nostro padre».

«Vado via in un baleno». Ginny tracannò quello che restava del suo vino rosso e prese la borsa. «Spero che diventeremo buone amiche». Si mise sulle punte per darmi un bacino sulla guancia, poi si avvicinò a Georgia, che fece un passo indietro. «Be', io scappo».

«Ehi, indovinate un po' che cosa ha fatto il vostro vecchio? Oggi ho comprato tre case».

«Lo sappiamo», disse Georgia.

«Era sui giornali?».

«No, mi hai chiamato e me lo hai detto».

«Tre case». Scosse la testa tutto contento. «Una tripletta».

«Papà, siediti», ordinò Georgia.

«Georgia, ma tu sei mai stata giovane?», le chiese mio padre.

Lei lo ignorò. «Siediti, papà».

«Chi ti ha proclamato regina? Ecco che cosa voglio sapere».

«Cazzo, stai zitto», gridai io. Mio padre mi guardò.

«Ti portiamo in ospedale», disse Georgia. «Sei fuori controllo».

«Andate al diavolo». Mio padre salì sul tandem e iniziò a pedalare in direzione della porta.

«Dove stai andando?», gli chiese Georgia.

«Fuori. Chissà, magari per pedalare… O chissà, magari per vivere».

Chissà? Ma in che dramma stava recitando? Che ruolo stava interpretando?

Georgia sbarrò la porta. Ci si parò davanti come una sentinella. «Tu sei ubriaco e sei pazzo».

«Ma non sono sposato con Richard», disse mio padre.

«Stai zitto», gridai io. «Posa quella stupida bicicletta».

Le lacrime mi scorrevano lungo le guance. Lo sto facendo solo per impressionarlo, mi dissi. Se io sclero, lui tornerà in sé. Questo gli farà paura.

«Finiscila, stai facendo finta», disse mio padre.

Come faceva a saperlo? Come lo aveva capito? «Non sto facendo finta, non dirmi che sto facendo finta», gridai ancora più forte.

«Calmati», disse Georgia a bassa voce. «Papà, se non sali in macchina con noi e non ti fai ricoverare, non rivedrai mai più né me né Eve».

Mio padre ci pensò su. La sua lingua si spostò da un lato della bocca facendogli gonfiare la guancia.

«Andate al diavolo», ripeté, ma senza convinzione. Cercò di girare la bicicletta, ma era troppo grande per l'ingresso.

«Ci penso io», disse Georgia. «Eve, vai a prendere qualche vestito di papà, per favore».

Andai in camera sua e aprii il guardaroba. Nell'angolo c'era una sacca di nylon afflosciata. L'appoggiai sul letto, che era disfatto, e aprii un cassetto. I suoi vestiti erano tutti appallottolati. Non volevo toccarli. Avevo la sensazione che fosse pericoloso. Che avrebbe potuto esserci una sorpresa nascosta in quel casino.

Strizzai un po' gli occhi in modo da evitare di vedere davvero quello che stavo toccando mentre infilavo nella sacca calzini, mutande e forse un pigiama. Fortunatamente nel cassetto successivo trovai delle camicie pulite con dentro il cartone. Camicie sicure. Feci tutto molto in fretta. Chiusi la sacca e presi un completo di giacca e pantalone dal guardaroba. Ci appoggiai sopra un blazer extra e portai tutto in soggiorno.

Seduto sul divano, mio padre si rifiutava di guardarci.

Georgia era seduta al tavolino e stava mischiando a ripetizione le carte del mazzo.

«Credo di aver preso tutto quello che serve».

«Dove andiamo?», chiese mio padre.

«Bloomingdale's».

Ci mise un attimo per capire. «È aperto a quest'ora?».

«È il nome del reparto psichiatrico del New York Hospital a Westchester», disse Georgia. «È a Bloomingdale Road. Ti faranno disintossicare e scopriranno perché fai delle cose strane».

«Io non sono strano», gridò mio padre.

«Tu sei strano», gridai a mia volta.

«Vieni, papà», disse Georgia. Non era una proposta.

Mio padre si alzò. Georgia lo prese per un braccio, ma lui si ritrasse. Ci mise un po' per tirarsi su, per raddrizzare le spalle. Adesso sapevo che ruolo stava interpretando. Era Alec Guinness in un film inglese su un prigioniero di guerra. Stava per essere costretto a una marcia forzata in solitaria nel *Ponte sul fiume Kwai*. Potete rinchiudermi, picchiarmi, affamarmi, ma non schiaccerete mai la mia dignità. Interpretando questo ruolo con grandissimo piacere, marciò deciso, anche se barcollante, verso la porta.

Non dicemmo niente mentre uscivamo di casa, salivamo in ascensore, uscivamo dall'ascensore e poi prendevamo posto nella limousine che Richard aveva noleggiato. Non dicemmo niente lungo la Hutchinson River Parkway fino a White Plains e Bloomingdale Road.

«Sembra il Sarah Lawrence College», osservò Georgia mentre entravamo nel complesso ospedaliero fatto di edifici di mattoni coperti d'edera. Quella fu l'unica frase che ci scambiammo, a eccezione dell'ultimo «Andate al diavolo» di mio padre quando firmò il foglio del ricovero e fu portato via.

Erano quasi le tre di notte quando io e Georgia ripartimmo.

Presi posto nella limousine stropicciandomi gli occhi. «Non farlo». Georgia mi scostò le mani dal viso. «Non ti tirare mai la faccia».

«Me la stavo stropicciando. Non me la stavo tirando».

«Non lo fare mai e basta. La faccia ti si affloscia in ogni caso. Inizia ad afflosciarsi il giorno in cui nasci». Frugò nella sua borsa. «Ah-ah». Ne tirò fuori trionfalmente un quadratino di carta nera. «After Eights».

«Che cos'è?».

«Sfoglie sottili di cioccolato con un ripieno cremoso alla menta incartate una per una. Potrebbe essere la più grande invenzione degli inglesi in assoluto». Me lo allungò e poi ne cercò uno per sé.

Mangiucchiammo i nostri cioccolatini. «Siamo mai stati bene a casa? Non ricordo se siamo mai stati bene».

«Oh, siamo stati bene eccome», disse Georgia. «Ti ricordi quando papà ci portava a comprare i vestiti?».

«Perché mamma non voleva farlo».

«Vero. Ma a lui piaceva tantissimo. "Le mie figlie hanno bisogno di vestiti"». Georgia gonfiò il petto, imitandolo. «Lo annunciava in modo che tutti si accorgessero di noi».

«Che altro?».

«A cena giocavamo, al gioco dei mimi o agli indovinelli. Ogni tanto Maddy cantava *The Twelve Days of Christmas* e noi tenevamo tutti il tovagliolo davanti alla bocca per non ridere».

«Me lo ricordo. Era stonata come una campana. Come le era venuto in mente che sarebbe potuta diventare una rock star?». Pensai a Maddy a cinque anni, con il suo pigiamino rosso, che cantava tutta convinta «*Five go-old rings*» mentre stava sul suo palco, il tavolinetto del salotto dei miei genitori. «Georgia?».

«Sì?».

«Ti ricordi prima, quando gridavo?».

«Sì». Lo disse in un modo molto dolce.

«Stavo facendo finta. Come faceva a saperlo?».

«Non stavi facendo finta. Hai sclerato. Non leggi mai la Rivista?». Chiamava sempre «Harper's Bazaar» la Rivista, come se fosse l'unica a venire pubblicata in tutto il mondo.

«Guardo le foto».

«Eve, il mese scorso abbiamo recensito un libro che s'intitola *Outside Inside*. Scritto da una psicologa. È molto interessante. La tesi è che…».

Tesi. Il mio cervello era troppo stanco per quella parola.

«Quando una persona sbrocca, a volte esce da se stessa e osserva. Fuori, dentro… capisci? È una specie di autodifesa. Hai ancora il numero del mese scorso?».

«Non lo so».

Mi accarezzò la mano. «Te ne manderò una copia».

Iniziavo a essere stanchissima e piombai in uno stato di semi-sonnolenza in cui tutto sembrava piuttosto piacevole. Se solo fossi potuta rimanere lì, in quella grande macchina solida, trasportata in un posto sicuro, al riparo dai padri e dai telefoni. Mi distesi per metà, la testa sulla parte alta del sedile e le gambe allungate davanti a me. Riuscivo a vedere solo la cima degli alberi sfilarci accanto, poi la sommità dei palazzi quando entrammo in città. L'autista fece scendere prima Georgia, poi portò me a casa.

* * *

Per affrontare il primo ricovero di mio padre in seguito all'overdose, noi sorelle ci eravamo assegnate a vicenda dei compiti: io ho fatto questo, perciò tu devi fare quest'altro. Adesso, per il secondo, eravamo rodate. Se io e Georgia lo avevamo portato in ospedale, Madeline sapeva che avrebbe dovuto occuparsi del resto senza che glielo dicessimo.

A Bloomingdale's i pazienti non avevano il telefono. Mio padre non poteva chiamarmi. E con Maddy che teneva sotto controllo la situazione, io ero in paradiso. Quell'autunno, quando squillava il telefono, mi precipitavo a rispondere. Non esitavo mai prima di parlare. Dicevo: «Pronto» con entusiasmo. Purtroppo avevo rotto con Philip e non c'era nessuno di nuovo all'orizzonte, il che significava che adesso che non vedevo l'ora di rispondere al telefono, dall'altro lato non c'era mai nessuno d'interessante. Passavo la maggior parte delle serate in compagnia di Adrienne e del suo ragazzo, Sandy.

Adrienne si era innamorata della cucina indiana. «È perfetta per me», proclamò tirando fuori dagli armadietti della cucina barattoli di garam masala e chutney.

Adrienne era un tipo semplice. Una zazzera scompigliata di capelli castani, spalle larghe, seno grande. Era inconsapevolmente sexy, come può esserlo una persona molto cordiale perché è tanto affettuosa. Preparava curry sperimentali, mettendoci i pomodori un giorno, le patate e i ceci quello dopo, proprio come si valorizzava quotidianamente con voluminosi gioielli d'argento, provando combinazioni sempre diverse. Il risultato non era mai un miscuglio confuso – né il suo aspetto né la sua cucina – ma sempre una combinazione esotica ispirata.

A ottobre festeggiammo la prima vendita di una sua vignetta: "Nuove posizioni politiche". Nientemeno che al «New Yorker». Io, Adrienne e Sandy brindammo all'assente Philip per essere stato così fruttuosamente molesto. Ci sedemmo a terra, come se fossimo stati nel deserto indiano, circondati da un mucchio di condimenti – arachidi, chutney, cocco – oltre che dai papadum, quegli affari croccanti per cui Adrienne andava pazza. Il curry sobbolliva sul fuoco e la televisione era accesa su *Quarto potere*.

«Ecco che arriva». Adrienne alzò le mani per farci fare silenzio durante la sua scena preferita. «Buon Natale», disse il tutore di Charles Foster Kane, dandogli una slitta nuova di zecca. Il tutore era un tizio di mezz'età ancora arzillo, ma che aveva l'aria di essere uno spilorcio. «Primo piano sul bambino», commentò Adrienne mentre la cinepresa mostrava l'espressione disgustata del giovane Charles. «Torna indietro», gridò mentre la cinepresa si spostava di nuovo sul tutore. «E buon anno», disse il tutore. Adesso era un anziano ricurvo.

«Non è un modo straordinario di mostrare il passare del tempo? Buon Natale, è un normalissimo uomo adulto. Buon anno, è un vecchio decrepito. Pazzesco». Adrienne si lanciò famelicamente sul suo curry. Quella scena aveva rinfocolato il suo appetito.

«Ma è davvero la tua parte preferita?», chiese Sandy dubbioso.

«Questa è la vita», disse Adrienne. Schioccò le dita.

Il mio telefono squillò.

«Vado a rispondere nell'altra stanza così voi potete continuare a guardare». Portai il telefono nella stanza da letto e chiusi la porta con un calcio. «Pronto?».

«Eve?».

«Ciao, Georgia».

«Eve, ti dispiace se io e Richard partiamo per il Ringraziamento? Ci prestano un appartamento a Londra. Sai, sto avendo qualche problema a restare incinta, e ho pensato che forse a Londra...».

«Perché me lo chiedi?».

«Per papà. Non pensare di dover passare il giorno del Ringraziamento con lui. Non se lo merita. Madeline dice che sta benissimo in quel manicomio. È addirittura popolare tra gli altri pazienti».

«Non ti preoccupare. Non ho nessuna intenzione di andarci».

«Bene. Ti chiamo quando torno».

«Divertiti. E in bocca al lupo per il bambino».

* * *

Il giorno del Ringraziamento, a ora di pranzo, contemplavo il contenuto del frigorifero. Avanzi di curry d'agnello, uova, una cipolla.

«Sei sicura di non voler venire?», mi chiese Adrienne. «I genitori di Sandy sarebbero felicissimi di vederti».

«Grazie lo stesso. Prenderò qualcosa da asporto».

Adrienne stava mettendo via gli inchiostri sul tavolo da disegno che ora era nel nostro soggiorno. Aveva appena finito un'altra vignetta, che s'intitolava "Ragioni per cui hanno rotto". L'aveva disegnata in preda a una furia cieca dopo aver visto l'interno del guardaroba di Sandy, dove lui appendeva i vestiti nella plastica della tintoria, per poi metterli in custodie di plastica ancora più grandi, e dove le scarpe erano custodite dentro sacchetti con i manici annodati. La ragione numero uno era: "Gli piace troppo la plastica".

«Hai mostrato la vignetta a Sandy?», le chiesi.

«No, aspetterò quando avremo rotto, dopo le feste. Sei sicura che starai bene?».

«Starò benissimo».

M'infagottai e uscii sulla 6th Avenue. Faceva un freddo terribile, del tipo che ti morde la carne. Abbassai il mento, cercando di seppellire il più possibile la faccia sotto la spessa sciarpa di lana. Camminavano tutti in fretta, le spalle curve.

New York è un posto accogliente se sei solo in un giorno di festa. È tutto aperto: empori, negozi di fiori, edicole. Mi sfregai le orecchie gelate con le mani coperte dai guanti mentre entravo da Hugo's, un negozio di alimentari aperto ventiquattro ore su ventiquattro.

Iniziai ad aggirarmi tra gli scaffali, il tempo di disgelarmi. Che cosa volevo? Un gelato sandwich, forse, insalata di cavolo cappuccio, budino di riso. Non c'era bisogno di abbinare niente e qualunque cosa avrebbe potuto essere il dessert. Su un vassoio c'era un tacchino arrostito, senza una coscia e metà petto. La pelle era tutta raggrinzita. Georgia sarebbe stata senz'altro in grado di dargli qualche consiglio.

Ma non avevo voglia di niente. Mi preparai e uscii. Un tizio venne verso di me gesticolando, tutto preso da una complicata discussione con nessuno. I jeans sporchi gli cadevano di dosso. Il cappuccio della felpa sudicia era calato sulla testa e dentro, quasi invisibili, c'erano due occhi iniettati di sangue così infossati che avrebbero potuto essere in ritirata. Si fermò a un telefono a gettoni, prese la cornetta e si mise a parlare; cioè, formava le parole con le labbra, anche se non usciva nessun suono.

"Non mi farò commuovere da questa persona per nessun motivo", dissi a me stessa. "Questo non è né un messaggio, né un segno, né niente del genere". D'un tratto capii cosa avevo voglia di mangiare: bliny. Tornai nel negozio.

«Bliny, per favore. Due, no, quattro bliny al formaggio».

Dalla vetrina del negozio riuscivo a vedere l'uomo. Riagganciò violentemente. La sua conversazione con se stesso non era andata bene e si allontanò, continuando a gesticolare.

«Qualcos'altro?».

«Quel tacchino. Può darmelo tutto?».

Salii su un taxi con tutto tranne i bliny, che alla fine avevo lasciato lì. Avevo preso tacchino, insalata di patate, salsa di mirtilli rossi fatta apposta da Hugo's per il Ringraziamento, una torta di zucca di Entenmann's, piatti, coltelli e forchette di plastica. «Vorrei andare al New York Hospital di Bloomingdale Road a White Plains. Ci vogliono circa quaranta minuti per arrivarci, posso mostrarle la strada. Accetta un assegno?».

«Non ci penso neanche», disse il tassista.

«E allora mi porti a un'agenzia della Avis, per favore. Sa dov'è?».

Un'ora e mezzo dopo stavo guidando sull'autostrada, emozionata, come se avessi un posto dove andare e non si trattasse di un ospedale per matti. Il Bloomingdale's era bellissimo. Querce torreggianti, elegantemente spoglie; l'edera era diventata color oro e arancione scuro.

Alla reception non c'era nessuno. C'era un biglietto che diceva di prendere il telefono e comporre il 321. «Salve, sono Eve Mozell. Vorrei vedere mio padre, Lou Mozell».

«Certo, cara. Scende subito qualcuno».

Mi sedetti con i miei sacchetti della spesa. Alle pareti erano attaccate delle decorazioni, ghirlande ritagliate da bambini che rappresentavano tacchini e padri pellegrini, con sopra un cartello che diceva: «I BAMBINI DELLA TERZA DELLA MAESTRA WEBER, SCUOLA ELEMENTARE DI WHITE PLAINS». Mi chiesi se i genitori di quei bambini fossero passati in ospedale per vedere la mostra.

L'ascensore si aprì e un tizio vestito da custode mi fece cenno di avvicinarmi. Girò la chiave nella serratura dell'ascensore e pigiò 8.

Quando le porte si aprirono, entrai in una stanza grande come una cabina del telefono, con un'altra porta proprio davanti a me. Il custode aprì con la chiave anche quella, una grande porta di metallo, e poi la spalancò. Mi ritrovai di fronte mio padre con le braccia aperte. Mi ci tuffai in mezzo.

«Evie, bambina mia».

«Ciao, papà». Mi misi a piangere.

«Cosa c'è?».

Scossi la testa. Non lo sapevo. Forse era la serratura. Forse vedere il custode girare quella chiave e vedere mio padre, le braccia aperte, che aspettava dietro una porta chiusa.

«Ehi, sono io quello che piange». Mi allungò il suo fazzoletto.

«Hai sempre un fazzoletto. Anche qui dentro, hai un fazzoletto». Tirai su con il naso e mi misi a ridere, ma poi ricominciai a piangere. «Hai un aspetto magnifico», gli dissi alla fine. Era vero. La sua camicia, per esempio, era stirata e abbottonata come si doveva. Per la prima volta dopo anni non sembrava che si fosse vestito al buio.

Il custode aveva portato i miei sacchetti fuori dall'ascensore e li aveva appoggiati accanto a noi. «Ti ho portato la cena del Ringraziamento», gli spiegai.

«Ah. Che bellezza. Quando ho avuto te, ho fatto tombola».

Prese i sacchetti. Li prese davvero. Aveva mai portato qualcosa per me prima di allora? Avanzammo lungo il corridoio marrone superando varie stanzette identiche. Era come un dormitorio. Un uomo venne verso di noi leggendo il «Time». Alzò lo sguardo. Un grande sorriso. «Ciao, Lou». Appena fu passato, mio padre sussurrò: «Era il capo di Xerox».

Passò una donna. «Ciao, Gloria».

«Ciao, Lou».

«Qui dentro dovrebbe starci suo marito, non lei».

Incontrammo varie altre persone. Ognuna di loro salutò mio padre cordialmente. Una era in pigiama. «Non fare domande», disse mio padre stringendomi la spalla.

L'arredamento della sua stanza era l'equivalente delle dotazioni governative: letto di ferro, coperta grigia, un solo cuscino, armadietto di metallo per i vestiti, due sedie di legno, di cui una con i braccioli. A terra giacevano due numeri recenti di «Variety». M'indicò la sedia con i braccioli. «Tu siediti lì», mi disse grandiosamente. Prese il cuscino, lo sprimacciò due volte, lo sistemò sul lato lungo del letto, contro il muro, e ci si appoggiò. Mio padre aveva davvero sprimacciato un cuscino. Quanta competenza. «Come stai?», mi chiese.

Me lo stava chiedendo veramente. Lo voleva sapere.

«Oh, tutto a posto. Ho rotto con Philip».

Mio padre annuì. «Non me lo ricordo molto bene. Com'era?».

Gli ricordai che Philip faceva l'architetto. Gli parlai dei progetti a cui lavorava e della sua ossessione per l'estetica di tutto ciò che comprava, persino il pennello da barba. Gli dissi che conosceva la storia di ogni vecchio palazzo di New York. Mio padre prestò molta attenzione, ridendo al passaggio sul pennello da barba, aggrottando la fronte con aria di approvazione quando menzionai l'amore di Philip per Manhattan.

«Ti piaceva?».

«Pensavo che ci saremmo sposati. Pensavo di amarlo».

«L'amore». Mio padre fece spallucce. «Puoi anche essere sposato con uno che non ami, ma non con uno che non ti piace».

«Lui non mi piaceva, hai ragione. Come facevi a saperlo? Perché stavo con uno che non mi piaceva?».

«Per la compagnia». Mio padre s'illuminò. «Sono un esperto in materia».

«Mamma ti piaceva?».

«Tua madre era tutto. Il sole, la luna, tutto il pacchetto. Ma io non piacevo a lei». Non era abbattuto, era solo realista.

«Be', a me non piace lei». Mi alzai e iniziai a scartare il tacchino. «Festeggiamo».

Diedi a papà alcuni contenitori da aprire, aspettandomi di veder volare i coperchi e che il contenuto sarebbe finito a terra, ma lui li tolse con cura e li impilò. «È stata un'idea magnifica», disse.

«Ho mai fatto qualcosa che non trovassi magnifico?».

«No».

«A Maddy mamma piace», dissi.

«Be', tu e Maddy avete avuto due madri diverse».

Neanche un pizzico di saggezza per anni e poi, all'improvviso, un diluvio. O forse sembrava così in confronto al vuoto di prima.

Avevo fatto affettare il tacchino da Hugo's, immaginando che all'ospedale psichiatrico non ci sarebbero stati dei coltelli adatti. Mio padre ne adagiò qualche fetta su un piatto, disponendole ordinatamente, poi ci mise l'insalata di patate, la salsa di mirtilli rossi e l'insalata di cavolo cappuccio. Mi allungò il piatto e m'indicò di nuovo la sedia per farmi sedere.

«Sai, Evie, tu sei sempre stata...».

«Cosa?».

«La più comprensiva».

Quella fu l'unica ombra di tutta la giornata, quel complimento per qualcosa che, lo capivo vagamente, era la mia rovina. Ma lo ignorai e lo cancellai dalla mia mente. Stavamo facendo una specie di picnic e mi piaceva. Il nostro primo picnic di famiglia: il giorno del Ringraziamento del 1974 in un manicomio a Westchester. «Non mangi?».

Guardava dalla finestra una quercia con tre bellissime foglie precariamente attaccate. «È bello fuori, quando sei qui dentro. Ovviamente, quando sono fuori, non ci faccio mai caso».

Era vero, naturalmente. Non faceva mai caso a nulla. Il sole sorgeva e tramontava senza che mio padre se ne accorgesse neanche. Lo aveva capito durante la terapia di gruppo?

«Presto sarò in "libertà vigilata". Spero che tu possa venire al matrimonio».

«Papà, tu non ti sposerai. Ogni volta che ci vediamo, dici che stai per sposarti. Sei bipolare. Ecco perché ti danno il litio. Ecco perché hai comprato tre case, ecco perché decidi sempre di sposarti dopo aver appena conosciuto una donna».

«No, mi sposo l'estate prossima. Con un'infermiera davvero carina».

«Sei sicuro?».

Mio padre si mise a ridere. Persino la sua risata aveva un suono salubre. «Ha una figlia anche lei. Come diavolo si chiama?». Ci pensò su.

Ah, il vecchio papà è tornato. Non si prende neanche il disturbo di ricordarsi il nome della sua futura figliastra.

«Lola. Ha vent'anni. Vuole fare la modella. Le ho detto che Georgia avrebbe smosso cieli e mari per lei». Andò verso la porta e gridò: «Ehi, tesoro, vieni qui».

Io ero seduta con un piatto di plastica sulle ginocchia quando una donna passò davanti alla porta, si fermò un attimo per essere certa che nessuno la stesse vedendo e poi entrò in tutta fretta. Aveva la pelle scura, i capelli arancioni e il rossetto rosso. Era molto colorata. Quella fu la mia prima impressione generale. E non riuscivo a sopportare l'idea di non poter correre a casa e chiamare Georgia o Madeline. Georgia non mi aveva dato il suo numero di Londra e a Maddy avevano staccato di nuovo il telefono.

«Claire, ti presento Eve. Le ho appena detto che ci sposiamo».

«È la sacrosanta verità. Speriamo che verrai al matrimonio».

«Be', certo. Vuole assaggiare la nostra cena del Ringraziamento?».

«No, grazie, tesoro, non sono una grande fan del cibo».

* * *

«Non è una grande fan del cibo», dissi a Georgia una settimana dopo, non appena fu tornata. «Ma che significa?».

«È magra?».

«Sì, molto magra e molto alta. Più alta di lui».

«Quanti anni ha?».

«Georgia, è nera».

«Che vuol dire che è nera? Una persona nera?».

Era elettrizzante. Probabilmente il momento più elettrizzante della mia vita telefonica. Era una direzione che nessuno avrebbe immaginato che mio padre potesse prendere. Non significava assolutamente niente ed era elettrizzante. Che stesse succedendo e che fossi io a dirlo alle mie sorelle.

«Che figo. È la cosa più figa che abbia mai fatto», disse Madeline.

«Non credo che abbia deciso di sposare Claire perché è nera. Non credo che sia una presa di posizione sui rapporti interrazziali».

«Forse no, ma adesso siamo una famiglia interrazziale»,

ribatté Maddy. «Io marcio già e adesso dovresti farlo anche tu».

«Marcia dove?», chiese Georgia quando le riferii la risposta di Maddy. «Negli ultimi tempi non ci sono molte marce per i diritti civili».

«Credo che voglia dire per la pace. Maddy è proprio fissata con la pace. Con la pace e le balene».

«Benissimo, cara, è fissata con la pace. Ma non si è accorta che la guerra è finita? Qualcuno dovrebbe dirglielo. A proposito, quanti anni ha la nostra matrigna?».

«Quarantatré. Papà ne ha sessanta, perciò non è male. Penso che gli farà benissimo, smettere di essere concentrato su se stesso, essere più impegnato. Lei ha una figlia di vent'anni che vuole fare la modella. Si chiama Lola. Papà vuole che tu l'aiuti a trovare lavoro».

«Le nere invecchiano meglio delle bianche».

«Davvero?».

«Non c'è paragone. Hai mai visto le foto di Marian Anderson? Volevo farci un articolo, ma la direttrice non vuole saperne proprio niente».

«Non riesco a credere che stia per sposarsi con un'infermiera. Come abbiamo fatto a essere così fortunate?».

Sei

Dopo aver chiuso la porta di casa, faccio quello che faccio sempre: andare nello studio di Joe per controllare la segreteria telefonica. Cinque chiamate. Probabilmente tutte di mio padre. Probabilmente tutte in cui urla: «Dove sei?».

È chiuso nel reparto di psichiatria geriatrica della UCLA da due settimane, ma sono cinque giorni che non lo sento. Dovrei andarci stasera.

Lascio cadere la mia valigetta sul pavimento dell'ingresso, accanto allo zaino di Ifer, e mi avvicino alla segreteria guardinga, preparandomi ad ascoltare le minacce, le lamentele, le recriminazioni e i pianti di mio padre. Premo «play».

«Ciao, Eve, sono tornata dal Montana. È successa una cosa meravigliosa. Chiamami».

«Salve, cara, sono Madge. Mi è sembrato che la riunione sia andata splendidamente. Il posto dov'è nato non è adorabile? Pensaci... quei quattro ragazzi Nixon vivevano in una piccola soffitta e condividevano due lettini. Immagino che fossero obbligati ad andare d'accordo e, sì, ci sono riusciti proprio bene. Secondo te dobbiamo preparare i badge con i nomi?».

«Ciao, Eve, sono Adrienne. Lavoro fino a tardi e Paul è uscito per andare alla partita dei Mets, perciò chiamami quando torni, a qualunque ora».

«Parlo con ABC Tappezzieri, vero? Sono Ogmed Kunundar. Ho qui le misure. Grazie. Due-uno-tre...».

Questa deve essere la madre del dottore, probabilmente folle quanto lui. Trascrivo il suo numero mentre sento la voce di Joe, rigido, che odia la segreteria: «Finito con la tizia delle torte. Stasera vado a Chicago per intervistare Max, l'uomo dei bagel. Ti chiamo da lì».

Mi siedo alla sua scrivania, un posto rilassante. Ogni tanto quando non c'è mi metto i suoi maglioni, e spesso leggo nel suo studio. Il suo disordine, che m'innervosisce quando è a casa, mi conforta. Chiamo Adrienne.

«Buone notizie, sono cinque giorni che mio padre non chiama dall'UCLA. Assaporo la pace e la calma. Che si dice?».

«Stavo guardando *Rebecca*, con Joan Fontaine...». Anche se non ha mai fumato, Adrienne ha una voce da fumatrice, profonda e roca. Riesce a fare sì che anche l'affermazione più innocua trasudi drammaticità.

«Sì?», dico, sperando che stia per arrivare una rivelazione emozionante.

«Era lei l'attrice di cui cercavi di ricordare il nome?».

La sua voce provoca anche delusioni frequenti. «No, Joan Fontaine è minuta. Quella che ho in mente io è piuttosto pienotta».

«Pienotta? Joan Crawford?».

«No, non statuaria come Joan Crawford. Oddio, ce l'ho davanti, come si chiama? È dolce, bassina e noiosa. Mi sembra che il suo nome inizi con una *l*. È per questo che hai chiamato?».

«Fondamentalmente sì».

«Forse sta aspettando che m'infili nella vasca da bagno».

«Chi?».

«Mio padre. Sta aspettando che mi rilassi in un bel bagno pieno di schiuma. Dovrò uscire di scatto, gocciolare su tutto il pavimento per andare a rispondere al telefono e poi scoprire che è lui. Oddio, dovrei andare a trovarlo. Ma sono esausta. Sono stata tutto il giorno alla Nixon Library cercando di decidere se il roastbeef va servito davanti alla vetrina con il vestito da sposa di Tricia Nixon. Almeno mio padre non ha chiamato. Grazie al cielo non ha chiamato».

C'è una lunga pausa.

«Pronto?», dico. «Sei sempre lì?».

«Mi sembri nervosa».

«E tu mi sembri un disco rotto», ribatto, senza acrimonia. «Non sono nervosa, sono stanca. Metto giù. Ti chiamo presto».

Riaggancio, sentendomi inquieta. Sono le cinque di pomeriggio, l'orario in cui di solito sono qui nello studio di Joe a raccontargli della mia giornata. Gli starei descrivendo i tre manichini della Nixon Library: Pat, Tricia e Julie, con le ragazze vestite per il loro matrimonio, e Pat da madre della sposa. Di quale sposa?, mi chiedo. Le hanno messo addosso il vestito che portava al matrimonio della prima figlia o della seconda? Avrei spostato le cassette di Joe a terra e mi sarei spaparanzata sulla sua poltrona di vimini con i piedi appoggiati sul cestino della carta straccia. Joe si sarebbe appoggiato allo schienale della sua poltrona, reclinandolo il più possibile all'indietro, le dita delle mani intrecciate dietro la testa. Avrebbe divorato le mie parole. Ma sono abituata ai viaggi di Joe. Mi consolo facendo cose che non faccio mai quando lui è qui. Come mangiare solo guacamole per cena.

Vado in cucina. Perché sono qui? Ho deciso, sicuramente oggi non andrò a trovare mio padre. Non so neanche perché sono in cucina. Oh sì, il guacamole. Appiccico al muro il post-it con il numero di Ogmed Kunundar e prendo qualche avocado dalla fruttiera. La chiamo dal telefono della cucina e poi, con la cornetta infilata tra il mento e la spalla, taglio a metà gli avocado.

«Pronto, parlo con la signora Kunundar?».

«Sì, chi parla?». Ha una voce da piano, ma tutta in chiave di violino e ogni parola è una nota diversa.

«Sono Eve Mozell». Sto parlando nello stesso modo, parole su tutta la scala, come se mi fossi unita a lei in un livello di educazione straordinaria. «Credo che mi abbia chiamato per sbaglio perché pensava che fossi il laboratorio di un tappezziere, ma probabilmente aveva intenzione di chiamarmi a proposito di suo figlio, il dottor Kunundar».

«Sono tutti dottori. Quale intende?».

Quale? Oddio, non me lo ricordo. Come si chiamava? «Non lo so, ma lui e mio figlio hanno fatto un incidente. Gli ho chiesto se potevamo risolvere la questione senza mettere in mezzo la compagnia assicurativa e lui mi ha detto che lo avrebbe chiesto a lei. Tutto questo le dice qualcosa, signora Kunundar?».

C'è silenzio.

«Pronto?».

«Era Omar. Omar è un genio».

«Non ne dubito». Affetto un limone.

«Ha sentito parlare dei laser?».

«Sì».

«Omar è in grado di aggiustare un naso con un laser».

«È incredibile». Mentre spremo il limone sugli avocado, il telefono mi scivola da sotto il mento e la cornetta schizza sul pavimento della cucina.

«Mi scusi. Ho fatto cadere il telefono».

«Quindi nella vostra famiglia gli incidenti sono all'ordine del giorno?».

«Be', no, spero di no. Stavo cucinando e contemporaneamente parlavo con lei, ecco tutto. Signora Kunundar, so che l'incidente è stato causato da mio figlio. Sarò contenta di risarcire direttamente a suo figlio il costo delle riparazioni».

«Omar dice che lei non frequenta sua madre».

«Sì, è vero».

Di nuovo silenzio. È come il silenzio di uno psicoterapeuta. Non c'è modo di sapere cosa significhi.

«Senta, signora Kunundar, quello le che sto proponendo non è illegale. È rapido e agevole per tutti, ma se è un problema, non ne parliamo più».

«E suo padre?». Mi sta interrogando o è solo curiosa?

«Mio padre. Cosa vuole sapere di lui?».

«Lo vede?».

«È ricoverato all'ospedale geriatrico della UCLA. Lo vedo in continuazione. Andrò da lui appena avremo finito di parlare».

Bugia enorme. Ho appena usato la malattia di mio padre per ottenere un po' di compassione. Che cosa meschina. Così superficiale. E la cosa peggiore è che adesso dovrò andare davvero in ospedale per dimostrare che non sono una bugiarda.

«Spero che non sia molto malato». La madre di Omar lo dice con un'intonazione che assomiglia alla scala in do maggiore. «È un problema di naso o orecchie? Forse dovrebbe parlarne con Omar. Ho anche un figlio ortopedico e un figlio cardiologo».

«A dire il vero si tratta del cervello di mio padre. Si dimentica le cose, ovviamente non il mio numero, purtroppo, quello mi piacerebbe molto, ma...». M'interrompo. Perché l'ho detto?

«Lei ha molti problemi. Lo dirò a Omar».

«Grazie».

Riaggancia.

È una cosa positiva che io abbia molti problemi o negativa? Ho superato l'esame oppure sono stata bocciata? Ha capito che cosa volevo dire, che mi sarebbe piaciuto che mio padre si dimenticasse il mio numero, oppure ciò che ho detto era talmente spietato e incredibile da parte di una figlia che non è riuscita a coglierlo? Il telefono squilla. È mio padre. Adesso che sono completamente scombussolata, è di sicuro lui.

«Pronto?».

«Parlo con ABC Tappezzieri?».

«Signora Kunundar, sono di nuovo Eve Mozell». Trattengo la voglia di mettermi a urlare.

«Perché?».

«Mi ha chiamato lei. Ha confuso il mio numero con quello della ABC Tappezzieri. Forse dovrebbe chiamare il servizio informazioni».

«Mi scusi tanto». Riaggancia.

Adesso sono senz'altro troppo sfinita per andare in ospedale. Schiaccio gli avocado e ci metto dentro un sacco di sale. Oggi mi merito un sacco di sale.

Chiamo Jesse nella sua stanza sulla sua linea.

«Ehi», dice Jesse.

«Ciao, tesoro. Tu e Ifer volete un po' di guacamole?».

Li sento correre giù lungo le scale. Ifer arriva per prima. Porta un paio di jeans strappati, che mostrano la sua pelle nuda in vari punti, e un maglione a girocollo che le arriva appena sotto il seno. «Ehi», dice tirandosi il maglione prima su dalla parte di sopra e poi giù dall'orlo. Si lascia cadere su una sedia del tavolo della cucina. «Ha un'aria strana».

«Davvero?».

«Si sente bene?».

«In realtà forse sono un po' triste».

«Lo sapevo», esclama lei.

«Sei proprio una sensitiva», dice Jesse, prendendo le patatine e il guacamole dal ripiano e passando una gamba sopra una sedia per sedervisi.

«Ti dispiace se ne mangio un po' anch'io?».

«Certo, mamma, non c'è bisogno d'innervosirsi». Appoggia il guacamole al centro del tavolo e ne tira su una montagna con una patatina. «E comunque, cosa c'è che non va?».

«Non lo so. Almeno mio padre non ha telefonato». Mi guardo intorno cercando qualcosa di legno da toccare. Il tavolo, ovviamente. Ci batto sopra due volte. «Grazie al cielo non ha chiamato. È in ospedale», spiego a Ifer.

«Non è malato, è pazzo», dice Jesse.

«Jesse, ti prego».

«Oh, che cosa brutta», dice Ifer.

«Sono due settimane che è lì. Perché oggi mi sento improvvisamente in ansia?».

«Posso metterle una mano sulla fronte?», chiede Ifer.

«Perché?».

«Mamma, è solo per sentire le tue vibrazioni».

«Oh, in questo caso certo».

Ifer mi preme le dita sulla testa. «Mi scusi per le unghie, sono finte». Chiude gli occhi.

«Non ti muovere», dice Jesse.

«Lei è triste», dice Ifer alla fine.

«Lo so, è quello che ti ho detto io. Il punto è: perché?».

«Il perché non posso dirglielo io», risponde Ifer solennemente. Mangia una patatina e si lecca il guacamole dalle dita. «Quella è una cosa che solo lei può dire a se stessa».

«Mio padre non ha chiamato».

«Oddio, mamma, guarda che l'hai già detto».

«Ecco perché sono triste». È come se mi si fosse appena accesa una lampadina. «Perché mio padre non ha chiamato?».

Lascio Jesse e Ifer a spazzolarsi il guacamole e salgo al piano di sopra per parlare con Madeline in privato. Non le chiedo qual è la sua grande novità. Non le chiedo del viaggio. Le vomito addosso la mia ansia senza preamboli, come se la sua vacanza nel Montana avesse avuto luogo durante una conversazione telefonica che adesso sto riprendendo.

«Sono terrorizzata all'idea di tornare in quell'ospedale».

«Perché?».

«Sono cinque giorni che papà non chiama. È come se fosse morto».

«Quando un tuo parente muore non ti chiamano per dirtelo?», chiede Maddy.

«Ma certo. Voglio solo dire che può anche essere vivo, ma se smette di chiamare, è come se fosse morto».

«Possiamo staccare la spina?».

«Non puoi staccare la spina, a meno che non sia attaccato a qualcosa».

«Aspetta, Eve, torno subito da te, ho un'altra chiamata sulla linea… Senti, devo rispondere, verrò a trovarlo con te. Ci vediamo lì di fronte domani mattina all'una, te lo prometto».

«Ma qual è la tua grande novità?». Faccio questa domanda al tututu della linea.

* * *

Il giorno dopo Madeline mi sta aspettando seduta su una panchina nel cortile di fronte all'attuale residenza di nostro padre, l'edificio di Igiene Mentale della UCLA. Nel cortile ci sono due alberi di jacaranda che, essendo fine maggio, sono in fiore. Sono alberi perfetti per il cortile di un manicomio, perché i fiori sono color lavanda e tutto il fogliame diventa viola. Che spettacolo incredibile. È impossibile guardare un albero color lavanda e non chiedersi se, nonostante la sua bellezza, non ci sia qualcosa di folle. Madeline mi fa un cenno. Ci scambiamo dei baci leggeri sulle guance.

Tra noi sorelle va sempre così. Ore attaccate al telefono, vite aggrovigliate, ma quando ci ritroviamo davvero faccia a faccia ci tratteniamo. Mio padre può scoppiare a piangere facilmente. È sdolcinato. Ma noi abbiamo preso da nostra madre. Non siamo tipi da smancerie.

«Come mi trovi?», mi chiede. «Ti sembro diversa?».

«Ti trovo rilassata».

Sembra anche che abbia speso molti soldi in un negozio in stile western. Porta stivali da cowboy, una camicia blu, una cintura lavorata con una fibbia d'argento e un fazzoletto rosso intorno al collo. Se Joe fosse qui, canticchierebbe *Home on the Range*. Dice che Madeline non fa mai un viaggio senza tornare vestita a tema e a lui piace fornire un accompagnamento musicale alle sue mise. Fischiettò *La Cucaracha* quando la vide comparire con un camicione ricamato con le *ruches* e una cintura *concha* dopo un viaggio a Cancún. Maddy si presentò in *lederhosen* dopo essere andata a sciare sulle Alpi e Joe intonò uno jodel.

Madeline mi guarda dritto negli occhi. «Mi trovi rilassata e basta?».

«Ti sei fatta tirare su le palpebre o qualcosa del genere?».

«Dio mio, Eve, non ho mica la tua età».

«E allora cosa?».

«Lascia stare». Molto schiva. Si sposta tutti i capelli da

un lato della testa all'altro. Lo fa spesso con i suoi lunghi capelli lucenti, che ha iniziato a descrivere come color castagna sul suo curriculum.

Mi segue nell'edificio. «Ehilà», dice al tizio che sta uscendo su una sedia a rotelle. Gli sorride.

Da quando Maddy è diventata la segretaria in *Living Dangerously*, sorride a tutti i passanti con insistenza, per dare loro il tempo di riconoscerla.

«Ti avverto, questo posto è inquietante», le dico mentre entriamo in ascensore. «Qual è questa grande novità?».

«Te lo dico dopo». Mi mostra un sacchetto di carta marrone. «Ho portato uno *schnecken* per papà. Se si comporta strano glielo diamo. Lui va pazzo per gli *schnecken*».

«Ha la demenza senile. A volte è lucido, altre no. Dicono che non si riprenderà. In modo permanente, voglio dire». Usciamo dall'ascensore al settimo piano e attraversiamo tutto il corridoio fino al reparto di psichiatria geriatrica. Suono l'interfono perché ci facciano entrare.

«Hai parlato con loro di fitoterapia?».

«No, ma puoi benissimo farlo tu».

Doris ci apre la porta. Maddy rivolge un sorriso caloroso anche a lei. Doris non ricambia. La sua bocca, quella strada tra le guance, è più stretta che mai. Una strada asfaltata a una corsia. «Salve, Doris. Lei è mia sorella, Madeline». Doris fa un cenno, come una domestica tedesca senza senso dell'umorismo che è pagata per aprire la porta, ma che non fa niente per essere cortese. Adrienne saprebbe in quale film collocarla, sicuramente un giallo nel quale alla fine si ritrova in tribunale come testimone dell'accusa. «Dov'è mio padre?».

Doris indica la sala comune con un cenno. Prendo Maddy sotto braccio. «Vieni».

La trascino. Io mi muovo su un terreno conosciuto e

sono a mio agio. Maddy fissa la gabbia e le infermiere all'interno, la cui immagine è attraversata dalle sbarre. Un grido si leva da qualche parte. A me scivola addosso, mentre Maddy s'irrigidisce: è entrata in un territorio nemico.

Giriamo a sinistra verso la sala comune, dove la televisione è accesa come al solito e le varie sedie sono disposte in più file. Mio padre è in fondo alla sala. È come se qualcuno lo avesse dimenticato a un drive-in. Parcheggiato in ultima fila prima di svignarsela, ma lui se ne frega. Tiene lo sguardo fisso a terra. Il corpo è riverso in avanti. Le spalle sembrano più strette, più fragili, la pancia più grossa che mai.

Mi rendo conto che Madeline non lo riconosce finché io non dico: «Ciao, papà».

«Oh!». Resta senza fiato e poi si ricompone: l'attrice in lei si mette all'opera, dissimulando lo shock e lo sgomento. «Ciao, papino», dice in un tono forzatamente allegro.

Gli tocco il braccio. È bianco, esanime, come il campione di una vetrinetta. Mi accorgo che guarda la mia mano appoggiata sul suo braccio. Alza lo sguardo verso di me, confuso, e poi lo sposta di nuovo sulla mia mano. Che c'è di strano in questo? La mia mano, il contatto. «Ciao, papà», dico a voce alta, persino allegramente. «Come stai?».

«Che ore sono?», chiede lui, frastornato.

Controllo l'orologio. «L'una e un quarto».

Sposto due sedie per creare una zona conversazione arbitraria in mezzo a queste file ordinate. Ci guardiamo tra di noi. "Non mi veniva in mente niente da dire" raggiunge un livello di significato assolutamente inedito. «Sono appena tornata dal Montana», annuncia alla fine Maddy. «Ti piace il mio cappello?».

«Che ore sono?», chiede mio padre.

«L'una e sedici».

L'uomo saltellante fa capolino nella sala. Fa l'occhiolino, scompare e poi si affaccia di nuovo. Nessuno ci fa caso, tranne noi. «Ti conosco, mascherina».

«Parla con me?», chiede Maddy. Sorride raggiante. Finalmente un fan. «Probabilmente mi ha visto in televisione».

«Probabilmente mi ha visto in televisione», dice lui e si avvicina trotterellando.

Maddy resta interdetta per un attimo. «Oh, ci lavora anche lei?».

Le stringe forte la mano e non smette. «Mi fa tanto piacere vederti».

«Anche a me». Con uno strattone si libera dalla stretta, ma gli parla in modo cortese per compensare. «Come si chiama?».

«Niente domande difficili», dice mio padre.

Io e Maddy scoppiamo a ridere. Mio padre è sorpreso. Ride anche lui. «Ehi, papà, il cappello di Maddy è come quello che John Wayne portava nel tuo film».

Nessuna reazione. Nessuna reazione a *Luck Runs Out* l'unica volta nella vita che sono io a tirarlo fuori.

«Io scappo», dichiara l'uomo saltellante a tutto volume. «Ti dispiace aprirla?». Indica la porta della sala da pranzo dall'altro lato del corridoio. Maddy si alza.

Non ha il permesso di entrare lì dentro, dovrei fermarla?

«Maddy, aspetta», farfuglio mentre Doris, che sembra spuntare dal nulla, si precipita davanti alla porta e la sbarra spalancando le braccia, come se stesse proteggendo la sua casetta di legno dagli indiani.

Maddy resta immobile, la mano tesa. Mentre era in procinto di afferrare la maniglia, si ritrova faccia a faccia con Doris.

Mio padre sembra non accorgersi di niente di tutto ciò. Continua a guardarsi intorno con un'espressione burbera mentre Maddy torna da noi a piccoli passi, lo sguardo fisso a terra. Appoggia la mano sulla sedia, controllandone la stabilità prima di sedersi.

«Che ore sono?», ringhia mio padre.

«Adesso l'una e venti».

Guarda le mie scarpe. «Cosa c'è, papà?».

Il suo sguardo risale lungo le mie gambe. «Lo sai che mi sei sempre piaciuta». Sorride maliziosamente.

«Anche tu mi piaci», rispondo con un tono leggero.

«Sei sempre stata molto attraente». Trascina le due ultime parole mentre il suo sguardo continua a risalire.

Io scatto in piedi. «Bene, grazie».

Adesso ha lo sguardo fisso sul mio seno e, in una maniera curiosa, mi tiene inchiodata al punto in cui mi trovo. «Non ci abbiamo mai dato dentro come ho fatto con tua madre, ma io ti voglio, Lola».

«Lola? Sono Eve. Sono tua figlia». Rispetta le regole, ti prego, lo supplico dentro di me.

«Io non ho figlie, ho figli». È un lupo bavoso, pronto a balzare sulla preda.

Afferro il braccio di Maddy. «Forza, andiamocene. Ciao, papà».

«Aspetta un attimo». Madeline armeggia con la borsa, cercando di infilarci dentro il sacchetto con lo *schnecken*.

«Che ore sono?», chiede mio padre.

«L'una e ventitré». Afferro la borsa di Maddy e me la trascino dietro. Camminiamo molto in fretta, aggrappandoci a un brandello di comportamento normale non facendo ciò che vogliamo, che è metterci a correre e a urlare. Fuori dalla sala, nel corridoio, le nostre gambe si muovono sempre più in fretta. «Fateci uscire», grido, a un passo dal panico, quando ci ritroviamo di fronte il vicolo cieco della porta chiusa. Qualcuno dalla gabbia pigia il pulsante, liberandoci.

Ci lanciamo fuori. Qualcuno grida: «Fermatelo!». Mi

giro, aspettandomi di vedere mio padre. Aspettandomi che quell'uomo che non riesce a manovrare da solo la sua sedia a rotelle ci stia inseguendo. Invece è l'uomo saltellante: ci ha seguito fuori dal reparto chiuso a chiave e sta trotterellando tutto contento verso la libertà, il cartello rosso che indica l'uscita vicino alle scale. Doris vola in aria e lo placca a terra. Resta lì a pancia in giù, le braccia strette intorno alle gambe di lui, tenendolo fermo.

Io mi precipito verso l'ascensore e schiaccio il pulsante di chiamata. Lo schiaccio almeno venti volte. Le porte si aprono. Io e Maddy entriamo. Mentre si chiudono, vedo che Doris è ancora a terra che gli stringe le caviglie. Ha appena catturato un uccello, un uccello di Dr. Seuss che era in procinto di spiegare le ali e volare via, le lunghe zampe penzolanti.

* * *

«Non dirmi che non sa quello che dice. Lo sa benissimo. È orribile, disgustoso, rivoltante».

Io e Madeline ci siamo lanciate nel bar più vicino. Ho inveito lungo tutto il tragitto. Maddy continua a guardarsi intorno, dicendomi sottovoce di stare calma.

«Stare calma? Perché?», le chiedo gridando.

«Qualcuno potrebbe riconoscermi». Il suo sussurro è perfettamente udibile e rivolge sorrisi incerti agli altri avventori mentre veniamo accompagnate a un tavolo. È un conforto immediato, questa panca imbottita di pelle marrone tutta bitorzoluta, i molti cartelli scritti a mano con punti esclamativi, come: «ZUPPA DEL GIORNO, UN PIATTO DA SOGNO!». Questo locale è qui da un bel po'. Non è vecchio come mio padre, per cui non sta cadendo a pezzi, ma ha una storia. «Dico sul serio, io lo odio», riprendo.

I gomiti di Maddy sbattono contro il tavolo e la testa ricade tra le mani. «Non mi meraviglia che mamma lo abbia lasciato».

«Guarda, mi tremano le mani». Le strofino contro il tavolo e poi su e giù per il collo.

«Eve, smettila, sembri pazza».

Le appoggio sulle ginocchia. «Perché l'ha lasciato?».

«All'inizio era solo sesso», dice Maddy.

«Con Tom Winston. Che idea».

Maddy si rimette dritta all'improvviso, senza dubbio ricordandosi del suo pubblico: non può rischiare di farsi vedere con il mento penzolante sul tavolo di un bar. «Io penso che sia molto sexy. E comunque di sicuro le aquile lo eccitano parecchio. Ha praticamente salvato da solo l'aquila calva americana. Ma ti ricordi quando mamma beveva tantissimo?».

«Quando ha finto il suicidio?».

«Esatto. Scommetto che in quel periodo non lo frequentasse e che è stato proprio allora che ha capito di essere innamorata».

«Te l'ha detto lei?». Me le immagino: due amiche stravaccate su un letto singolo, che si scambiano confidenze mentre stringono tra le mani animali di peluche e ridacchiano.

«Certo che no. Mamma che parla di cose personali?».

«Credevo che voi due foste intime».

Maddy scuote la testa. «Ci ho solo pensato parecchio su. Sai, a volte anch'io rifletto sulle cose, Eve».

Non raccolgo la frecciatina. «Com'è Tom?».

«Oh, finalmente vuoi saperlo. Be', può andare avanti per ore a parlare di John Muir e di come stabilire l'età di un pino giallo, ma fondamentalmente è una brava persona. Normale».

«Forse è questo che l'ha reso irresistibile agli occhi di mamma». Penso a mio padre. A come non abbia mai avuto veramente il controllo delle proprie emozioni. E oggi… Dio mio, oggi…

«Avresti dovuto avvisarmi che papà sarebbe stato così strano», dice Madeline, le labbra tremolanti. Oh, oh, la tremarella. Era così che dicevamo, Georgia e io, quando Maddy era piccola e si preparava a fare una scenata con tanto di lacrime e singhiozzi. «Attenzione, ha la tremarella», gridavo crudelmente e questo la faceva tremolare ancora di più. «Non avresti dovuto portarmi qui e basta», dice.

«Non sapevo come l'avremmo trovato. Pensi che io mi aspettassi una cosa del genere? Senza contare che tu non c'eri».

«Ero in vacanza. Le mie uniche vacanze di tutto l'anno».

«Ho solo detto che non c'eri».

«So che cosa volevi dire».

«Volete ordinare?».

Guardiamo la cameriera quasi senza capire. «Vi lascio un altro po' di tempo per decidere, signore?».

«Avete la bistecca di bisonte?», chiede Maddy.

«No».

«Fai la persona seria, Madeline, siamo a Los Angeles». Rido, così penserà che sto scherzando.

Mi ignora. «Qual è la zuppa del giorno?».

«Manzo e orzo».

«Orzo?». Riflette, immagino, su quanto Montana ci sia dentro. «La prendo».

«Uova strapazzate. No, è troppo rischioso», dico.

Madeline sbadiglia deliberatamente.

«È così, Maddy, non sai mai cosa possono fare alle uova strapazzate… Aggiungerci acqua, oppure latte, o farle stracotte. Un sandwich con pane di segale con bacon, lattuga e pomodoro e un tè freddo».

«Io prendo una Coca con il limone», dice Madeline. «Ha anche un aspetto terribile. Dovrebbe prendere un po' di sole».

«Forse potresti fargli ottenere un pass giornaliero e portarlo al mare». Lo dico dolcemente, per nascondere la mia ostilità.

«Forse lo farò».

C'è silenzio. Nessuna di noi due riesce a trovare il modo per uscire dal vicolo cieco in cui ci siamo cacciate. Alla fine Maddy dice: «Spero che a me non succeda mai».

«Cosa?».

«Una pancia gonfia e tutto il resto floscio. Tutto tranne quelle guance belle grasse. Quando gli sono venute così? Se dovesse mai succedermi, sparami».

«Secondo me assomiglia a Nixon... a com'era Nixon prima che morisse. Solo che Nixon aveva tutte le rotelle al loro posto. Immaginati papà che parla di disgelo al *Today Show*. Nixon aveva le spallucce cadenti come papà. Ho sempre avuto la sensazione che se papà avesse avuto un pubblico o qualche telecamera che lo riprendeva ogni volta che è stato dimesso da tutti quei manicomi, avrebbe alzato le mani per fare la V di vittoria. E poi papà è sempre finito di nuovo nella polvere, come Nixon, e ha dovuto trovare il modo di rialzarsi. Naturalmente Julie e Tricia volevano bene al padre e questo non è certo il nostro caso». Mi accorgo che Maddy ha l'espressione vitrea e mi sta guardando come se avessi perso il senno. «Sto organizzando un evento alla Nixon Library», le spiego, «e ieri, mentre ero lì, veniva proiettato a ripetizione il filmato di una sua intervista al *Today Show*, quando aveva ottant'anni».

«Perché fai questa festa? Che fine hanno fatto i tuoi valori?».

«Gli affari sono affari. Devo organizzare un evento per un mucchio di otorinolaringoiatri».

«Queste cose finiscono per vedersi sulla tua faccia», dice Maddy. «Come Dorian Gray». Sorride a una persona che non conosce seduta al tavolo accanto: sì, mi riconosce dalla televisione, se lo ricorda? «Sai, Eve, c'è questo medico bravissimo a Santa Monica, il dottor Mao, e te lo giuro, se papà prendesse il suo infuso medicinale starebbe bene. Questa è come tutte le volte che è impazzito per colpa del disturbo bipolare».

«No, stavolta no». Prendo il sandwich per mangiarlo, ma prima di infilarmelo in bocca mi passa la fame.

«Per tutti questi anni avrebbe dovuto prendere l'infuso invece del litio». Maddy sta trangugiando la zuppa e fette di pane imburrato come se avesse digiunato per giorni interi.

«Credo che il problema non possa essere risolto con un infuso».

Lei brandisce il cucchiaio agitandomelo sotto il naso. «Guarda che la medicina cinese esiste da milioni di anni».

«È quello che dicono sempre tutti. Ma il fatto che esista non significa niente. Papà esiste da ottant'anni… e guardalo. Se credi che un infuso sia la soluzione, pensaci tu. Vai a parlare con i medici. Fatti carico della situazione, a me sta benissimo. Tu non c'eri».

«Vedi di calmarti. Ne stiamo semplicemente parlando».

Restiamo di nuovo in silenzio. Lo può rompere lei, io no, non ci penso neanche. Mi tengo occupata demolendo il mio sandwich per poi ricomporlo. Maddy tuffa la fettina di limone nella Coca e inizia a pugnalarla con la cannuccia. «Allora, come stai?», mi chiede.

«Okay, considerando che devo occuparmi di questa

cosa. Senti, ti sarei molto grata se, quando lo dimetteranno, potessi riportarlo tu alla casa di riposo. Parla con Angie, organizza le cose, è il tuo turno».

Madeline annuisce.

«Grazie».

La cameriera si avvicina al nostro tavolo, guardando il sandwich che non ho mangiato. «Tutto a posto?».

«Benissimo, grazie».

Maddy aspetta che si sia allontanata. «Allora, vuoi sentire la mia sorpresa?».

«Di che si tratta?».

Si sposta i capelli dall'altro lato della testa e si mette in posa. «Sono incinta».

«Sei incinta?».

«Già». Lo pronuncia come un cowboy in un ranch del Montana.

«Chi è il padre?».

«Eve, non ho sedici anni e tu non sei mia madre. Non vuoi farmi le congratulazioni?».

«Congratulazioni. È fantastico. Quando dovresti partorire?».

«A gennaio».

«L'hai detto alla produzione?».

«Non ancora, ma non sarà un problema. Modificheranno la sceneggiatura facendo restare incinta il mio personaggio».

«Oh».

Maddy tira fuori dalla borsa il sacchetto di carta e ne estrae lo *schnecken*.

«Allora, chi è il padre?».

«Come sta Jesse?», ribatte con un sorriso malizioso.

Perché no? È un territorio neutrale. Mi ci lancio. Le racconto della religione kasmiana, di Ifer, dell'incidente in macchina. «Joe non c'è, perciò ovviamente devo occuparmene io, e il medico che Jesse ha urtato potrebbe essere un mezzo pazzo. Ho persino dovuto parlare con sua madre».

«Ho capito benissimo la situazione, Eve».

«Cosa?».

«Sei stressata e vuoi che riporti papà alla residenza». Maddy ha assunto un tono monocorde, come se fosse mortalmente annoiata. «Benissimo, è il mio turno, lo farò io».

Non appena arrivo in ufficio chiamo Georgia per informarla che sarà di nuovo zia.

«Madeline dice che modificheranno la sceneggiatura facendo restare incinta il suo personaggio».

«Aspetta un attimo. Rinfrescami la memoria. In questa soap lei fa la segretaria, giusto?».

«Esatto. Si chiama... non me lo ricordo. Si chiama qualcosa ed è follemente innamorata del suo capo, ma perlopiù dice: "Posso portarle un caffè?"».

«Oh mio Dio, ma questa è una follia», dice Georgia. «Le hai suggerito di abortire?».

«No, non l'ho fatto. Juliana, ecco come si chiama».

«Non mi meraviglia che non te lo ricordassi. È un nome da soap, non esiste nel mondo reale. E non sa chi è il padre?».

«Lo sa. Non me l'ha voluto dire».

Ecco i momenti per cui viviamo, questi incredibili sviluppi familiari che nessuno a parte una sorella può veramente apprezzare. Riflettendo sulla gravidanza di Maddy, io e Georgia sperimentiamo la beatitudine: un momento di perfetta e intensa intimità.

«Ti rendi conto che la licenzieranno, vero?», dice Georgia.

«Davvero?».

«Certo che sì».

«Ma perché? Se il suo personaggio non ha quasi una storia, perché dovrebbero prendere male il fatto che è incinta?».

«Vedrai».

«Ha detto che papà aveva bisogno di sole».

«Cosa?».

«Ha detto che aveva un aspetto terribile e che aveva bisogno di prendere sole. Praticamente è una barzelletta. Un tizio è in ospedale perché ha perso la testa e il medico gli dice: "Lei ha un aspetto terribile, ha bisogno di sole". Ha detto anche che dovrebbe prendere un infuso di erbe medicinali. Le ho detto di chiamare i medici. Può benissimo dirglielo lei. Almeno potrebbe farsi carico di qualcosa».

Ecco cosa faccio, mi lamento con Georgia di Madeline per quello per cui in realtà sono arrabbiata con Georgia: per avermi abbandonato. C'è un momento in cui sono presa dal panico all'idea che Georgia possa accorgersene. Non esprimo mai la mia rabbia con lei, dice Adrienne, perché Georgia è la cosa più simile a una madre che io abbia. Ho già perso una madre e non voglio rischiare di perderne un'altra. E allora mi sfogo su Maddy, sperando/non sperando che Georgia se ne accorgerà e poi sono incredibilmente irritata quando non succede, quando lei si limita a blaterare: «Hai presente quella cosa che hai fatto quando ti sei guardata allo specchio e non riuscivi a credere ai tuoi occhi? Pubblichiamo un articolo sull'argomento nel numero speciale per il decimo anniversario».

«Ho reagito in quel modo perché ero stravolta e triste dopo aver lasciato papà nel manicomio della UCLA», le dico, ricordandole, volutamente adesso, le avversità che ho dovuto affrontare.

«Ne dubito. Intitolerò l'articolo: "La nuova adolescenza"».

«Eh?».

Georgia sospira. È un sospiro di sconforto di fronte alla mia mancanza di acume. «Hai presente quando sei ragazzina e pensi che non accetterai mai il tuo corpo e il tuo aspetto e poi alla fine riesci ad accettarli?».

«Del tipo: "Mi fanno schifo le mie gambe"».

«Esatto, ma poi impari a farti piacere le tue gambe se sei tu oppure impari a conviverci se sei la tua amica Adrienne. Ebbene, si è scoperto che è solo temporaneo. Superati i quarant'anni, ricominci daccapo a odiare le tue gambe o la tua faccia, oppure passi ore a contemplare il tuo povero sedere cadente per colpa del passare degli anni».

«Io non contemplo il mio povero sedere cadente».

«Non intendo te nello specifico. Parlo delle donne americane in generale. Ti ricordi che Hillary Clinton continuava a cambiare pettinatura subito dopo le elezioni?».

«In realtà no».

«Be', l'ha fatto. "La nuova adolescenza"… è un titolo pazzesco. E sai di cos'altro ci occuperemo? Della parola che inizia con la *d*».

Non ho idea di che cosa stia parlando. Suppongo che finirà per diventare chiaro. Supporre: è stata Georgia a insegnarmelo.

Dopo aver riagganciato chiedo alla mia assistente: «Secondo te qual è la parola che inizia con la *d*?».

«Divorzio», risponde Kim. «Non le avrai mica parlato del mio divorzio?».

«Certo che no».

Il mio ufficio è una stanza grande e luminosa che io e Kim condividiamo, a dieci minuti da casa mia. L'edificio fa molto Los Angeles, il che vuol dire che sembra uscito direttamente da New Orleans. Gran parte di Los Angeles sembra essere stata trapiantata qui da qualche altro posto. Lo stile locale è spagnoleggiante, stucco beige con pavimenti di piastrelle, ma attraversando un quartiere residenziale capita spesso di passare accanto a una magione bianca con le colonne (un richiamo ad Atlanta), una dimora in stile Tudor, persino una casa coloniale con il rivestimento esterno di legno. Le persone hanno costruito qualunque cosa le renda felici e così il nostro palazzo, che non s'intona a nessun altro nell'isolato di semplici edifici rivestiti di mattoni che ospitano studi medici, sembra arrivare direttamente dal Quartiere Francese. Tutti gli uffici del secondo piano danno su una balconata circolare, adornata da belle ringhiere in ferro battuto. L'ufficio mio e di Kim si affaccia su un cortile acciottolato con bougainvillee, vasi d'argilla pieni di gerani e due rane in ferro con le bocche spalancate ai due lati del cancello.

Quando sono al telefono, Kim sente tutto quello che dico, anche se è educata e fa finta di no. Durante la mia telefonata con Georgia ha corretto un testo che ho scritto, il discorso di benvenuto che Madge Turner pronuncerà all'inizio dell'evento. Mi restituisce il testo e io le restituisco il programma, che ho rivisto mentre parlavo con Georgia. Scorre la mia lista di telefonate. «Madge vuole sempre sapere dei badge con i nomi. I Citrus Singers hanno confermato. Ma vogliono anche eseguire una danza con gli zoccoli di legno ai piedi mentre cantano».

«Certo, perché no?».

Squilla il telefono. Kim risponde: «No Surprises». Mi allunga la cornetta. «È la dottoressa Kelly».

«Salve, dottoressa Kelly».

«Salve, Eve».

Con questa ho toccato l'apice del patetismo: chiamare questa persona "dottoressa", mentre lei mi chiama "Eve".

«Come sta mio padre?».

«Oggi, dopo che lei e sua sorella ve ne siete andate, ha fatto una scenata tremenda».

«Oh? A proposito di cosa?».

«Era semplicemente arrabbiato. Sa, ha gridato parolacce davvero terribili».

Parolacce davvero terribili? Non lo so e non faccio domande.

«Gli abbiamo dato un sedativo da elefante». Ride.

«Si usa per gli elefanti?».

«No, era una battuta. Dovrebbe fare effetto a breve e a quel punto sarà stabile. Stimiamo che potrà essere dimesso di qui a una settimana».

«Verrà a prenderlo mia sorella Madeline. Per favore, comunichi a lei l'orario esatto». Do il numero alla dottoressa Kelly.

«Eve?».

«Sì?».

«Qui abbiamo un gruppo, un gruppo di sostegno per figli adulti di pazienti affetti da demenza: FAPD. Magari lei e sua sorella avete piacere di partecipare?».

«Non credo, ma grazie. E grazie per essersi presa cura di lui così bene». Adesso mi viene quasi voglia di vomitare: ho la sensazione di lisciare sempre il pelo a quelli che non se lo meritano. A dirla tutta, è sapere che non se lo meritano che mi spinge a farlo. Mi dispiace per loro.

«Siamo qui per questo», risponde la dottoressa Kelly. «Arrivederci».

«Forse la parola che inizia con la *d* è "demenza"?», chiedo a Kim.

«O magari "depressione"», dice lei. «Hai detto a Georgia che sono depressa da quando ho divorziato?».

* * *

Qualche ora più tardi, di sera, sono nuda in bagno a contemplare il mio didietro nello specchio a figura intera. Perché non mi ero mai accorta di questa catastrofe cadente? Una donna sviene alla vista delle proprie chiappe. È un soggetto perfetto per una delle vignette di Adrienne: una donna nuda svenuta sul tappetino del bagno, gli occhi spalancati per l'orrore. Che cosa ha visto? Che cosa l'ha fatta uscire dalla vasca da bagno e collassare? Joe ha notato questo mio didietro quarantaquattrenne?

«Mamma!», strilla Jesse. «Mamma, devi venire qui».

«Ho da fare», grido a mia volta.

«Mam-ma».

M'infilo un accappatoio, un accappatoio che adesso ho in mente di indossare *mentre* mi lavo, così non correrò mai più il rischio di vedere il mio sedere. Faccio capolino dalla ringhiera. «Cosa c'è?».

Ifer è all'ingresso, abbattuta, una profuga. Scalza, con i piedi sporchi. I capelli davanti agli occhi. Nella migliore delle ipotesi è pallida. Tecnicamente ha i capelli biondi, ma in realtà sono incolori; anche la faccia è più bianca che color carne. Stasera, ridotta com'è e illuminata dalla luce violenta del nostro ingresso, ha acquisito una sfumatura verdognola piuttosto malsana. Tra le braccia stringe un gatto, un esserino spelacchiato la cui coda spunta dall'asciugamano logoro in cui è avvolto. Jesse le cinge protettivamente la vita con un braccio.

Io scendo le scale senza fretta. «Mamma, Ifer può trasferirsi qui?».

Ifer tira su con il naso. Fa un rumore tremendo.

«Sua madre è una stronza, te lo giuro». Jesse fissa i suoi grandi occhi castani su di me. I miei occhi. Gli occhi di mio padre. «Mamma, devi dire di sì. Altrimenti lei morirà».

«Non credo che sia una buona idea». Vado verso il soggiorno. Loro mi seguono.

«Farò qualunque cosa, glielo giuro», mi dice Ifer. «Laverò i piatti».

Mi siedo sul divano, dall'altra parte della stanza, lontano da loro. «In questo periodo ho già tanto da fare con il nonno di Jesse. Non vedo come sia possibile».

Jesse m'implora, le mani giunte. «Ti prego».

«No».

Ifer si lascia scappare un gemito. «Siediti, starai meglio», le dice Jesse. Lei si appollaia proprio sul bordo della sedia, come qualcuno che non vuole imporsi. «Senti, mamma, tuo padre ha un piede nella fossa».

«Come puoi dire una cosa così cinica? Non riesco a credere di aver cresciuto un figlio che ha il coraggio di dire una cosa del genere. Dovresti riflettere su ciò che dici».

Jesse rivolge un dito verso il proprio petto. «Io? Io non ho nessun problema, te lo assicuro. Ma hai mai pensato che c'è qualcosa che non va nel *tuo* atteggiamento? Qual è il tuo atteggiamento nei confronti della morte?».

«Il mio atteggiamento?». Mi rendo conto di essere in trappola. Non ho l'energia per sottrarmi. Per quanto io faccia di tutto per non avere nessuna conversazione profonda con Jesse, qualche volta mi sorprende quando sono fragile o irascibile. «Quello che penso della morte è che… quando è finita, è finita».

Jesse scuote la testa costernato. «Questo non è un pensiero molto evoluto, mamma».

«Ah no?».

«No». Ifer si è alzata e mi si avvicina piena di energia. «I kasmiani credono che ciascuno di noi abbia almeno due vite su questo pianeta». Parla con fervore, forse addirittura con devozione.

«A quel punto la tua anima ha assorbito tutto ciò che deve imparare e passa a un altro pianeta», dice Jesse.

«E se nel corso della tua vita non impari niente? E se vivere è come venire bocciati a scuola e dover ripetere l'anno?».

Adesso Jesse e Ifer incombono su di me e mi stanno impartendo il sermoncino dei loro sogni. «In questo caso è possibile che tu abbia tre vite su ogni pianeta, non ne sono sicuro», dice Jesse.

«Ma poi fondamentalmente giri per l'universo», aggiunge Ifer. Jesse annuisce vigorosamente.

Perciò io credo che mio padre stia morendo, ma in realtà sta partendo per Marte. E allora perché ho paura di morire? Potrei andare su Giove o Venere. «Per quanto mi riguarda, mio padre è già su Marte. Per tutta la mia vita non mi ha dato niente e non tornerò mai più a trovarlo».

«Figo». Jesse sorride.

«È proprio forte, signora Marks», dice Ifer. «Tua madre è un sacco forte, Jesse. La mia è uno schifo. C'è ancora posto in quel manicomio dove sta tuo nonno? Perché dovrebbero ricoverarci anche mia madre».

Nonno? Questo fa sembrare mio padre uno uscito da *Una famiglia americana*.

«Può restare?», chiede Jesse. Ifer abbassa il mento e lo fa tremolare, proprio come faceva sempre Maddy.

«Fammi chiamare tua madre, Ifer, così le dico dove sei. Puoi restare qui per qualche giorno, se a lei sta bene».

Jesse e Ifer si danno il cinque, poi lui alza la mano per farlo anche con me. Lo faccio, ma mi sento ridicola. «Posso parlarti un attimo? Scusaci, Ifer».

Io e Jesse usciamo in corridoio. «Cosa c'è?», mi chiede.

«Non voglio il gatto».

«Mamma, Buddha non è un gatto».

«Non usare quel tono con me, Jesse. Non voglio sapere se Buddha ospita l'anima vecchia seimila anni di un guru indiano. Buddha è un gatto e io odio i gatti. Sono una persona da cani».

«Tu non hai un cane».

«Non voglio quel gatto in casa, lo capisci? Ho già abbastanza problemi. Prendi la mia macchina, riporta il gatto a casa di Ifer, lasciacelo e torna qui».

«Che menata, mamma».

«Vuoi che se ne vada anche Ifer?». Lo vedo soppesare una risposta piccata, ma si astiene e torna in soggiorno.

Ho preso una posizione. Niente gatti. Mi sento decisamente meglio.

* * *

Alle due di notte squilla il telefono.

Mi tiro su di scatto. È morto, è morto di sicuro. «Pronto».

«Mamma?».

«Jesse?».

«Ho bisogno di aiuto».

«Dove sei?».

«In camera mia».

«Ma sei fuori? Perché mi hai chiamato? Perché non sei venuto qui? Vuoi farmi morire di paura?».

«Tu mi chiami sempre al telefono».

«Ma io sto dormendo».

«Tu mi chiami quando dormo. Sai, io dico: "Svegliami tra un'ora", o di mattina o altro e tu mi chiami e mi svegli. E dai, mamma».

«Va bene, dai. Che è successo?».

«Buddha sta morendo».

«Il gatto? Ti avevo detto di riportare il gatto a casa di Ifer».

«Lo so, per favore non ti arrabbiare, ma alla fine non ci siamo andati».

«Jesse, io riaggancio. Sei vuoi parlare, vieni qui».

* * *

Mezz'ora dopo arriviamo al pronto soccorso dell'ospedale veterinario La Cienega. Ifer è sul sedile posteriore con il gatto in braccio e singhiozza disperatamente. Lei e Jesse schizzano fuori dalla macchina non appena mi fermo.

Quando entro, trovo Jesse che si sta facendo largo verso la testa della fila. C'è davvero una fila alle due e mezza di notte. «Scusate, scusate, è un'emergenza», dice, come se tutti quelli che sono qui a quest'ora non avessero un'emergenza.

«Il mio cane è stato appena investito. Vedi di andartene». Un tizio spintona a sua volta Jesse.

«Scu-si». Jesse pronuncia la prima sillaba ad alta voce e la seconda a bassa voce, come un campanello musicale. Fa una boccaccia al tizio e prende posto insieme a Ifer dietro di lui.

La sala d'attesa assomiglia molto a quella del reparto di psichiatria geriatrica della UCLA. Tutto linoleum e vinile, facile da lavare, difficile da distruggere. C'è una donna che aspetta con tre bulldog, due sulle ginocchia e uno a terra. È grassa. Ha il mento appoggiato sul petto e i piedi cicciottelli sono infilati in un paio di infradito da uomo. Quali sono quelle scarpe da uomo che vengono sempre associate ai papà? Ma comunque, ha la mia età? Sembro più vecchia di lei o più giovane?

«Mamma?... Ci sei?».

«Guarda quella signora», sussurro. «È coperta di peli di cane».

«Che schifo», commenta Jesse.

Mi sento in colpa per averlo detto, per avergli fatto notare che la donna assomiglia a una moquette sudicia. Non volevo dire che sono ossessionata dalla vecchiaia e che sono qui in coda a chiedermi se sembro più vecchia di una donna con tre bulldog.

Il bulldog più grande fa fatica a respirare ed emette dei rantoli convulsi e assordanti come se avesse una grave crisi di asma. Ifer alza appena la testa, che era sepolta nel pelo ispido di Buddha. «Ma vi immaginate cosa deve essere vivere con quella cosa?», chiede per poi affondare di nuovo la testa nel pelo del gatto.

«Posso aiutarvi?». Ci avviciniamo in tutta fretta allo sportello.

L'infermiera – o in qualunque altro modo si chiami la persona in questione in una clinica veterinaria – sembra senz'altro più giovane di me. Sembra che abbia circa tre anni più di Ifer. Una studentessa universitaria luminosa e sorridente che si lava sicuramente i capelli tutti i giorni e che li tiene indietro con un elastico quando s'insapona la faccia. Emana salute e pulizia, a differenza di Ifer, che fa pensare più che altro a un cassonetto.

«Dovete salvare Buddha», la implora Ifer. «Vomita dappertutto e, quando non vomita, se ne sta immobile».

«Ha vomitato?», chiedo a Jesse. «Dove?».

Non mi risponde.

«Spero non sul tappeto».

«Buddha», scrive l'infermiera. «Com'è il cognome?».

«Marks», risponde Ifer singhiozzando. «La registro a suo nome», dice a me, prima di farsi prendere da una vera e propria crisi isterica.

«Femmina?».

«Sì».

«Sterilizzata?».

«No, non potrei mai farlo». Ifer si pulisce il naso passandoci sopra tutto l'avambraccio. Jesse accarezza la testa di Buddha.

«La visita con il dottor Robertson costa cinquanta dollari», dice l'infermiera. «Carta di credito, contanti o assegno?».

Improvvisamente capisco perché sono qui. Ero così frastornata per essere stata svegliata, così presa dalla tragedia in corso che non avevo capito di essere quella con i soldi. «Carta di credito», le rispondo.

«Stanotte è una vera catastrofe per gli animali», dice l'infermiera.

«Veramente?». Jesse s'illumina. «Che strano. Proprio strano».

Dal retro arriva un tizio con un camice blu. Assomiglia a quello che ha spinto mio padre in manicomio. Prende Buddha e Ifer scoppia di nuovo a piangere. Mi ritrovo ad abbracciarla. «Starà bene. Sono sicura che starà bene».

«Posso vivere per sempre con voi?», chiede Ifer.

«No». La stringo ancora più forte. «In nessunissimo caso».

Ci sediamo e aspettiamo. Se solo Joe fosse qui al posto mio. Lui sarebbe felice. L'infermiera gli avrebbe confidato come fa ad avere capelli così lucidi e splendenti. La donna con i tre bulldog gli avrebbe raccontato la saga dei disturbi sinusali del suo cane. Joe sarebbe tornato a casa con un sacco di storie. Io tornerò a casa di cattivo umore, preoccupata all'idea che domani sarò troppo stanca per lavorare.

Passa un quarto d'ora. Inizio a provare quella sensazione di sfasamento che ti prende sempre negli aeroporti. «Io e tua zia Madeline avevamo l'abitudine di andarci a fare un giro in aeroporto quando i nostri genitori litigavano».

«Perché litigavano?», chiede Ifer.

«Mia madre si era innamorata di un altro».

«La capisco», dice Jesse.

L'enorme cane asmatico viene trasportato sul retro da due uomini in blu. La signora grassa consola gli altri due: «Piccoli miei, non siate tristi».

«I genitori di Buddha?», chiama l'infermiera. «Il dottore è pronto a ricevervi».

Entriamo tutti nella sala visite, che è molto piccola e ha un tavolo con il ripiano di metallo al centro. Dopo un attimo arriva il dottore. È magro, alto e bello, con gli occhiali che gli danno un'aria saggia. In sintesi è perfetto: abbastanza adulto per essere un medico che ispira fiducia, ma non così tanto da non essere al corrente degli ultimi progressi in campo medico; abbastanza bello da farti andare in estasi, ma non così tanto da sembrare uno scemo. Perché Buddha ha uno che ha l'aria di un medico, mentre mio padre ha una che sembra sul punto di fare un salto in aria o la spaccata?

Il dottore tiene Buddha in braccio e, mentre parla con Ifer, lo accarezza e gli fa i grattini dietro le orecchie. Usa il suo nome e questo mi colpisce. Non riesco a immaginare di chiamare Buddha Buddha.

«Buddha è un gatto molto, molto malato», dice. «Ha una grave infezione a un orecchio. E sospetto che sia andata in circolo...».

Dottor Robertson, lei cura anche gli anziani?, mi sto chiedendo. Animali e anziani. Come alcuni medici sono specializzati in Ostetricia e Ginecologia, lei potrebbe diventare un veterinario-geriatra?

«Ci penserà mamma».

«Chiedo scusa, a cosa?».

Il dottor Robertson prosegue allegramente. «Benissimo. Salverà la vita di Buddha». Mi lancia un sorriso irresistibile.

Non posso dirgli: non ho la minima idea di che cosa stesse parlando, stavo fantasticando sulla sua nuova specializzazione.

«Dovrà prendere due pillole ogni quattro ore per quindici giorni», dice il dottor Robertson.

Inizio a capire. «Ehi, aspettate un attimo».

«Due pillole. Non deve fare altro che infilargliele in gola».

«Ma io...».

«Non vuoi farlo?», s'intromette Jesse. «Vuoi che lo facciamo noi? Benissimo, non andremo a scuola».

«Sì, salteremo gli esami», dice Ifer.

«Sono sicuro che alla tua mamma non dispiacerà». Il dottor Robertson mi allunga Buddha. Io lo passo a Ifer, che gli dà un bacio sul muso.

Il dottor Robertson stringe la mano a tutti. «Arrivederci, signora Marks», dice. Non mi chiama Eve.

Jesse e Ifer vanno in macchina, mentre io pago e prendo le pillole.

Mentre torniamo a casa, Ifer ripete: «Povero piccolo Buddha, povero piccolo Buddha».

«Sapete, in questo periodo ho davvero un sacco di cose da fare». Non posso non dirlo, proprio non posso. «Con tuo nonno e tutto il resto».

«Ma Buddha ha ancora tanta vita in sé», dice Ifer.

«Già. Tuo padre invece è spacciato».

Fermo la macchina in mezzo alla strada. È un gesto molto teatrale e imprudente, se non si considera che è così tardi che non c'è nessun'altra macchina in giro. Guardo

Jesse negli occhi. Nel profondo degli occhi, come facevo quando aveva cinque anni e lanciava la sua confezione di succo di mela fuori dal finestrino: «Un gatto non è la stessa cosa di una persona».

«Si può amare un gatto tanto quanto una persona», dice Jesse.

«Di più», aggiunge Ifer.

«Questo non li rende uguali a noi, mamma?».

«Jesse, per l'amor di Dio, non provi nessuna compassione per tuo nonno? Ha perso la testa».

«Lui non prova niente per me».

«Sono sicura che prova eccome qualcosa per te... che lo provava».

«Bah».

«Continui a riferirti a lui come a mio padre».

«Perché è quello che è, mamma, tecnicamente. È, tipo, la relazione primaria, giusto?».

Rimetto in moto. Ifer riprende a gemere: «Povero piccolo Buddha, povero piccolo Buddha».

«Pensate che il dottor Robertson sia più vecchio di me?».

«Assolutamente no», risponde Jesse.

* * *

Ifer sta sistemando due asciugamani sul fondo del cestino della biancheria per fare una cuccia per Buddha. Sono le quattro di mattina e sto cercando di immaginare come farò a superare la giornata imminente. Sarò certamente esausta. Posso rimandare il mio incontro con Madge Turner: i preparativi per la festa, che sarà tra due settimane e mezzo, procedono secondo i piani. Non andrò a trovare mio padre perché non ha nessun senso: ha perso la testa. Domani torna Joe. Ho davvero bisogno di lui.

«Perché non vai d'accordo con tua madre, Ifer?».

«Perché cerca di controllarmi. È una maniaca del controllo assurda. Come mi vesto, cosa penso, dove vado. Mi chiama Jennifer. Il mio nome è Ifer. Non la correggo neanche più, non le rispondo e basta».

«Un genitore deve rispettare la tua integrità», dice Jesse, mentre fissa il contenuto del frigorifero aperto. «Sarebbe dovuta morire. Non so cos'è successo».

«Ma che cosa stai dicendo?».

Esamina un pezzo di formaggio, lo toglie dalla confezione e poi lo boccia. «Abbiamo chiesto alla tavoletta Ouija quando sarebbe morta».

«Avete fatto cosa?».

«Non agitarti. Non le abbiamo detto di ucciderla, le abbiamo fatto solo una domanda e la tavoletta ha risposto...». Adesso Ifer e Jess scandiscono in coro: «D-O-M-A-N-I».

«Cioè oggi», spiega Jesse. Riprende la sua ricerca nel frigorifero. «Be', in realtà ieri, perché sono le quattro di mattina e quindi in realtà adesso è domani».

«Ah!», strilla Ifer. «Non te l'ho detto, non te l'ho detto». Ha le mani in testa e sembra che sia sul punto di strapparsi i capelli, in preda all'estasi. «Mia madre è stata urtata di striscio!».

«No!», esclama Jesse.

«Sì!», esclama Ifer.

Si guardano a vicenda a bocca aperta, atterriti dalla saggezza della tavoletta Ouija.

Sbatto lo sportello del frigorifero per ottenere la loro attenzione. «Ifer, il gatto dorme con te nella stanza della televisione, è chiaro? Sei fortunata che tua madre ti voglia bene. Non voglio sentir più parlare di urti di striscio, intesi?». Sto urlando a due centimetri dalla loro faccia. Annuiscono docilmente.

«Bene. Io vado a letto».

Sono quasi in cima alle scale quando sento: «Oddio, mamma». L'ultima parola. Non l'avrò mai.

* * *

Sullo schermo un puntino lampeggia accanto al numero del volo di Joe, indicando che il suo aereo sta atterrando. Sono stata seduta finora nella sala accanto al suo gate d'arrivo, leggendo su «People» di una donna che ha donato un rene alla cameriera di un bar dove faceva sempre colazione. Io non darei un rene a una cameriera neanche se andassi al bar tutti i giorni e parlassi con lei del suo divorzio, dei suoi figli e della troppa posta inutile che ti arriva a casa, che la metà delle volte non apri nemmeno e di cui non sai proprio che fare. E se fosse rimasta per ore ad ascoltare il racconto di come oggi pomeriggio sono stata quasi sul punto di scoppiare a piangere quando ho visto la posta, comunque non le avrei dato un rene. Ma lo darei a Georgia o a Madeline?

Supponiamo che i loro reni smettano di funzionare contemporaneamente. Con la forza di volontà di ricotta che mi ritrovo e la mia incapacità persino di dire al veterinario che non voglio che mi si accolli anche Buddha, probabilmente finirei per farmi asportare entrambi i reni. Almeno non devo preoccuparmi di donarlo a mio padre. È troppo vecchio e troppo malato per un trapianto di reni. O almeno spero.

Mentre si vede l'aereo avvicinarsi al gate, una folla si raccoglie davanti alla vetrata. Joe è tornato. Sono sollevata. Euforica. Mi sentirò di nuovo al sicuro. Tenendomi discosta dalla folla per poterla supervisionare, lo vedo o meglio vedo la parte di sopra della sua testa, la mini-zazzera di capelli che non fa altro che spostarsi dagli occhi. «Joe!». Agito entrambe le mani come un arbitro pazzo.

Lui viene verso di me con il suo passo allegro e saltellante. «Ciao, tesoro». Posa la sacca e mi abbraccia. Come se fossi io quella che è stata in viaggio e lui mi stesse dando il bentornato. «Mi sei mancata».

«Anche tu». Alzo la testa per farmi dare un bacio.

«Non c'era bisogno che venissi in aeroporto».

«Lo so».

Mentre andiamo verso le scale mobili, mi mette un braccio sulle spalle stringendomi a sé. Mi sento completamente avvolta.

«Com'erano il tipo dei bagel e la signora delle torte?».

«Lei dolcissima», risponde Joe. «Uno zucchero, che poi è la sua parola preferita. "Sei uno zucchero", continuava a ripetere». Si ferma un attimo per guardare un tizio le cui due figlie, in divisa da cheerleader, sono venute ad accoglierlo agitando i pompon.

«Questo nella mia famiglia non sarebbe mai successo», commento. «E come sono le sue torte?».

«Non male, tranne quella che lei chiama torta ginger ale, che è fatta con ginger ale e uva. "Viola e oro, tesoro, i colori del mio liceo". È paffuta e rotondetta, come una pesca, e porta pantaloni elasticizzati rosa. Nella cintura, come un revolver a sei colpi, tiene infilata una racchetta da ping-pong e...». S'interrompe. Il suo braccio si stacca dalla mia spalla. Resta lì confuso, non facendo caso agli altri passeggeri che dicono: «Chiedo scusa», mentre ci urtano. «Come si chiama quella cosa che serve per stendere l'intonaco? La usa per scolpire delle scene nella glassa. Era nella mia trasmissione, l'hai sentita?».

«No, me la sono persa. Hai portato la registrazione?».

«Sì, certo». Resta dov'è a bocca aperta.

«Rimetti il braccio dov'era, d'accordo, amore?».

Joe mi abbraccia di nuovo e cominciamo a muoverci simultaneamente. «Come si chiama quella cosa?», insiste Joe. «Non è una spatola, ma inizia con la *s*? Appena arriviamo in macchina metto su la registrazione».

«Io e Adrienne stiamo ancora cercando di ricordarci il nome di quell'attrice bassa e robusta degli anni Cinquanta».

«Doris Day?».

«Bassa e robusta, Joe».

«Allora quella che era sposata con Reagan?».

«Oh, ho capito a chi ti riferisci, quella con la frangia, ma non è lei. Anche questa ha la frangia. Ha sempre delle pettinature assurde. E i capelli biondi. Oddio, si muore di caldo».

Abbiamo appena messo piede fuori, dove soffiano i venti di Santa Ana. Di solito in un giorno di primavera in California meridionale il cielo è coperto di mattina, ma poi le nuvole si dissipano lasciando spazio a un pomeriggio soleggiato con una temperatura sui venti gradi. Ogni tanto però soffiano i venti di Santa Ana, la temperatura supera i trenta gradi e l'aria calda ti vortica intorno. Hai la sensazione di essere entrato in un aspirapolvere.

In previsione del caldo appiccicoso mi stacco da Joe. Attraversiamo in fretta la strada verso il parcheggio per rifugiarci nella macchina, dove c'è l'aria condizionata. «Che cos'è?». Joe sta guardando Buddha accoccolato sul sedile posteriore dal finestrino socchiuso.

«È di Ifer. Adesso vive da noi. Temporaneamente».

«Chi? Il gatto o Ifer?».

«Tutti e due. Lei e sua madre stanno litigando, perciò le ho detto che avrebbe potuto vivere per un po' da noi purché sua madre fosse stata d'accordo. Purtroppo sua madre era d'accordo. Mi ha chiesto per quanto tempo la volevamo».

Joe allunga la mano per farsi dare le chiavi della macchina. «Ma perché il suo gatto è qui con noi, adesso, nel parcheggio dell'aeroporto?».

«Oggi l'ho portato in ufficio. Gli devo dare delle pillole ogni quattro ore, altrimenti morirà».

Joe chiude il portabagagli e saliamo in macchina. Non dice niente finché non arriviamo all'uscita del parcheggio. «Non ti sembra di avere già abbastanza da fare?».

«Cosa?». Questo gioco che faccio si chiama Finta Innocenza. So esattamente a che cosa si riferisce e so che ha ragione ma, se lo ammetto, dovrò prendere dei provvedimenti.

«Eve, non dovresti badare anche al gatto».

So come farmi lasciare in pace. «Si chiama Buddha».

Joe sorride. «Probabilmente è sacro, giusto?».

«Probabilmente. Nella religione kasmiana».

«C'è stato un fondatore di questa religione? Il signor Casmo? Oppure viene da "cosmo"?».

«Si scrive con la *k*. L'ho visto scritto sui jeans di Ifer quando li ho infilati in lavatrice».

«Le lavi i vestiti?».

«Lavo quelli di Jesse. Quelli di Ifer vanno semplicemente dentro con i suoi».

Joe annuisce.

«A dire il vero è Jesse che mi sta facendo impazzire. Continua a dire cose su mio padre del tipo: "Ha il cervello fritto", oppure: "Sta per tirare le cuoia", come se mio padre non fosse neanche un essere umano».

«Sono anni che gli parli di lui in questi termini».

«Non proprio».

«Ah, no?».

«Non nello stesso modo. Sei ingiusto».

Joe agita appena la mano – come vuoi tu – e accende la radio sulla NPR. Io sto ribollendo. «Voglio che tu venga a trovarlo con me alla UCLA. Domani mattina».

«Va bene, Eve, certo che verrò».

«E vorrei che parlassi con Jesse. Non ha intenzione di venire a trovare mio padre e non gli importa niente di lui».

«*Ssshhh*», dice Joe. «Adesso dovrebbero trasmettere il mio promo, che fine ha fatto il mio promo?».

Spengo la radio. «Sei così egocentrico».

Joe si sposta sul lato della carreggiata e spegne il motore. «Ti ricordi che cosa ha fatto tuo padre, vero? Perché io sì». Mi sta parlando come io parlavo a Jesse, come se avessi lanciato la *mia* confezione di succo di mela fuori dal finestrino.

«Me lo ricordo».

«Non lo perdono per averlo fatto».

«Si sente in colpa. Anche nella sua condizione di demenza, si sente in colpa nei confronti di Jesse».

«Lo ha fatto a te, Eve. Perciò non capisco tutta questa compassione o perché ti aspetti che Jesse si preoccupi di un nonno che lo ha sempre ignorato».

Guardo Joe ma non lo vedo. Mi concentro su questa piccola pulsazione al lato della sua testa. «Perché è un gesto gentile. E perché lui sta morendo».

Joe alza le mani. «Come fai a saperlo? Come fai a saperlo, se nessun altro lo sa?».

«Be', innanzitutto...».

«Cosa?».

«Ha smesso di telefonare».

«Grazie al cielo». Joe si immette di nuovo nel traffico. Mio padre ha smesso di telefonare, Joe può andare avanti con la sua vita. «Ti stai inventando tutto», prosegue.

«Non è mai stato normale, adesso è solo un po' peggiorato, ecco tutto».

«Non voglio che tu venga con me».

«Dove?».

«A trovare mio padre, accidenti».

Guardo fuori dal finestrino: è il massimo che posso fare per voltare le spalle a Joe in macchina. «Averti qui è peggio che non averti».

Lui non risponde. Il mio commento resta sospeso, tutto solo, libero, addirittura in rilievo. Non te lo do un rene, Joe, non ci penso neanche, perciò non me lo chiedere.

* * *

Non parliamo per tutto il resto del tragitto fino a casa, tranne quando chiedo a Joe se vuole che riaccenda la radio e lui mi risponde di no. È solo un tentativo di fare finta che non siamo arrabbiati l'uno con l'altra, e non so proprio perché lo faccio, visto che dovrebbe essere lui a scusarsi con me. Aspetto in macchina mentre lui si occupa dei bagagli ed entra in casa. Non voglio condividere neppure la porta d'ingresso con lui.

Quando entro, il vento richiude la porta dietro di me con una forza che apre quella dello studio di Joe. Sta esaminando la posta impilata sulla sua scrivania, che ho sistemato io, con i giornali da una parte, la corrispondenza personale al centro e poi un mucchio disgustoso di cose con sopra le parole «Smistamento via cod-post», qualunque cosa ciò significhi. Spero che gli ci voglia una settimana per districarsi tra tutti gli appelli delle associazioni di beneficenza, gli appelli dei giornali e gli appelli delle campagne di vario tipo. Spero che abbia ricevuto la sua cinquantesima offerta di una polizza sulla vita da parte di

MasterCard. Spero che qualcuno voglia che pianti un albero in Israele e che gli siano arrivate almeno sei richieste di abbonamento a «The Nutrition Action Newsletter».

Salgo le scale a passi pesanti e poi mi rendo conto che il motivo per cui ho un graffio che mi va dal polso al gomito è ancora in macchina.

Spalanco la porta di Jesse senza bussare. Lui si mette seduto di scatto sul letto su cui era buttato ad ascoltare la musica. Ifer è stesa supina sul pavimento e non batte quasi ciglio. «Si sente bene?», mi chiede.

«Tuo padre è a casa, Jesse, e ho lasciato Buddha in macchina. Faresti meglio ad andare a riprenderlo». Esco dalla stanza.

«Accidenti, potevi bussare», sento mentre sto uscendo.

«Come dici, Jesse?». Faccio di nuovo capolino. Ifer sposta nervosamente lo sguardo da me a lui varie volte.

«Nien-te».

Sta squillando il telefono. «Oddio». Vado in camera mia e lascio cadere la borsa sul letto. «Pronto».

«Potrei parlare con la moglie del signor Mozell?».

«Veramente mio marito è il signor Marks, Mozell è il mio cognome da nubile», sbotto. «Senta, dottor Kunundar, ho parlato con sua madre...».

«È preoccupata per lei».

«Cosa?».

«Dice che ha un problema molto grave con suo padre e che in questo momento non dovrebbe pensare alle macchine».

«Oh». Mi siedo sul letto. Mi siedo come se qualcuno mi avesse dato una botta in testa e non avessi alternativa. «Vuol dire che mi permetterà di risarcirla?».

«Certo, quello non è un problema, ma sa che sono un dottore».

«Naturalmente».

«Perciò posso chiederle come sta suo padre?».

«Non lo so. Secondo il suo medico ha la demenza senile, ma potrebbe vivere a lungo».

«È una cosa triste».

«È molto gentile da parte sua».

«E posso chiederle anche se è riparabile?».

«Abbiamo già portato la nostra macchina dal meccanico. Ero preoccupata della sua».

«Parlavo di suo padre».

«Oh no, lui non può essere riparato».

«È una cosa molto, molto triste. Quando è iniziata? All'improvviso?».

«Be', quando ero ragazzina era già una persona difficile. Era un alcolizzato bipolare e adesso che ha la demenza senile è come se fosse uguale, solo peggio».

«*Hmmmm*». Emette un rumorino dolce e tranquillizzante. «Lei è molto cara a prendersi cura di suo padre. È una brava persona».

«No, non lo sono. Sono andata a trovarlo due giorni fa e mi ha fatto venire un attacco di nervi. E prima di allora non ci ero andata per una settimana intera». Essere cattolici deve essere così. Tutta sola in una stanza a confessarsi a una voce.

«Io credo che dovrebbe tornarci. Andrà tutto bene».

«Lei è come una tavoletta Ouija».

«Come cosa, scusi? Non conosco questa parola».

«Una tavoletta Ouija predice il futuro».

«Deve buttare fuori subito questa cosa».

«Prego?».

«Non deve essere superstiziosa». Quanta enfasi. Che cosa direbbe di Ifer? Probabilmente vorrebbe che buttassi fuori anche lei.

«Le piacciono i gatti, dottor Kunundar?».
«I piatti? Quali piatti?».
«Ho detto "gatti"».
«Oh, purtroppo lavoro troppo per avere un animale domestico. Sono troppo indaffarato con le operazioni. Un giorno, forse, ma non un gatto. Un pesce è meglio per me». Si mette a ridere.
«Credo che sia meglio anche per me».
«Signora Marks...».
«Può chiamarmi Eve».
«Oh, è la prima donna. Eve». Pronuncia il mio nome con una voce vellutata. «A volte, quando diventano come suo padre, le persone ci sono e non ci sono. Lei bussa alla porta, dice: "Salve", e non c'è nessuno, oppure c'è qualcun altro. Se c'è qualcun altro, è meglio dire: "Chiedo scusa", e riprovare più tardi. A quel punto ripassa più tardi e vede se lui è tornato a casa».
«Se fosse a casa, mi telefonerebbe».
«Forse no. Ma lei deve andare da suo padre perché il suo cuore ne ha bisogno. E io andrò dal meccanico perché la mia macchina ne ha bisogno».
«Si faccia dare un solo prezzo, dottor Kunundar. Non deve farsi fare molti... com'è che si dice? Preventivi! Oddio, non riuscivo a farmi venire in mente neanche la parola "preventivi". È normale iniziare a perdere la memoria? Sono», esito quando sono sul punto di rivelare la mia età, «sulla quarantina».
Non voglio chiedermi perché, io che non ho mai nascosto la mia età, improvvisamente decido di non dire a un medico che ho quarantaquattro anni. Voglio risultare desiderabile? Sto flirtando? Se sì è colpa di Joe, sono arrabbiatissima con lui. Avverto una fitta di senso di colpa e la respingo, la reprimo, ma sono vagamente consapevole

del fatto che quello che è appena successo non è proprio un tradimento, ma è comunque qualcosa.

«Una piccola dimenticanza non è niente», risponde il dottor Kunundar.

«Ottimo. Bene, questo è davvero gentile da parte sua. Mi faccia sapere del preventivo e io le manderò un assegno».

«Quanto meno».

«Prego? Oh, voleva dire "quanto prima"».

«Sì, arrivederci».

Joe entra in camera e butta la sua sacca sul letto. Mi alzo. «Vado a trovare mio padre. Ti dispiace preparare qualcosa per cena per Jesse e Ifer?». Non è una domanda. Esco.

Quando arrivo alla UCLA, i venti di Santa Ana soffiano con ancora più forza. S'insinuano tra le foglie degli alberi di jacaranda, staccano boccioli e fanno turbinare le cartacce per strada. Devo schermarmi la faccia mentre vado dal parcheggio all'alto edificio in mattoni di Igiene Mentale, ma non appena la pesante porta d'ingresso si richiude dietro di me, scende un silenzio di tomba. Potrebbe sembrare persino sereno.

Forse c'è o forse non c'è. Se non c'è richiamerò. Mentre salgo in ascensore, mi preparo con la saggezza del dottor Kunundar.

Pigio il pulsante dell'interfono e un'infermiera che non ho mai visto apre la porta. «Sono qui per vedere Lou Mozell».

«È nella sua stanza», dice e poi prosegue per la sua strada. «Sì, me ne sto andando!», la sento gridare mentre appoggia con decisione la mano sul pulsante dell'ascensore.

La porta di mio padre è chiusa. Busso. «Papà?».

«Evie?».

Guardo dentro.

È steso sul letto, accoccolato su un fianco, con i vestiti ancora addosso. Il suo corpo ha qualcosa di morbido e malleabile, come la pasta del pane. Gli manca quasi la definizione. Ha gli occhi aperti. Grandi e acquosi.

«Ciao, papà».

Cerca di tirarsi su, ma o le sue braccia sono troppo deboli o lui non riesce a dargli l'ordine di muoversi.

«Aspetta, ti aiuto io». Cerco di sollevarlo dalle spalle. Lo tiro; mi scivola dalle mani. Tiro di nuovo, ma poi mi fermo perché ho come la sensazione di potergli staccare le spalle, disgiungerle dal resto del corpo. Il peso morto è troppo. Per avere una presa migliore e forse anche per fare leva dovrei avvicinarmi di più. Dovrei abbracciarlo. Resto dove sono, con i piedi piantati a terra. «Non fa niente, papà. Non devi metterti seduto per forza».

«Ma voglio farlo». La sua voce è presente, è la voce che va bene. Lo osservo con meno timore. Sì, adesso c'è.

«Credo di non essere abbastanza forte per poterti aiutare. Vuoi che vada a chiamare un'infermiera?».

«Che ore sono?», chiede.

«Le sette e trentadue».

Quando ero piccola, ansiosa di andare da qualche parte o in attesa che qualcosa, per esempio la mia festa di compleanno, iniziasse, chiedevo in continuazione: «Che ore sono?». «Finirai per consumare l'orologio!», rispondeva mia madre esasperata. Ecco che cosa sta facendo mio padre adesso: sta consumando l'orologio. Mentre la sua attenzione e la sua capacità di concentrazione vengono meno, a lui non resta che questo. È in un inferno cronologico: è troppo tardi per tutto e la vita si trascina avanti interminabilmente. «Che ore sono?». È la domanda più triste. Sai che cosa stai aspettando, papà, o è l'unica domanda che ti resta?

Percorro con lo sguardo la sua stanza. Non c'è proprio vita qui dentro. Niente riviste sul comodino. Niente penne o biglietti scarabocchiati o foto di persone che potrebbe riconoscere a intermittenza. I suoi vestiti sono sparpagliati sul pavimento. Raccolgo le sue camicie, i suoi boxer. Un paio di pantaloni. Sono di un marrone lucido con uno scintillio argentato, come la stoffa fasulla di una moquette. Il girovita è enorme.

«Dio mio, papà, sei così grasso».

«Lo so», dice lui con una specie di stupore. Un sincero "Com'è potuto succedere?".

E per un secondo sembra una conversazione vera. Come se lui fosse normale e quel "Com'è potuto succedere?" non riguardasse tutta la sua vita e quest'ultimo blackout del suo cervello, ma solo "Come ha fatto a diventare così grasso?".

Misuro la circonferenza dei pantaloni, usando la mano aperta come un righello. Uno, due, tre, quattro, cinque. Quasi sei. A quanto corrisponde? Un po' meno di un metro e venti. «Credo che tu abbia bisogno di qualche vestito nuovo».

Gli lancio un'occhiata. Sta cercando di tirarsi di nuovo su. Sbuffa, sospira e riesce a sollevarsi di pochissimo; poi ripiomba giù permanentemente. È il contrario di un bambino piccolo, che prova e riprova e alla fine riesce. Lui prova e riprova e alla fine fallisce. Io mi lascio cadere su una poltrona, i pantaloni appallottolati sulle ginocchia.

«Tra me e te c'era qualcosa di speciale, non è vero, Evie?».

Non mi lascerai andare senza una risposta, vero? Non te ne andrai senza aver sentito quello che vuoi sentire. «Sì, papà». È molto più facile dire così.

«Che ore sono?».

«Le sette e trentacinque».
«Voglio mettermi a dormire».
«Okay».
Vado verso la gabbia. «Mio padre ha bisogno di aiuto per svestirsi. Vuole dormire».
Due infermiere tornano con me nella stanza. Si fermano accanto al suo letto e abbassano lo sguardo verso di lui. «Vuole dormire, signor Mozell? È ancora presto», dice una di loro.
«Ah, e che cazzo», esclama mio padre.
Gli do un bacio sulla guancia. «Ciao, papà. Ciao, papino».
«Che ore sono?», gli sento chiedere mentre chiudo la porta.
I venti di Santa Ana adesso soffiano a intermittenza, come se non riuscissero a decidere se andare o restare. Mentre rientro in casa ritrovo la calma. Passo davanti allo studio di Joe. La porta è chiusa, ma so che è ancora lì: restiamo entrambi nei nostri rispettivi studi quando siamo arrabbiati. Sento arrivare una musica dal piano di sopra. Di sicuro sono Jesse e Ifer. Inizio a salire le scale. Non ho intenzione di parlare con Joe. Non ho desiderio di farlo. Mi giro su me stessa e mi dirigo verso il suo studio.
«La cosa che mi ha davvero infastidito...». Ho aperto la porta, ma non lo sto guardando. Sto parlando con il suo spazio. «La cosa che mi ha davvero infastidito è che quando sono venuta a prenderti in aeroporto non mi hai neanche chiesto come stava mio padre».
«So come sta tuo padre». Joe si appoggia allo schienale della poltrona con un'aria particolarmente soddisfatta di sé e mette i piedi sulla scrivania.
«Veramente». Pronuncio la parola con l'energia di Georgia.

«Ho parlato con Doris».

«Doris l'infermiera?».

«Sapevi che suona l'armonica con un gruppo che si chiama The Harmonettes? Sono andate insieme alla Agoura Hills High School: due infermiere, una suora e un'hostess. Due mesi fa hanno partecipato a *Star Search*. Doris, a *Star Search*!». Gli occhi normalmente brillanti di Joe sono due fari abbaglianti. «Si esibiranno in occasione dei campionati nazionali di bowling a Dubuque».

«Immagino che conti di intervistarle».

«Esatto».

«Il punto non è come sta mio padre, è come sto io». I venti di Santa Ana hanno un'impennata e fanno sbattere due finestre sottolineando ciò che ho appena detto. «E il fatto che Doris sia un'infermiera geriatrica che suona l'armonica non è assolutamente importante».

Salgo rabbiosamente le scale. Joe si è alzato e mi sta seguendo. «Tu sei pazza come tuo padre», grida. Mi fiondo in bagno e chiudo la porta sbattendola.

«Eve?».

Non rispondo.

«Eve, per l'amor del cielo, piantala».

Non ho intenzione di piantarla. Resterò qui, in questo bagno. Non parlerò con te e non mi lascerò sedurre. Resterò qui a contemplare il mio povero sedere cadente, il mio mento, che minaccia di raddoppiarsi, e le rughe indesiderate che ho intorno agli occhi. Li guarderò finché non mi sentirò davvero male e so, so perfettamente nel profondo di me stessa, che questo bisogno irrefrenabile di sentirmi malissimo (o molto arrabbiata?) è colpa di mio padre.

Sette

Georgia fu la prima persona di mia conoscenza a comprare una segreteria telefonica. Nell'estate del 1975, pochi giorni prima del matrimonio di mio padre. Ci registrò sopra la sua voce da rivista, quella che era più bassa di un'ottava della sua voce normale.

«Salve, risponde Georgia Mozell. Sì, è vero… ho ripreso il mio vecchio cognome. Siete pregati di lasciare un messaggio, preferibilmente breve, dopo il bip».

«Sì, è vero…». Dopo c'era una lunga pausa. Georgia sapeva sempre come creare un effetto teatrale.

Mi rivolsi alla segreteria. «Ciao, sono io. Mi stavo chiedendo che cosa pensavi di metterti per la cerimonia. Immagino che tu sia già uscita».

«Non riagganciare, sono qui. Sto filtrando le telefonate. Questa segreteria è fantastica. È come avere una segretaria a casa. Esci subito a comprartene una».

«Per registrare le telefonate di chi? Non sono uscita più con nessuno dopo Philip. Vediamo, abbiamo rotto a ottobre, adesso è luglio, perciò sono…».

«Nove mesi», disse Georgia. «Eve, devi essere ottimista». Sapevo che non stava parlando solo di me. «Non puoi essere single e non avere una segreteria telefonica».

E voilà. Georgia non aveva fatto neanche in tempo a

procurarsi quell'invenzione che già aveva una regola in proposito. «È la coperta di Linus della donna single». Una regola e un titolo a effetto.

«Cosa ti metti al matrimonio?».

«Classico nero. Credo che lo porterò per il resto della mia vita».

«In onore del tuo divorzio?».

«No, sciocchina. Perché ho deciso che è meglio attenersi a un solo stile, una volta che lo si è trovato».

Uno stile era una cosa che io non sarei mai stata in grado di gestire. Richiedeva ben più che pezzi di sotto e pezzi di sopra. Richiedeva sciarpe, spille, un assortimento di scarpe. In altre parole: accessori. Io possedevo una sola borsa. Anche all'età di ventiquattro anni, sapevo che avrei sempre posseduto una sola borsa. All'epoca era un affare grande di pelle marrone con una patta e sapevo che l'avrei indossata al matrimonio di mio padre anche se non stava bene con… cosa? Mentre parlavo con Georgia ero di fronte al mio armadio, senza riuscire a decidere cosa mettermi.

«Georgia, devo vestirmi. Ci vediamo più tardi».

«Eve?».

«Cosa c'è?».

«Richard ti ha mai baciato?». Lo disse così in fretta che quasi non capii.

«Cosa? No. Perché?».

«Oh, non lo so. Ho visto questa vignetta idiota della tua coinquilina Adrienne, "Ragioni per cui hanno rotto", e la ragione numero quattro era: "Ha dato un bacio in bocca a tua sorella"».

«Richard non mi ha mai baciato in bocca».

«Lo immaginavo».

A quel punto ci fu un insolito momento di silenzio. Georgia andava sempre di fretta.

«Va tutto bene?».

«Sto benissimo, ca-ra». Si prese in giro da sola, enfatizzando la seconda sillaba. «Ciao».

«Ciao».

Il telefono squillò.

«Pronto».

«*I'm a Yankee Doodle dandy...*». Stava cantando a squarciagola e forse stava addirittura gesticolando.

«Ciao, papà».

«*Yankee Doodle, do or die...* Avevi mai pensato che avresti sentito di nuovo Lou Mozell così felice?».

«Mi fa piacere».

Riagganciò.

Il telefono squillò di nuovo.

«Pronto, sono Lola Carlton. Tuo padre sta per sposare...».

«Ma certo, ciao». Devo farle gli auguri? Devo metterla in guardia a proposito del pasticcio in cui si sta cacciando la sua povera mamma? Devo dirle di non dare per nessun motivo il suo numero di telefono a mio padre?

«Sono davvero ansiosa di conoscerti. Ho sentito parlare così tanto di te da tuo padre. Non fa altro che lodarti».

«Veramente, che bella cosa. Anch'io sono ansiosa di conoscerti».

«Mi stavo chiedendo, per te è un problema se ti porto il mio book al matrimonio?».

«Il tuo book?».

«Dei lavori che ho fatto. Come modella».

«Oh, allora tu vuoi parlare con la mia sorella maggiore, Georgia. È lei la caporedattrice moda».

«Non sei Georgia?».

«No, sono Eve».

«Scusami tanto».

«Non c'è problema».

«È stato tuo padre a darmi questo numero. Sono davvero mortificata».

«A volte si confonde». Le diedi il numero di Georgia.

«Ciao». Il telefono squillò di nuovo.

«Pronto».

«*Yankee Doodle, da-da, da-da, just to ride the ponies...*». Adesso stava cantando la fine della canzone, mentre galoppava fino a Buffalo al telefono.

«Papà, calmati. Stai perdendo la testa?».

«Sto bene. Stiamo bevendo Virgin Mary. Qui ci sono più fiori di quanti tu ne abbia mai visti in tutta la tua vita. Ho speso cinquanta dollari».

Riagganciò.

Poi chiamò Madeline. Non era venuta per il matrimonio. Si era trasferita a Seattle e stava lavorando per Greenpeace.

«Ciao, Eve, è già successo?».

«No, manca un'ora e io mi devo ancora vestire. Georgia mi ha appena chiesto se Richard mi abbia baciato in bocca».

«E perché ha pensato che fossi tu?».

«Be', perché no, avrei potuto essere io. Grazie, Maddy».

«Volevo solo dire: perché non pensa mai a me? E comunque come ha fatto a saperlo?».

«Perché Adrienne ha fatto una vignetta, non chiedermi niente, non posso assolutamente parlare. E comunque, devo proprio andare a prepararmi. Ti chiamo dopo».

Al matrimonio venne anche Adrienne. Adrienne partecipava a tutti gli eventi di famiglia per darmi un sostegno morale. Mentre uscivamo di casa e io frugavo sul fondo della mia grande borsa marrone in cerca delle chiavi, le dissi che Georgia aveva detto che avrei dovuto comprare una segreteria telefonica. «E perché poi? In fondo non frequento nessuno».

«Quello che non capisco», disse Adrienne, «è perché un attimo prima Georgia stava andando a Parigi per rimanere incinta e quello dopo lei e Richard si sono mollati».

«Me lo ha spiegato. Mi ha detto che a volte le coppie cercano di avere figli quando dovrebbero lasciarsi».

«Alternative al divorzio», disse Adrienne. «Forse c'è una vignetta in questo».

«Ti prego, non lo fare», le dissi. «Ti prego, ti prego, non lo fare».

* * *

La porta dell'appartamento di mio padre era spalancata. Io e Adrienne facemmo capolino all'interno come se fossimo passate davanti a una stanza d'albergo altrui mentre erano in corso le pulizie e avessimo lanciato un'occhiata dentro. Vedevo mazzi di margherite in quei vasi anonimi di vetro verde dei fioristi, uno su una credenza e un altro, identico, al centro del tavolino davanti al divano.

«E se avesse una crisi? Era in piena crisi al telefono».

«Innanzitutto è stato dimesso da Bloomingdale's a gennaio e da allora è stato bene. E poi Claire è un'infermiera. Controllerà che prenda sempre il litio. Non avrebbe potuto trovare una donna più adatta a lui». Mi diede una spinta, come si fa con i paracadutisti per buttarli fuori dall'aereo durante il loro primo salto.

«Ciao, papà, Claire», gridai.

Claire fece capolino dalla porta della cucina e ci salutò. «Sono qui, venite». Molto cordiale, come se stessimo andando a fare una gita in campagna. «Altre sei mani mi faranno comodo».

«Temo che ne abbiamo soltanto quattro. Ti ricordi della mia amica, Adrienne Singer?».

Claire si asciugò le mani con uno strofinaccio. «Certo che sì. Sono felicissima di vederti, Adrienne. Sono o non sono una timida sposina?». E scoppiò a ridere.

Il ripiano, i fornelli, la parte di sopra del frigorifero: ogni superficie era coperta di vassoi di antipasti: uova mimosa, funghi ripieni, olive nere circondate da olive verdi circondate da gambi di sedano circondati da carote a bastoncini. C'era un vassoio di fette di formaggio a spirale, formaggio americano sovrapposto all'Emmental sovrapposto al Munster. Il lavandino era pieno di piatti sporchi.

«Oddio, ma quante persone vengono?».

«Vediamo, siamo voi, io, papà, Lola – il mio dolce biscottino –, Georgia. Assaggia un rumaki». Ne prese uno con lo stuzzicadenti e me lo ficcò in bocca, che io aprii appena in tempo. Strinsi i denti e lei tirò fuori lo stuzzicadenti di colpo, poi fece lo stesso con Adrienne. «Castagne d'acqua e fegatini di pollo, la specialità della casa. Vi dispiace prendere un vassoio?». Infilò la mano in una ciotola piena di prezzemolo e ne distribuì manciate sui vassoi come coriandoli, poi ficcò di nuovo la ciotola del prezzemolo nel frigorifero e si tolse il grembiule passandoselo sulla testa. Si muoveva in fretta.

Io e Adrienne portammo un vassoio a testa in soggiorno. C'erano dei flûte, circa venticinque, in piccole file ordinate sul tavolino da gioco.

«È carina», sussurrò Adrienne. «Magra, ma carina».

«Te l'avevo detto che era magra. Ha chiamato mio padre papà?».

«Credo di sì».

«Papà è in camera da letto. Aspettate di vedere che vestito gli ho comprato», intervenne Claire dietro di noi. Teneva un vassoio su ogni mano. In quel momento riuscii a vedere la sua mise completa per il matrimonio: blusa di seta beige che svolazzava su un pantalone in tinta. I vestiti le penzolavano addosso come bandiere quando c'è calma piatta. Intorno al collo aveva all'incirca mezzo chilo di conchiglie, che toccandosi sbatacchiavano.

«Sono stata in piedi tutta la notte per tirare a lucido la casa. Non ci si risposa mica tutti i giorni. Mi sono dovuta fiondare a prendere lo champagne e altro mix per Bloody Mary per i Virgin di papà». Scoppiò a ridere di nuovo. «Raymond non mi avrebbe mai permesso di mettere piede fuori di casa il giorno del mio matrimonio, ma lui era l'uomo più premuroso del mondo».

«Raymond?».

«Il papà di Lola, il mio primo marito, morto d'infarto quattro anni fa. Pace all'anima sua. Morto nel bel mezzo di una stiratura».

«Mi dispiace».

«Di una cosa?», chiese Adrienne.

«Aveva una lavanderia a secco. È morto mentre stava stirando un paio di pantaloni di seta a strisce. Non miei, per fortuna, né di nessun altro membro della famiglia». La seguimmo di nuovo in cucina, dove aprì il frigorifero e tirò fuori le salse: due bianche, una verde e una rossa. «Sono una fanatica del frullatore a immersione. Adoro buttare tutti gli ingredienti dentro e frullarli. Potresti aprirle, tesoro?», disse a Adrienne, indicando vari tipi di patatine in un sacchetto della spesa sul pavimento.

«Ehi, c'è qualcuno?».

«Lola, bambolina, siamo qui».

Alzammo tutte lo sguardo. Lo alzammo parecchio. Lola era alta almeno un metro e ottanta. Ed era anche bellissima. Un viso delicato, perfettamente cesellato, su un lungo collo da cigno. Aveva i capelli tirati indietro. Portava un vestito antico di pizzo con la vita bassa – degli anni Venti, mi disse Georgia più tardi – che la faceva sembrare una vaporosa nuvola bianca.

Le tesi la mano. «Io sono Eve. Lei è la mia amica Adrienne».

«Amica?», ripeté Lola. «È "amica" in quel senso?».

«Cosa?».

«Lascia stare». Agitò per un attimo la mano, come a dire: "Cancella".

«Tua madre ha cucinato per un reggimento».

Lola si guardò intorno, studiando la cucina. «Come al solito», disse seccamente. «Dove devo mettere questo?». Agitò una grande cartella di pelle che teneva sottobraccio.

«In quel ripostiglio, bambolina». Claire indicò il corridoio.

«Vado a salutare mio padre. Torno subito».

Lo trovai in camera da letto che cercava di allacciarsi il papillon. Aveva due pezzetti di carta appiccicati alla faccia, nei punti in cui si era tagliato radendosi, e portava una giacca di broccato rosso con i risvolti neri. «È come se mi stessi preparando per una prima a Broadway. Come sto? Sono abbastanza elegante?».

«Stai benissimo».

«Come va, bambina mia?».

«Tutto bene».

«Mi sento un uomo nuovo. Potrei mettermi a ballare il lindy hop. Vuoi ballare il lindy hop al matrimonio del tuo vecchio?».

«Certo». Non si era mai accorto che più lui si entusiasmava, più io mi raffreddavo?

Iniziai a guardarmi intorno. Sul cassettone c'era una cornice con una foto di lui e Claire davanti all'ingresso di

A Chorus Line. Stringeva in mano due biglietti come se avesse vinto alla lotteria. Sembravano quasi folli di felicità. «Mi sono costati una fortuna», disse quando vide che prendevo la foto. «Ehi, pensi che dovrei annunciare il matrimonio sul giornale? Darne notizia e tutto il resto?».

Mi voltai di scatto. «No, assolutamente no».

«Già, probabilmente hai ragione».

«Non è esattamente appropriato, dico bene?».

«E che mi dici di Leonard Lyons? Georgia potrebbe fargli un colpo di telefono».

«Leonard Lyons. Lui scrive di vip».

«Be', Georgia è quasi una vip. Potrebbe dire: "Suo padre, lo sceneggiatore di *Ghosttown*, si è sposato..."».

«Georgia non è una vip. Tra l'altro quello è il "New York Post". E tu vuoi che sia una cosa di classe».

«Hai ragione. Sei proprio sveglia, Eve. Georgia è quella di successo, ma anche tu hai una bella testolina». Rinunciò a cercare di allacciarsi il papillon. «Lo sai fare?».

«No, ma Georgia probabilmente sì».

«Bah, lascia stare. Così è alla moda. È carina, no?».

«Chi?».

«Claire. E chi, sennò? Pensi che stia parlando di Audrey Hepburn?».

«Ha scelto lei la giacca?».

«Anche i calzini». Si sollevò i pantaloni mostrandomi dei calzini rosso fuoco. «Non credo che a tua madre sarebbero piaciuti, ma in fondo non sto sposando lei, dico bene? Forza, si va in scena».

Georgia era appena arrivata, con il giudice di pace al seguito. «È meglio se ci muoviamo», disse. «Il giudice è in pausa pranzo».

Fu una cerimonia breve. Quando il giudice disse: «Nella buona e nella cattiva sorte», mio padre disse allegramente: «Nella buona». Tutti risero, perciò s'intromise quando era il turno di Claire e lo ripeté. Poi finì tutto e tutti si baciarono. Lola fece saltare il tappo dello champagne e applaudimmo come se fosse successo qualcosa di straordinario.

Iniziò a versare lo champagne e a distribuire i bicchieri. Io strinsi il braccio di Georgia. Papà non può bere... e se beve? Rimanemmo lì pietrificate mentre ne dava uno a nostro padre. «Non vuoi un Virgin Mary?», gli chiesi d'impulso.

«Certo. Meglio non mischiare», rispose tranquillamente, come se la domanda fosse innocente, e restituì il suo champagne.

«Vado a preparartelo io».

«Ti aiuto», disse Adrienne.

Tirai fuori dal frigorifero il mix per Bloody Mary e, quando mi girai, mi accorsi che Lola ci aveva seguite in cucina. Svuotò il bicchiere dello champagne nel lavandino e lo riempì d'acqua. Mentre io preparavo il cocktail per mio padre, lei si appoggiò al ripiano bevendo a piccoli sorsi.

Mi rendeva nervosa. Come una lucertola su una pietra, avrebbe potuto saltare da un momento all'altro. «Sono felice che tua madre sia un'infermiera, perché mio padre prende il litio». Sentivo lo sguardo stupefatto di Adrienne su di me, eppure non riuscivo a smettere di blaterare. «Sì, insomma, quando lo prende sta bene, ma è molto importante che lo prenda tutti i giorni e che sia seguito regolarmente, altrimenti va fuori di testa. E poi, be', è un alcolizzato, più o meno», aggiunsi fiaccamente.

Lola sorrise. «Mia madre è un fenomeno con le pillole».

«Bene».

«Non diventi così magra senza un aiutino».

Annuii. Sta dicendo quello che penso stia dicendo?

«Ha preparato tantissime cose da mangiare», disse Adrienne.

«In piedi tutta la notte, un derviscio rotante. Tipico della mia cara mammina». Lola svolse lentamente il corpo lungo il ripiano, lo avvolse intorno alla porta della cucina e scomparve.

Quando tornammo in soggiorno, era seduta sul divano accanto a Georgia, il book aperto sul tavolino davanti a loro.

«Tieni, papà», dissi allungandogli il cocktail.

«Grazie». Alzò il calice. «È l'ora del brindisi».

Claire si sedette accanto a lui sul bracciolo della poltrona. Aspettammo tutti.

«Forza, cominci pure, signore», disse Claire.

«Quando ero in osped...». La voce gli si ruppe. Le labbra iniziarono a tremargli. «Stavo attraversando un periodo difficile». S'interruppe come se avesse fatto una grande confessione, anche se non c'era nessuno tra i presenti che non lo sapesse. «Quando le mie due splendide, meravigliose figlie mi hanno portato in ospedale, pensavo che la mia vita fosse finita». Gli occhi gli si riempirono di lacrime. «Poi, però, ho conosciuto Claire. Non riusciva a togliermi le mani di dosso. Nella vasca. E sfrega che ti risfrega...». Dalle lacrime alle sconcezze in meno di trenta secondi.

Claire fece l'occhiolino. «Dovevo sfregarlo bene bene con una spugna».

«Io ero legato», riprese mio padre. Claire lanciò un gridolino e diede un pugno alla poltrona.

«Sono fatti l'uno per l'altra», sussurrai a Adrienne.

«Roba forte», continuò mio padre.

«Abbiamo capito», disse Georgia con la voce più da rivista che aveva, quella a cui non potevi proprio disubbidire.

Mio padre alzò il suo Virgin Mary. «*L'chaim*». Brindammo tutti, allungandoci verso il tavolino e il divano, sopra e sotto le braccia altrui.

«Okay, adesso tocca a me». Claire si alzò. Si arricciò i capelli con la mano mentre rifletteva. «Devo dire che oggi sento la mancanza di Raymond», disse alla fine. «Ma sono convinta che sia in paradiso e che ci stia dando la sua benedizione, insieme alla vostra mamma».

Georgia mi lanciò un'occhiata. Quale disastro aveva inventato stavolta nostro padre per togliere di mezzo nostra madre?

«Mi dispiace tanto che non possiate conoscerlo», proseguì Claire. «Quell'uomo era in grado di smacchiare qualunque tipo di tessuto. Salsa di pomodoro su una camicia di seta, vino rosso su un abito da sposa. Una volta Louis Armstrong si presentò con una cravatta. Era la sua cravatta preferita, bianca, di seta cruda, e sopra c'era una macchia grande come una moneta da un dollaro». S'inclinò in avanti e sussurrò come se stesse raccontando un grande segreto. «Salsa di soia».

Io lanciai un'occhiata a Lola. Era completamente inespressiva. Quante volte lo aveva sentito raccontare? Quella era sicuramente la storia di John Wayne di Claire. Non c'erano dubbi che Lola avrebbe potuto muovere le labbra in sincrono con sua madre, a parte il fatto che, ovviamente, con tutta probabilità la storia era cambiata. Originariamente la macchia era grande come una moneta da dieci centesimi.

«Disse a Raymond: "Ho sentito dire che lei è un vero mago". Gli disse proprio così, non semplicemente uno bravo o competente, ma proprio un mago». Claire ridacchiò un altro po'. Ovviamente questa parte Lola la conosceva, parola per parola, frase per frase, intonazione per intonazione. «E Raymond rispose: "Farò del mio meglio, signore". Era sempre modesto, non è vero, Lola?».

«Sì», rispose lei.

«Voglio brindare a questo», disse mio padre. «*L'chaim*». E brindammo tutti di nuovo.

Georgia si alzò. «Ai nuovi inizi. Al vostro matrimonio, al mio divorzio e al mio nuovo lavoro. Da questo momento in poi mi occuperò di inchieste e editoriali. Un attimo...». Alzò la mano per impedire a tutti noi di manifestare il nostro entusiasmo. «Si tratta di crescita orizzontale, ecco perché ne sono così contenta. Nessuno, e dico nessuno, passa dalla moda agli articoli. Presto saprò tutto».

«A proposito di cosa?», le chiese Adrienne.

Georgia non guardò nella sua direzione. «Tutto della rivista, così potrò diventare direttore». Abbassò la mano, permettendo a tutti di applaudire.

«Georgia, ma è fantastico».

«Be', sei proprio brava», disse Claire.

Abbracci e baci, tutti si strinsero intorno al tavolino per raggiungerla. «Grazie, grazie». Georgia sorrise raggiante.

«Voglio dire una cosa. Ehi, adesso tocca a me». Mio padre stava gridando.

«Sì?». Georgia alzò di nuovo la mano per zittire di nuovo tutti.

«Ho sempre saputo che eri un fenomeno, perché hai i miei geni». Si asciugò qualche lacrima.

Lola era ancora seduta sul divano, il book in equilibrio sulle ginocchia. «Questo significa che non ingaggerai più modelle?».

«Non direttamente. Ma farò in modo che tu venga vista». Pronunciò queste parole con magnanimità, come una sovrana che si rivolge a un suddito.

* * *

Mio padre e Claire stavano abbracciati sulla soglia di casa e ci salutavano agitando la mano mentre le porte dell'ascensore si chiudevano. Io, Georgia, Adrienne e Lola scendemmo insieme, con la testa di Lola che superava le nostre come la cima di una palma.

Georgia si chinò per vedere il proprio riflesso nella placca di ottone che circondava i pulsanti dell'ascensore e si mise un po' di rossetto. «Almeno qualcuno in famiglia è sposato».

«E che mi dite di vostra madre?». Adrienne mi diede una gomitata.

«Maddy dice che lei e Tom non credono nel matrimonio».

«Credevo che vostra madre fosse morta», disse Lola.

«Proprio per niente», dissi io.

«È solo un pio desiderio di nostro padre», aggiunse Georgia.

Uscimmo dal palazzo. «Scommetto che Claire sarà bravissima a prendersi cura di lui. Era molto simpatico quando era normale. Non sarebbe fantastico se...».

Georgia mi interruppe. «Sì, davvero fantastico».

«Credo che saranno felici». Lo annunciai perché speravo che fosse vero, ma anche perché volevo vedere se Lola sarebbe stata d'accordo. Lei si limitò a chiedere a Georgia il suo numero del lavoro.

Adrienne se ne andò per conto suo a vedere *Lo squalo*. A differenza di me adorava i film che facevano paura. Georgia insistette per farmi comprare una segreteria telefonica e mi spedì in un negozio di elettronica su Lexington Avenue.

Un'ora più tardi, dopo aver fatto il mio acquisto, mi fermai in un bar. Era un orario strano, le cinque di pomeriggio, e il bar era quasi vuoto. Tra la mia grande borsa marrone e la scatola di cartone entravo a stento nel locale, che era composto da un corridoio stretto con un bancone da una parte e quattro piccole panche dall'altra. Mi lasciai cadere su uno sgabello e impilai la scatola e la borsa accanto al mio tovagliolo. La cameriera era all'estremità del bancone e stava parlando con un tizio, l'unico altro cliente. Aveva tirato fuori il portafogli e gli stava mostrando alcune foto della sua famiglia.

«Pensi che abbia la testa piatta?», gli stava dicendo. «I parenti di mio marito hanno tutti la testa piatta, qui dietro, proprio qui». Si toccò la parte di dietro della testa. «Accidenti, spero che mio figlio non abbia la testa piatta».

Il tizio si tolse gli occhiali ed esaminò la foto da vicino. «È tonda come una palla», sentenziò.

Lei sorrise, gratificata. «Lo pensi davvero? Oh, aspetta un attimo, torno subito».

Si affrettò a venire verso di me. Il tizio mi sorrise. Era alto e se ne stava incurvato sul bancone, il mento appoggiato alla mano, le dita che tamburellavano contro la guancia. Sembrava avere tutto il tempo del mondo. Anche il suo sorriso ci mise un po' ad arrivare. Aveva i denti davanti leggermente accavallati e questo lo faceva sembrare ancora più rustico. New York non era il posto per lui. Avrebbe dovuto passare la giornata nell'emporio di una cittadina. D'altro canto… Adrienne aveva appena finito di leggere *In cerca di Mr. Goodbar* che, come *Lo squalo*, era troppo pauroso per me, ma mi aveva raccontato la trama. Probabilmente quel tizio era pazzo, anche se sembrava gentile; era fuori discussione che mi mettessi a parlare con uno sconosciuto. Studiai il menu. Avevo una regola a New York: se leggevi, nessuno ti disturbava.

«Mi sta intervistando. Soprattutto a proposito di mia

suocera, che è una vera mina vagante, ma sto andando fuori tema», disse la cameriera.

«Tu hai una suocera?», s'informò lui.

«No», tagliai corto io mentre leggevo "Sandwich al formaggio. Ingredienti: formaggio, pomodoro e bacon".

«Che cosa prendi?», chiese la cameriera.

«Tè e *English muffin*».

«Ehi, hai comprato una di quelle segreterie telefoniche». Si allungò sul bancone per studiare la foto sulla scatola.

«Penso che mi permetterà di filtrare le chiamate di mio padre. Mi telefona in continuazione».

«Come mia suocera». Poi si rivolse al tizio dicendogli: «Ehi, forse dovresti intervistarla. Filtra le telefonate del padre».

«Lascia stare. Va bene così». Infilai di nuovo il menu nella rastrelliera di metallo e iniziai a frugare nella mia borsa, anche se dentro non c'era niente da trovare.

«Essere intervistati è divertente, tesoro». Mise una bustina di tè in una tazza e ci versò sopra dell'acqua calda. «Se è interessato a mia suocera, deve esserci qualcosa su cui può intervistare anche te».

«No, non c'è», disse lui.

Per qualche motivo questo mi ferì.

«Ma mi fa piacere che tu abbia comprato una segreteria telefonica», aggiunse.

«Perché?», replicai in modo ostile. E mi girai per guardarlo dritto in faccia.

«Perché così quando ti chiamo per invitarti a uscire, se non ci sei troverai il messaggio».

* * *

«Non riesco a credere che Georgia ti abbia costretto a

comprare quella segreteria telefonica», disse Adrienne. Arrivai a casa poco dopo di lei. «Vuoi un tè?», mi chiese. «Anche se, dopo aver visto quel film, mi sorprende che io abbia ancora il coraggio di aprire il rubinetto per far scendere l'acqua».

«No, grazie. Ne ho appena prese quattro tazze. Forse questa segreteria mi piacerà. Forse qualcuno mi chiamerà».

«Non è questo il punto. Il punto è che non hai avuto scelta. Sta squillando il mio telefono o il tuo?».

«È il mio». Non era possibile che chiamasse così presto, non così presto. «Pronto?».

«È stato uno dei giorni più belli della mia vita».

«Senti, papà, ho molto da fare. Adesso non posso parlare».

«Certo». Aveva un tono pensieroso, malinconico.

«Sono contentissima di sapere che sei felice, papà, ma sono appena arrivata a casa e ho tantissime cose da fare».

«Ho paura, Evie».

«Davvero?».

«Sì».

Mi sedetti. Forse sarà una vera conversazione. È sposato. Magari adesso è diverso.

«E se non dovesse funzionare?».

«Io penso che funzionerà, se ti ricorderai di essere premuroso, insomma, d'interessarti a lei e di non parlare sempre di te…».

Nessuna risposta.

«Papà? Papà, ci sei?».

«Tua sorella sarebbe capace di mettere in ombra il presidente, vero?».

«È verissimo. Credi che lo abbia fatto?». Adesso stavamo avendo sul serio una vera conversazione.

«Tu sei quella affettuosa, non te lo dimenticare mai».

Mi aveva teso una trappola. Avrei dovuto ringraziarlo per avermi fatto un complimento a spese di mia sorella? Senza contare che il complimento era un insulto. Non volevo essere quella affettuosa della famiglia.

«Ci sentiamo presto». Riagganciai sbattendo la cornetta sul telefono.

* * *

«Nostro padre non è preoccupato che il suo matrimonio possa non funzionare. È preoccupato che possa funzionare», disse Georgia qualche ora più tardi mentre stavamo conducendo la nostra analisi retrospettiva sul matrimonio.

«Eh?».

«Si chiama "sindrome dell'opposto" ed è praticamente il primo articolo che ho assegnato nel mio nuovo ruolo. Dici l'opposto di quello che intendi davvero perché quello che intendi davvero ti fa troppa paura. Lui teme che funzionerà e che sarà felice. Questo lo terrorizza perché mamma lo ha ferito moltissimo. Senza contare che adora essere infelice».

«E rendere noi infelici».

«Soprattutto, ovviamente. Dimmi una cosa. Credi davvero che Louis Armstrong si occupasse di portare i propri vestiti in tintoria? E poi non viveva nel Queens?».

«Ah sì?».

«Mi sembra di averlo letto, chissà per quale motivo. E credo che Raymond lavorasse nel Bronx. Perciò come mai Louis Armstrong portava i vestiti sporchi dal Queens al Bronx?».

«Quindi Claire se lo è inventato?».

«Più o meno».

A quel punto sganciai la bomba. «Claire potrebbe farsi di speed».

«Cosa?».

«Lola ha lasciato intendere che s'ingozza di pillole per dimagrire».

«Veramente». Riuscivo a sentire gli ingranaggi del cervello di Georgia mentre ci rifletteva su.

«Credo che Lola mi abbia chiesto se io e Adrienne, be', ha usato la parola "amiche" in un modo strano…».

«È lesbica», sentenziò Georgia. «L'ho conosciuta tanto tempo fa sul set di uno shooting fotografico. Un'altra delle modelle presenti era la sua amante».

«Oddio, ma è bellissima».

«Be', e allora perché no? C'è dell'altro?».

Dell'altro. Non le dissi del bar. Dell'incontro con Joe. Le dissi solo: «Sono felice che tu mi abbia fatto comprare quella segreteria, grazie».

«Prego», rispose Georgia.

* * *

Ero in casa la prima volta che Joe chiamò, che fu il giorno dopo. Ma la volta successiva, dopo il nostro primo appuntamento, non c'ero e lui lasciò un messaggio in segreteria. «Sono pazzo di te», disse. Ci fu un bip, poi la sua voce e poi un clic quando riagganciò. Lo ascoltai un centinaio di volte.

Finalmente, a dicembre, lo portai a conoscere mio padre e Claire. A Joe era stata offerta la conduzione di un programma radiofonico tutto suo a Los Angeles. Sarebbe partito a gennaio e io lo avrei raggiunto un mese dopo. Quella era allo stesso tempo una cena di presentazione e di addio.

«Mio padre ha sessantun anni e non ha assolutamente interessi», dissi a Joe mentre eravamo in taxi per andare al ristorante. «Una volta a settimana gioca a poker con alcuni sceneggiatori in pensione. Di tanto in tanto parla di politica o racconta qualche storia sul mondo dello spettacolo. Ma la maggior parte delle volte è un incubo».

«Me lo hai detto».

«Claire parla un sacco, credo perché s'ingozza di pillole per dimagrire, ma è piuttosto simpatica».

«Mi hai detto anche questo. Sono sicuro che mi piaceranno tantissimo». Joe mi mise un braccio sulle spalle.

«No, non ti piaceranno». Sospirai e mi strinsi a lui. Joe era il posto più tranquillo dove fossi mai stata. Le sue braccia erano casa, ma niente a che vedere con la casa in cui ero cresciuta. Eravamo appena tornati da una settimana bianca vicino casa dei suoi genitori nel New Hampshire. Era stato allora, nell'ambito dei sempre crescenti sforzi per tenere il caso fuori dalla mia vita, che ero caduta apposta appena avevo iniziato la mia prima discesa, così non sarei caduta accidentalmente. Joe lo aveva trovato irresistibile. Mentre me ne stavo appoggiata a lui nel traffico rallentato del periodo prenatalizio, cullata da lui e dalle lucine intermittenti di Natale riflesse sul finestrino, desiderai di non avere un padre. Né un padre né una madre. «Questa cosa mi terrorizza».

«Andrà tutto bene». Joe non aveva vissuto nessuna esperienza che gli suggerisse che sarebbe potuta andare diversamente.

Li vidi non appena entrammo nel ristorante, perché mio padre si alzò e strillò: «Da questa parte». Portava la giacca rossa e aveva un fazzoletto natalizio di un verde acceso che gli spuntava dal taschino. Un altro regalo di Claire, senza alcun dubbio.

«Lou, Claire», disse Joe, «sono lieto di fare la vostra conoscenza». Ero ancora in quella fase in cui mi meravigliavo anche per come Joe stringeva la mano di qualcuno. Rilassato, ma fermo. E per l'impiego della parola "lieto". Quello mi stese proprio.

Claire stava bevendo il solito, uno spritz. Mio padre si stava dedicando a un Virgin Mary. Io e Joe ordinammo delle birre.

«Propongo di prendere l'aragosta», disse mio padre. «Costerà un po', ma che fa? Tanto paga Joe».

Risero tutti. Era una di quelle serate in cui tutti avrebbero riso qualunque cosa venisse detta, o quasi.

«Quattro aragoste», disse mio padre al cameriere.

«E io vorrei un altro di questi». Claire alzò il bicchiere e poi buttò giù in un sorso ciò che restava del suo cocktail. «Raymond odiava le aragoste. Le odiava perché la sua tintoria era proprio accanto a City Island e le persone gli portavano sempre le camicie macchiate di burro».

«Pensavo che tutti si mettessero sempre un tovagliolo intorno al collo per mangiare l'aragosta», osservai io.

Claire fece spallucce. «Lui diceva che le macchie di burro erano peggio di quelle di salsa di pomodoro, nessuno lo sapeva, ma era vero. Il burro era praticamente peggio di tutto, tranne…».

«Cosa?», chiese Joe.

«Non immaginerai mai».

«Caffè?».

«No».

Joe mi strinse la mano sotto il tavolo. Quello era il genere di conversazione che adorava. «Inchiostro?».

«Brodo di pollo».

«Ma sta scherzando?», disse Joe. «Non lo avrei mai immaginato».

«Raymond diceva che dipendeva dal grasso. Hai mai notato che se lasci una macchia di brodo di pollo su un ripiano, può corrodere la vernice?».

«E allora?», intervenne mio padre.

«Vorrei un altro cocktail. Joe, potresti chiamare il cameriere?».

Claire sbatté le ciglia. Era praticamente un giallo lampeggiante del semaforo.

Quando le aragoste arrivarono, ne staccò una chela e più o meno finì lì. L'aragosta giaceva come un cadavere sul piatto, rosso fuoco, come se fosse spirata sulla spiaggia in seguito a una terribile ustione solare. Mio padre mangiava come un maiale. Grosse gocce di burro fuso gli colavano lungo il mento.

Visto che nessuno chiedeva niente, mi feci avanti io. «Joe fa splendide interviste radiofoniche, per esempio a questo tizio che conserva tutti i pezzi di spago che trova e ha una palla in soggiorno grande come un pianoforte. Quando ci siamo conosciuti, parlava con persone di tutti i tipi di ciò che pensavano delle loro suocere. Era una cosa incredibile».

«Che peccato che Raymond non ci sia più, avresti potuto intervistarlo», disse Claire.

«Ti ho mai raccontato di John Wayne?», intervenne mio padre.

Io diedi un calcio a Joe sotto il tavolo, solo per dirgli: ti avevo avvertito.

Mio padre raccontò di nuovo la sua storia. Poi scese il silenzio. «Devo proprio fare un colpo di telefono a John», disse.

«Lou è un maniaco del telefono». Claire spinse il suo piatto al centro del tavolo. «Quando era a Bloomingdale's, stava al telefono giorno e notte».

Mio padre sorrise timidamente. «Vivo metà della mia vita nel mondo reale e metà al telefono».

L'intervistatore in Joe si risvegliò. Sembrava assolutamente rilassato, il corpo magro appoggiato con naturalezza allo schienale della panca; solo il suo sguardo divenne più vigile. «Chi le piace chiamare?».

«Il mio lampista», rispose mio padre.

«Chi è un lampista?».

«Il tizio che mi ripara le lampade».

«Ce n'era una che non funzionava più», spiegò Claire.

«Mi fa piacere parlare con lui per qualche minuto ogni giorno. E poi c'è Mary».

«Chi sarebbe?».

«La segretaria di Georgia. È impossibile parlare con Georgia. Lei è una delle dieci donne più impegnate di New York. Mi meraviglia che non la mettano su "People"».

Claire intervenne: «Ieri ha chiamato in Giappone».

«Per sbaglio», chiarì mio padre. «Devo aver pigiato troppi numeri».

«Mi piacerebbe fare un servizio su di lei».

«Joe». Gli misi una mano sul braccio.

Lui mi ignorò. «Su di lei e il telefono».

«La trasmissione di Joe verrà trasmessa dalla KCRW di Los Angeles».

«Non ne ho mai sentito parlare. Quando vuoi farlo? Domani?».

«Andrebbe benissimo».

«Che peccato che non puoi farlo su Raymond», disse Claire.

«Sì», disse Joe con grande sincerità. «Penso che Raymond sarebbe stato fenomenale».

* * *

«Mi piaceva di più quando c'erano i prefissi. "Plaza", "Gramercy". Quelli sì che erano bei tempi. All'epoca, quando componevi un numero, stavi facendo davvero qualcosa. Va bene così? Sto andando bene?».

«Stai andando benissimo, Lou».

«Quando vivevo a Westwood, scrivevo una serie televisiva che s'intitolava *Ghosttown*. Ne hai mai sentito parlare?».

«La guardavo sempre».

«Un sacco di trucchetti ripresi da *Topper*, ma funzionava».

«Me lo ricordo».

«Avevamo un telefono nero. Allora i telefoni erano neri. E i neri erano negri». Scoppiò a ridere.

«Ha fatto una battuta razzista? Primo, è una cosa disgustosa. Secondo, è sposato con una nera».

«*Ssshhh*», mi disse Joe.

«Credo che si possa dire che sia stato il telefono a salvarmi la vita. Sai, mia moglie mi aveva lasciato e io mi aggiravo in casa, mangiando solo cibo già pronto. E chiamavo le mie figlie. Ho tre splendide figlie, ma una non aveva il telefono, viveva in una casa sulla spiaggia con un gruppo di sfigati. Forse è meglio se questa parte la tagli. No, usala, va bene così».

Spensi il registratore. «Joe, questa cosa è imbarazzante».

«No, non lo è».

«Sì, invece».

«Taglierò quella parte».

«Quale parte?».

«Quella sugli sfigati». Premette di nuovo "Play".

«A volte, quando mi sento solo, chiamo il servizio informazioni».

«La settimana scorsa ha chiamato in Giappone», intervenne Claire. La sua voce sembrava arrivare da lontano.

«Questa intervista riguarda me», disse mio padre.

«Be', questa cosa riguarda te», obiettò lei.

«Quando chiama il servizio informazioni, che cosa dice?».

«Oh be', chiedo un numero... e poi ci infilo dentro qualche chiacchiera. "Scommetto che lavorate tanto", cose del genere insomma. Loro ci cascano sempre». Rise di nuovo.

Premetti "Stop". «Ha una risata orribile. Sembra un serpente. I serpenti ridono? Tagliala, d'accordo?».

«Eve, rilassati». Joe riaccese il registratore.

«Ha una segreteria telefonica?».

«Georgia me ne ha regalata una quando mi sono sposato. Sto parlando di Georgia Mozell, mia figlia. È la caporedattrice di "Harper's Bazaar", si occupa di inchieste e editoriali. Sa tutto, conosce tutte le ultime novità. Ma sai, io non riesco a capire come funziona. Troppi pulsanti. E comunque sono quasi sempre a casa e posso rispondere io. Altrimenti non ci sono. Quello che non so non può farmi male, dico bene?».

Spensi ancora una volta il registratore. «Ho sentito abbastanza».

«Sapevi che ha chiesto a tua madre di sposarlo al telefono?», disse Joe.

«Davvero?».

«La chiamò da un telefono a gettoni all'angolo tra la Broadway e la 49th Street e, quando riagganciò, prese la metropolitana fino ad Aqueduct e azzeccò l'accoppiata del vincente e del secondo».

«Non credo che sia vero. Non credo che mio padre sia mai andato alle corse dei cavalli prima che ci trasferissimo a Los Angeles».

«Oh be', non importa. L'ha detto, quindi posso usarlo. Sarà una trasmissione pazzesca».

* * *

In effetti lo fu e la conseguenza fu che per poco Joe non mi sposò. O forse fu il contrario. Per poco io non sposai lui. Non appena l'intervista fu mandata in onda mio padre iniziò a chiamare.

«Sono una star».

Un'altra telefonata. «Sono una grande star».

Un'altra telefonata. «Mi hanno chiamato dieci persone da Los Angeles».

«Mi hanno chiamato venticinque persone».

Poi Joe telefonò per dirmi che mio padre lo aveva chiamato sei volte soltanto nell'ultima ora. «Perché gli hai dato il tuo numero?», gli chiesi.

La cosa andò avanti per una settimana. Poi mio padre uscì e comprò venticinque radio, provò a comprare un'emittente radiofonica e dovette essere ricoverato di nuovo per regolare il dosaggio del litio. Claire ci chiamò alle quattro di mattina. «Venite qui e portatelo via. Faccio questo tutto il giorno al lavoro, non ci penso proprio a farlo anche a casa». Ci accolse sulla soglia bevendo uno spritz. Era il gennaio del 1976. Georgia soprannominò questo, il suo terzo ricovero, l'"Esaurimento del bicentenario".

Andai su tutte le furie con Joe perché era tutta colpa sua. Avrebbe dovuto darmi retta quando gli avevo detto che mio padre era fuori di testa. «Non posso sposarmi con uno che non capisce i pazzi».

«Ma tu non sei pazza. Anzi, sei pericolosamente equilibrata».

«Non m'insultare. Vengo da una famiglia di pazzi. Bisogna stare attenti quando si ha a che fare con i pazzi».

Fu una litigata terribile e stupida, che si svolse al telefono mentre lui era a Los Angeles e io ancora a New York e in seguito ci giurammo di non discutere mai più di qualcosa di importante al telefono.

Alla fine facemmo pace e ci sposammo senza dirlo a nessuno. Il mio matrimonio fu l'ennesimo evento familiare importante che dovette essere celebrato in segreto.

Otto

Alle sette e mezza di mattina squilla il telefono. «È morto», dico a Joe, che si sta versando il caffè e s'interrompe di colpo. Ifer alza lo sguardo dai cereali, che mangia sempre come un animaletto, la bocca attaccata al bordo della ciotola mentre ci versa dentro i Cheerios.

«Non rispondi?», chiede Jesse, che sta infilando il pranzo nello zaino.

«Rispondi tu», gli dico.

«Eve, per l'amor del cielo». Joe prende il telefono esasperato. «Pronto?».

Scrutiamo tutti il suo viso, che resta calmo e neutro, solo per farmi dispetto, mi dico. «Sì, è qui. Sta chiamando dall'ospedale?». Annuisce e annuiamo tutti con lui all'unisono. Mi allunga la cornetta.

Ifer si mette la mano davanti alla bocca per essere pronta a trattenere un gemito. «Pronto», dico coraggiosamente.

«Salve, sono il dottor Kunundar».

«Oh, dottor Kunundar, salve». Non è l'ospedale, mimo con la bocca rivolgendomi agli altri.

«Ha detto che chiamava dall'ospedale», dice Joe.

Io mi giro, andando verso la porta della cucina per ridurre le interferenze. «Si è fatto fare il preventivo?».

«Non la seguo».

«Il preventivo per riparare la sua macchina».

«Ci siamo quasi», dice, «ma non è questo il motivo per cui la chiamo. Spero che non sia troppo presto, ma ho già degli interventi».

«Non c'è problema».

«Ieri notte mi sono svegliato e ho pensato a lei. Le avevo detto di andare a trovare suo padre. Quando è stato? Lavoro così tanto che perdo il conto dei giorni».

«Più o meno una settimana fa».

«Sì ed ero preoccupato. Com'è andata? Sta bene? Come sta suo padre?».

«Lui... Vorrei prendere la telefonata nel mio studio. Può aspettare un attimo?». Lancio un'occhiata a Joe, Jesse e Ifer, che mi stanno guardando tutti. Improvvisamente non so di chi fidarmi perché riagganci per me. «Ifer, vado a rispondere dal telefono del piano di sopra». Le allungo la cornetta.

«Chi è?», chiede Joe.

Risponde Jesse. «Il tizio che mi è venuto addosso».

Corro al piano di sopra. «Ci sono, Ifer», grido. Si sente un clic.

«Salve, sono di nuovo qui». Sento la mia risata e mi accorgo che sembro un'idiota. «Sono andata a trovare mio padre subito dopo che ci eravamo sentiti ed era "a casa", come mi aveva promesso lei. Non so come ringraziarla per avermi detto di andare».

«E da allora?».

«No, be', non ci sono più tornata. Ho troppa paura. È stupido, no?».

«Non è stupido». La sua voce è confortante, musicale. Sua madre potrà anche sembrare un pianoforte tintinnante, ma lui – lo chiamo dottor Kunundar? Omar? – ricorda gli accordi intensi e ricchi di pathos di un violoncello. Capisce il dolore. Le sue parole ne sono impregnate.

«Sta dormendo?», mi chiede.

«Mi scusi?».

«Riesce a riposare bene di notte?».

Oh, era una domanda da medico. «Non proprio». Non gli dico del bambino con il pugno sull'occhio che viene a trovarmi ogni notte. *Quando sei morto, non lo sai.* Sembra puerile avere un demone dell'infanzia che non riesco a scrollarmi di dosso. Avevo paura anche degli uccelli neri. Erano storni, ma io non lo sapevo. Pensavo che mi avrebbero mangiato. E avevo paura del buio. Sono una fifona. Non dico neanche questo. «È stato così gentile a chiamare. Non riesco a credere che sia così premuroso».

«Non è niente», dice il dottor Kunundar.

«Oggi mio padre verrà dimesso dal reparto di psichiatria geriatrica della UCLA. È stato ricoverato lì per più di tre settimane. Dicono che adesso è stabile, ma chissà. Torna nella casa di riposo ebraica, dove vive abitualmente. Mia sorella Madeline andrà a prenderlo e lo porterà lì. È il suo turno».

Lui non risponde immediatamente e io mi accorgo che sto parlando a macchinetta, dicendogli più di quanto mi abbia chiesto. Mi accorgo anche che sto sudando e che dovrò rifarmi la doccia.

«Mi fa piacere saperlo. Una brava sorella. Viene con lei quando va a trovarlo?».

«Ci è venuta una volta sola. Di solito vado per conto mio».

«Aha, è per questo che mi preoccupo». Omar è su di giri. Immagino la sua mano che batte contro il petto e resta lì, una bella mano aggraziata capace di operare con il laser, immobilizzata dalla preoccupazione. «Mi preoccupo e non so perché, ma poi sì, lo scopro».

«Be', non si preoccupi per me. Adesso che non dovrò più andare a trovarlo al reparto di psichiatria geriatrica, andrà tutto bene». Questo è ciò che dico, ma quello che mi chiedo è: che cosa farà sabato prossimo? Parteciperà alla festa per quattrocentocinquanta otorinolaringoiatri che casualmente sto organizzando alla Nixon Library? La incontrerò?

«Ha detto che tornerà alla casa di riposo per ebrei anziani?».

«Sì. Perché?».

«Sto guardando la radiografia di un naso che ha molto bisogno di me e sto pensando che lei ha bisogno di una madre».

«Di una madre?».

«Arrivederci e non si preoccupi».

«Non capisco. E il preventivo?».

«Sì, anche di quello. Mi sto occupando del caso». E riaggancia.

Del caso? Quale caso? Di mio padre? Di mia madre? Del mio?

«Cosa voleva?», chiede Joe.

Non mi ero neanche resa conto che fosse qui. «Voleva sapere come sto, ecco tutto. È gentile».

«Voleva sapere come stai? Non dovrebbe dirci quanto gli dobbiamo per la riparazione della sua macchina?».

Non mi prendo il disturbo di rispondergli. In questi giorni io e Joe non siamo in buoni rapporti. Io non gli perdono la sua mancanza di compassione e lui non ne può più di me perché mi aspetto compassione. Ci comportiamo in modo cortese tra di noi ma questo non significa che siamo in buoni rapporti. Metto fine alla conversazione aprendo l'agenda e controllando i miei appuntamenti. Mentre Maddy riporta mio padre alla casa di riposo, io andrò a parlare con quelli del catering. L'evento alla Nixon Library è tra dieci giorni; oggi dobbiamo scegliere il menu.

«Eve?».

Non alzo lo sguardo, ma mi comporto in modo cortese. «Sì, Joe?».

«Se pensi che qualcuno ti stia chiamando per informarti della morte di tuo padre, non dovresti dire a Jesse di rispondere al telefono. È solo un ragazzino».

«Ma tu insisti col dire che mio padre non sta morendo».

«Infatti non sta morendo, ma tu pensi di sì».

Queste conversazioni sono degne del tizio saltellante. Girano a vuoto. Il loro unico scopo è esprimere rabbia.

«Mi stai dicendo che sono una cattiva madre, Joe?».

«Mamma, papà?». Jesse è sulla porta. Non è un caso che compaia proprio in questo istante. Conosco molto bene questo comportamento. Lo facevo anch'io con i miei genitori. Vuole distrarci. «Io e Ifer stiamo andando a scuola», dice.

«Divertitevi», dico io.

«Datevi da fare». Joe riesce a fargli un sorriso. Jesse risponde con una smorfia.

Mi dirigo verso il bagno, approfittando della presenza di Jesse per defilarmi. «Mi faccio una doccia».

«Pensavo che te la fossi già fatta», sento dire a Joe mentre chiudo a chiave la porta del bagno.

Mentre ricomincio la mia giornata, con l'acqua che mi martella la schiena, penso a mia madre. Lei ha ricominciato. Potrei farlo anch'io. Potrei lasciare il mio insensibile marito, mio figlio, i suoi incidenti. Ieri notte Omar era sveglio e pensava a me. È sposato? Quando gli ho chiesto se si fosse fatto fare un preventivo, ha risposto: «Ci siamo quasi». Quel "ci siamo" si riferiva a lui e a sua madre? A lui e a sua moglie? Oppure quel "ci siamo" si riferiva soltanto a lui e ha un problema con il singolare e il plurale? Ho quasi l'età di mia madre. «Ho compiuto quarantacinque anni»: era quella la ragione che mi aveva dato per averci abbandonato.

Me la ricordo sul divano, i suoi capelli ondulati più morbidi, più lunghi, più elastici. La schiena dritta; anche la sua postura esprimeva orgoglio e nessun senso di colpa per il suo nuovo io senza famiglia. «Ho compiuto quarantacinque anni», mi aveva detto.

La vita non è illimitata, ecco cosa voleva dire.

Quando ero un'adolescente, non potevo capirlo, perché la morte era molto lontana da me. Adesso però mio padre ha la demenza senile e io non riesco a ricordarmi il nome di un'attrice bassa e robusta degli anni Cinquanta. È tardi, ma non troppo tardi, vero? Farei meglio ad andare in fretta alla degustazione del menu. Madge Turner mi starà aspettando e Buddha deve prendere la pillola.

Afferro un asciugamano ed esco dalla doccia. Se me ne andassi, potrei lasciare anche Buddha.

* * *

Percorro la metà del tragitto verso il mio ufficio prima di rendermi conto che non è lì che devo andare. Questo mi fa arrivare con un quarto d'ora di ritardo all'appuntamento con Kim e Madge Turner. Essere in ritardo non è un grosso problema, ma è demoralizzante. In questo periodo ho l'impressione di essere sempre in ritardo, a qualunque ora io inizi la mia giornata.

Quando arrivo, Madge sta esaminando un vassoio di tartine. «Caviale, salmone affumicato, funghi e melanzane». Leon, chef e proprietario di Food for Your Fancy, indica ciascuna tipologia di tartina nel modo elaborato che lo caratterizza, piegando l'indice in una maniera molto particolare.

«Ciao. Scusate il ritardo. Spero che nessuno sia allergico ai gatti». Metto Buddha a terra.

«Ti perdoniamo», dice Leon. È in grembiule e pantaloni bianchi. Il suo abbigliamento mi fa pensare al dottor Omar Kunundar e a quello che potrebbe indossare durante il suo giro dei pazienti. Leon mi guida in un tour di antipasti, primi piatti, insalate e dessert.

«Ecco la mia filosofia», dico.

«Sì?», dice Leon.

«Sono pronta ad assaggiare di tutto, ma in generale dovremmo attenerci ad alimenti riconoscibili. Gli ospiti non dovrebbero essere costretti a chiedere che cosa stanno vedendo, perciò lasciamo perdere le crêpes con dentro ingredienti segreti. E non penso che i nostri ospiti dovrebbero scoprire che cosa stanno mangiando una volta che ce l'hanno in bocca. Sull'argomento sono praticamente categorica».

«Lo è». Madge accarezza il braccio di Leon. «Credimi, lo so: questo è il nostro quinto evento insieme. Ho una splendida idea».

«Quale?», chiedo.

«Pensiamo che cosa avrebbe voluto mangiare il presidente Nixon».

«Cheeseburger. Il suo piatto preferito era il cheeseburger. Con la carne cotta alla brace», dice Kim.

«Come fai a saperlo?».

«È nella sala del forum presidenziale al museo. La domanda è: "Qual è il suo piatto preferito?", e lui risponde questo».

«Ma è morto».

«È preregistrato», risponde Kim. «Il suo film preferito è *La stangata*».

«Volete i cheeseburger per questi dottori?», chiede Leon.

«No, certo che no», rispondo io. «Dovremmo predisporre le griglie. Che ore sono?».

«Devi andare da qualche parte?». Leon aggrotta la fronte preoccupato.

«No, oggi mio padre verrà riportato alla casa di riposo. Stavo pensando che probabilmente a quest'ora mia sorella è già andata a prenderlo».

«Mi piacerebbe avere una sorella», dice Madge. «E invece sono una povera figlia unica. Oh cielo, assaggia questa cosa deliziosa».

«Bignè di patate Charlene. Gli ho dato il nome di mia figlia perché lei adora le patate».

Ne assaggio uno.

«Sono ottimi. Saranno buoni anche freddi?».

«No. Li metteremo in uno scaldavivande». Al muro è attaccata una lista e Leon spunta i bignè di patate Charlene.

«Quante sorelle hai?», mi chiede Madge.

«Due».

«E nessun fratello». Si meraviglia di fronte a uno dei miracoli più comuni della vita, fratelli dello stesso sesso. Il telefono squilla.

«Interruzione durante il pasto». Leon fa una smorfia tragica. «Pronto. Food for Your Fancy». Mi allunga la cornetta. «È per te».

«Pronto?».

Respiro affannoso.

«Pronto?».

Qualcuno che ansima. Che sta soffocando? Che cerca di prendere fiato. «Jesse, hai fatto un altro incidente? Ifer?».

«Maddy». La seconda sillaba è un suono strangolato e adesso sta singhiozzando.

«Che è successo? È papà? È morto?».

Mi accorgo che Madge Turner sta masticando la sua tartina al rallentatore e ha gli occhi spalancati grandi come vassoi da portata.

«Mi hanno licenziato».

«Cosa?».

Maddy singhiozza ancora un po'; poi resta in silenzio.

«Come hai saputo che ero qui?».

Deglutisce prima di rispondere. «Joe. Mi ha dato il numero. È perché sono incinta. Mi sostituiscono con la stagista».

«Mi dispiace. È terribile».

«Mi hanno chiamato. Me lo hanno detto al telefono».

«Dove sei adesso? Con papà alla UCLA?».

«Non posso andarci. Sono troppo sconvolta». Ci aggiunge qualche altro singhiozzo. Probabilmente i primi sono stati spontanei, ma sono pronta a giurare che questi sono effetti speciali sonori. «Pensa se dovessi abortire. Il dottore dice che devo stare a letto. Se abortisco faccio causa alla produzione».

«Ma qualcuno deve andarci».

«Io non posso, Evie. Il mio bambino potrebbe morire. Ho, aspetta un attimo, ho un avviso di chiamata. Forse mi stanno chiamando per dirmi che hanno cambiato idea».

Mi rivolgo al gruppo. «C'è la possibilità che io debba andare via». Leon si mette una mano sul cuore.

«Era lo studio del dentista», m'informa Madeline. «Domani sarei dovuta andare a farmi la pulizia dei denti, ma ho annullato l'appuntamento. Oh, Evie, che cosa triste per il mio bambino. Che cosa ne sarà del mio bambino?».

«Il tuo bambino starà benissimo».

«Grazie, Evie». Pausa. «Avrò un bambino e nient'altro».

«Sono sicura che troverai un altro lavoro».

«E invece no. E sono una brava attrice, lo sono davvero. In *Cin cin*, quando Shelley Long era incinta, la riprendevano solo dal busto in su».

«Adesso devo scappare, Maddy. Devo andare in ospedale». Mentre riaggancio, vedo che Leon sta guardando i vassoi con un'espressione desolata. «Oh, Leon, devi perdonarmi».

«Ma certo, non si può fare altrimenti», risponde magnanimamente. Nobilmente. Come un uomo il cui cuore è stato spezzato, ma che desidera soltanto la mia felicità.

«Grazie».

«Che cosa è successo al suo bambino?», chiede Madge.

«Niente. È solo troppo sconvolta per andare a prendere mio padre, perciò devo farlo io».

Madge mi accarezza la spalla. «Non preoccuparti assolutamente. Io e Kim abbiamo delle papille gustative eccellenti».

Mi metto la borsa in spalla e corro. Sto facendo ruggire il motore, aspettando con impazienza di potermi immettere nel traffico e uscire dal parcheggio, quando sento bussare sul finestrino. È Madge, che tiene in braccio Buddha. Mi allungo e apro lo sportello. Madge lo deposita con cautela sul sedile davanti. «Almeno hai il tuo gattino con te. In queste situazioni sono di grandissimo conforto».

* * *

In corridoio, con la sua sedia a rotelle parcheggiata accanto alla targa «UCLA – Psichiatria geriatrica», mio padre sembra un reperto museale: «Uomo psicogeriatrico». Non mi riconosce e ha la faccia stizzita di un bambino la cui madre si è dimenticata di andare a prenderlo a scuola.

Mi scuso con Doris per essere in ritardo e do la colpa a Madeline per essersi tirata indietro mentre piego i formulari di dimissione, me li infilo in borsa e prendo la sua valigia. «Ciao, papà».

Non risponde.

«Come ti senti?».

«Per sua fortuna, oggi non parla», dice Doris. Apre la porta per lasciarci uscire.

«Arrivederci, signor Mozell», dice la dottoressa Kelly allegramente. «E non si dimentichi le sue riviste». Gli lascia cadere una pila di «Georgia» sulle ginocchia.

Mentre scendiamo in ascensore, mio padre è immobile. Non reagisce quando esce dall'edificio né quando si trova all'aria aperta per la prima volta dopo quasi un mese. Jocko, l'inserviente enorme, viene con noi. Infila mio padre sul sedile posteriore della mia macchina. Letteralmente: lo solleva e lo ficca dentro e poi lo deposita sul sedile e lascia che riprenda il suo volume normale, anche se "normale" non è di certo la parola giusta. Poi Jocko ripiega la sedia a rotelle e la mette nel portabagagli insieme alla valigia e alla raccolta di «Georgia».

Prendo la San Diego Freeway in direzione nord e poi la Ventura Freeway verso ovest. Per fortuna mio padre non è solo dietro di me, ma anche dall'altra parte rispetto a me. Non sembra impossibile che, nel suo stato mentale instabile, possa strangolarmi da dietro in stile vendetta della mala. Lo tengo d'occhio nello specchietto. Non mostra nessun interesse per niente e non ha abbastanza forza né ingegno per essere all'altezza della mia fantasia, anche se ogni tanto lancia delle occhiate lascive, come se una visione erotica gli fosse passata per il cervello. Non reagisce quando imbocco il vialetto circolare davanti alla casa di riposo.

La casa di riposo ebraica è un edificio di due piani rivestito di mattoni con le tende a strisce bianche e verdi a ogni finestra. Le tende sono allegre come i quadri che ravvivano i corridoi degli ospedali, vale a dire che non fanno nessuna differenza nell'atmosfera generale. Dietro le porte a vetri doppie, che si aprono automaticamente come se si entrasse in un supermercato, c'è una fila di persone anziane che ammazzano il tempo. Non è un'attesa apatica. Non ha niente a che fare con i mint julep o il languore delle calde giornate d'estate, anche se nella San Fernando Valley fa sempre caldo. È più forzata: questi sono estranei raggruppati in una sala d'attesa, che aspettano che il loro volo venga annunciato.

Riesco a estrarre mio padre dal sedile posteriore con l'aiuto di un inserviente incaricato di trasportare i residenti su e giù per i corridoi su una golf cart, e Angie, che qui si occupa di lui e che ci ha visto dalla finestra e ci è corsa incontro. Lo calano sulla sedia a rotelle.

«Bentornato», dice Angie avvicinando la sua faccia dolce a quella di lui. Ancora una volta nessuna reazione.

Non riesco a decidere cosa fare con Buddha. Persino a me, che ho poca simpatia per i gatti, sembra che oggi abbia passato troppo tempo in macchina. Alla fine apro un po' i finestrini per far passare l'aria e gli accarezzo la testa. Le copie di «Georgia» le lascio nel portabagagli. Non credo che mio padre si dedicherà molto alla lettura.

Una donna sulla sedia più vicina alla porta ha un deambulatore, una bombola di ossigeno e dei tubi infilati nel naso. Sorride attraverso tutto questo equipaggiamento. «Salve, Lou».

«Papà, ti ricordi…». Il vuoto. «Mi scusi, ho dimenticato il suo nome».

«Frances», dice lei.

«Ma certo, Frances. Come sta?».

«Stai zitta», dice mio padre, riprendendo vita per la prima volta oggi.

Frances diventa rossa come un pomodoro, come se avesse fatto qualcosa di male. Sento lo stomaco che mi si stringe. Mio padre farà qualcosa di folle, lo so. Devo andarmene in fretta.

Rallento, lasciando che sia Angie a occuparsi della sedia a rotelle. Purtroppo io ho la sua valigia. Andrò in camera sua, poserò la valigia e scapperò via.

Vedo Angie e mio padre scomparire nella sua camera da letto. Nella sua "tana", ecco cosa sembra. Accelero. Adesso mi muovo in fretta. Fallo prima di pensare.

Angie gli sta preparando il letto e nel frattempo lo sta informando di quanto sia mancato a tutti.

«Toglimela dalle palle», mi dice.

«Angie è qui per darti una mano, papà». Mi appiccico un sorriso falso alla faccia. «Bene, sono in ritardo per…».

«So cosa vuole», m'interrompe lui, ringhiando. «Credi che lo farai con noi?».

«Fare cosa?». Angie smette di sprimacciare il cuscino per alzare lo sguardo.

«Niente», rispondo.

«Pensi che mi piaccia fare roba strana?».

«Io non penso niente del genere, signor Mozell. Vuole mettersi a letto?».

«Di certo non con te». Piega la testa verso di me. «Cacciala via, Lola».

«Non sono Lola». Sento la tremarella nella mia voce. «Non sono Lola», grido.

«A me piacciono sfacciate».

«Sfacciate? Da dove accidenti hai tirato fuori questa parola?».

«Eve?». Angie posa la mano sul mio braccio.

«Oh, lo so, viene da *Luck Runs Out*. È una battuta idiota di un dialogo che hai scritto tu. Stai un po' zitto, porca miseria. Lola è lesbica. È lesbica!».

Mio padre inizia ad avere degli spasmi. Oddio, sta per succedere qualcosa di strano. Qualcosa di ancora più malato. Fa dei rumori bizzarri – *p, p, p* – e il respiro diventa un rantolo. La testa gli cade di lato, le braccia e le gambe sono scosse da sussulti come le zampe di una cavia da laboratorio sottoposta a un elettroshock. Rovescia gli occhi all'indietro.

Esco di corsa dalla stanza, con Angie dietro di me. «Aiuto!». Le nostre braccia si agitano come bandiere che segnalano un incidente. Stiamo evacuando, stiamo fuggendo da un attacco terroristico.

«Il telefono», dice Angie. «Usiamo il telefono».

«Il telefono».

Ci giriamo su noi stesse e torniamo dentro sempre correndo. Lui è ancora in preda agli spasmi. Pigio lo zero. «Credo che mio padre stia avendo una crisi».

«Chi parla?».

«Eve Mozell».

«Arriviamo subito».

Io e Angie rimaniamo immobili, aspettando di sentire la sirena, anche se non ce n'è una, solo passi affrettati in corridoio.

«Che è successo?». Un'infermiera corre al capezzale di mio padre. Mentre gli controlla il polso, compaiono due volontari con una divisa a strisce e poi un'altra infermiera.

«Mio padre sta avendo un attacco, una crisi». Indietreggio, andando verso l'uscita.

«Sembra un ictus», dice la seconda infermiera. «Per favore, aspettate fuori». Dà a me e ad Angie la spinta definitiva verso il corridoio, dove avevamo già un piede.

Vari ospiti della struttura emergono dalle loro stanze. Ben presto io e Angie ci ritroviamo circondate da teste grigie e da un variegato assortimento di vestaglie pelose e pantofole infilate male. «Cosa è successo?», chiede un uomo che ha un occhio coperto da un pezzo di garza tenuto fermo da due cerotti incrociati.

«Stavamo solo parlando», dice Angie. «Solo chiacchierando con lui». Io annuisco. «E a un certo punto è andato fuori di testa». Annuisco furiosamente.

Un'infermiera esce dalla sua stanza. «Qui abbiamo una crisi a settimana come questa», dice. «È dovuta al deterioramento del cervello».

«È vero», conferma Angie, come se questo potesse essere di conforto.

Crollo su una delle sedie che sono disposte ogni pochi metri in corridoio in modo che chiunque sia stanco di camminare possa prendersi un attimo di pausa.

«Non credo che corra un pericolo immediato», continua l'infermiera. «Lo terremo semplicemente d'occhio per un po'».

«Io torno a casa. Torno a casa, va bene?».

«Assolutamente sì», risponde Angie. «La chiamo più tardi».

Salgo in macchina e inizio a guidare verso l'autostrada. Ho le mani sudate. Sto lasciando grandi chiazze bagnate sul volante. Mi sposto rapidamente da una corsia all'altra. Un clacson mi assorda. Lancio un'occhiata alle mie spalle e vedo che mi sono quasi scontrata con una di quelle macchine grandi, quegli incroci tra station-wagon e jeep, Dio solo sa come si chiamano. Forse dovrei chiamare Omar. Voglio dire Joe. Joe, Joe, Joe. Stringo ancora di più il volante. Stai attenta, stai molto attenta. Accendo la radio per sentire il radiogiornale, senza staccare gli occhi dalla strada. È una mossa da guidatrice consumata: so esattamente dov'è la manopola della radio senza dover guardare. «Oggi a Los Angeles ci sono ventisei gradi. Alle tredici sulla Ventura Freeway sono stati sparati alcuni colpi da una macchina in corsa». A quell'ora eravamo sulla Ventura Freeway. Avrei potuto essere io la vittima. O anche mio padre. E se gli sparassi? Se entrassi nella sua stanza con una calibro quarantacinque, gliela premessi contro la tempia e gli sparassi a bruciapelo? Ma comunque, che cos'è una calibro quarantacinque? Queste sono parole che si sentono soltanto nei film: "calibro quarantacinque" e "a bruciapelo". E se caricassi la pistola con il proiettile di papà? E se prendessi il proiettile che gli ha regalato John Wayne e glielo piantassi nel cervello? D'un tratto mi rendo conto della piega che hanno preso i miei pensieri. Non puoi pensare cose del genere. Cambio stazione. Vecchi successi, ecco di cosa ho bisogno. Ho bisogno di canticchiare.

* * *

«Tua madre ha avuto una giornata difficile», dice Joe a Jesse.

«Bah».

«Bah?», ripete Joe minacciosamente.

Jesse si mette più dritto sulla sedia. «Voglio dire, me l'ero immaginato. Ecco perché abbiamo preso il takeaway».

Io, Joe, Jesse e Ifer siamo seduti al tavolo della sala da pranzo, dove le pietanze sono state buttate senza troppe cerimonie. I contenitori bianchi del takeaway cinese sono aperti accanto ai sacchetti di carta marrone in cui sono arrivati. I sacchetti stanno su, vuoti; non mi sono presa il disturbo di portarli via. Tutto intorno sono sparpagliati pacchetti di salsa agrodolce, senape e salsa di soia, insieme a un sacchetto di noodle croccanti, qualche biscotto della fortuna e varie paia di bacchette negli involucri di carta.

A differenza di mia madre, mi sono sempre fatta un vanto di cucinare. Ma nell'ultima settimana le nostre cene sono sempre state a base di sandwich, con tonno o formaggio filante, e stasera mangiamo cinese portato direttamente dalla porta d'ingresso al tavolo della sala da pranzo. Non ho l'energia per non essere mia madre.

«Oggi mio padre ha avuto una specie di attacco quando l'ho riportato alla casa di riposo. Come una crisi epilettica», spiego a Jesse.

«Una volta ho visto una persona avere una crisi epilettica», dice Ifer. «Mentre ero al supermercato con mia madre. È stato proprio raccapricciante». Appoggia i gomiti sul tavolo e il mento sulle mani e mi guarda con un'espressione sinistra.

«È successo dal nulla?», chiede Joe.

«Stavo parlando con lui».

«Di cosa?».

Prendo un contenitore e inizio a frugarci dentro con le bacchette alla ricerca di una castagna d'acqua. «Non me lo ricordo… niente». Forse potrei portare a mio padre del cibo cinese da asporto? Forse si potrebbe strozzare con una castagna d'acqua e, visto che è su una sedia a rotelle, nessuno potrebbe praticargli la manovra di Heimlich. «La morte per soffocamento è dolorosa?».

«Perché vuoi saperlo?». Joe sorride, avvertendo immediatamente che non è una domanda innocente. Non ho privacy con i miei pensieri segreti malvagi.

Per contrattaccare mi faccio più seria. «Ero solo preoccupata, ecco tutto. Siccome non ha più i denti, non può masticare».

«Bleah», dice Ifer.

Jesse raschia tutto il piatto con la forchetta per tirare su quello che resta della salsa di soia. Poi lecca il dorso della forchetta. «Allora, ehm, mamma, hai finito?».

«Finito cosa?».

«Finito di parlare di questa roba. Io e Ifer stavamo pensando di andare al cinema».

«Sì, ho finito».

«Sei sicura? Perché se vuoi, tipo, continuare a me sta bene».

«Va bene così, Jesse».

Si alza e Ifer lo segue a ruota.

«Portate via i vostri piatti», dice Joe.

Ifer mi mette il gatto sulle ginocchia. «Tenga in braccio Buddha, signora Marks. L'aiuterà a stare meglio. Tipo che se le vengono i crampi, le tiene caldo come una borsa dell'acqua calda».

«Grazie».

«Ciao», dice Jesse.

«Ciao», gli fa eco Ifer.

Joe aspetta fin quando non sentiamo la porta di casa che sbatte. «Gli ho fatto un discorso sul suo egocentrismo».

«Me ne sono accorta».

Il telefono squilla. Nessuno di noi due si muove.

«Io non rispondo. Non voglio parlare con nessuno, non m'importa chi è, sono esausta».

Joe si allunga all'indietro, il braccio teso per raggiungere, dalla sala da pranzo, il telefono attaccato al muro della cucina. Non riesce a prendere proprio la cornetta, ma almeno riesce a sganciarla e ad afferrarla al volo. «Pronto? Oh, ciao, Madeline».

«È meglio che ci parli», gli dico.

«Tua sorella è qui accanto a me». Mi passa il telefono.

«Maddy, Dio mio, stai bene? Mi dispiace così tanto che tu abbia perso la tua parte nel programma. Devi essere sconvolta».

«Sto bene».

«Ah sì?». Mi coglie di sorpresa. «Com'è possibile che tu stia bene?».

«Mi daranno una grande scena finale. Dove finalmente

sbotterò contro il mio capo. Stavolta avrò davvero una bella cassetta».

«Una cassetta?».

«Una videocassetta, sveglia! Per far vedere a tutti quanto sono brava».

C'è un bip sulla linea. «Oh mio Dio, probabilmente è il mio agente. Sta trattando per la buonuscita, aspetta un attimo».

Riaggancio. Mi siedo a tavola e ricomincio a mangiare il pollo con gli anacardi. «Ho riagganciato», dico a Joe.

«Lo vedo».

«Non devo aspettare in linea quando lei mi lascia in attesa».

«Sono d'accordo».

Il telefono squilla. Rispondo io. «Pronto?».

«Mi hai chiuso il telefono in faccia?».

«Sono stufa di essere messa in attesa, Madeline. È un gesto di una maleducazione insopportabile».

«Ma è stato solo un secondo!».

«Io e Joe siamo a tavola, cosa vuoi?».

«L'avviso di chiamata mi serve, Eve. Supponi che ci sia un'emergenza con il mio bambino, come farebbe a raggiungermi?».

«Ma chi?».

«La baby-sitter».

«Il tuo bambino non è ancora nato».

«Be', quando sarà... mio Dio».

«Fatti installare una seconda linea. Senti, se mi metti in attesa, io riaggancio. Odio l'avviso di chiamata. Senti un bip, dici: "Aspetta un attimo", e nel frattempo l'altra persona se ne sta lì come un idiota mentre tu decidi se la nuova telefonata è più importante della vecchia. Credi che non abbia niente di meglio da fare che aspettare? Sono nel bel mezzo di questo evento alla Nixon Library. È tra dieci giorni, devo ancora decidere il menu e la band dei mariachi si è tirata indietro. Credi davvero che io non abbia niente da fare nella vita e che abbia il tempo di aspettare te mentre rispondi alle tue stupide telefonate?».

Riaggancio con violenza, mi lascio cadere sulla sedia e lancio un'occhiataccia a Joe dall'altra parte del tavolo.

Il telefono squilla.

«Io non rispondo».

«Neanch'io», dice Joe.

Sento da lontano la segreteria telefonica che scatta nello studio di Joe. Drizzo le orecchie cercando di non darlo a vedere, mentre piego in continuazione il mio tovagliolo. «Salve, Eve, sono Angie...».

Mi precipito verso lo studio, sbattendo con il fianco contro la scrivania di Joe mentre ci giro intorno per arrivare alla segreteria telefonica. «Sono qui. Aspetti un attimo, la spengo subito».

Cerco di trovare il pulsante «OFF». Non riesco a capire dove sia, da qualche parte sul fianco dell'apparecchio. Non riesco a vedere le scritte minuscole. Strizzo gli occhi. Non riesco comunque a leggere. Pigio qualche pulsante. Non succede niente.

«Scusi, Angie, non riesco a capire come spegnere questo aggeggio. Lei continui pure a parlare. Come sta mio padre?».

«Sta bene».

«Bene?».

Angie sospira. «È stata una giornata molto lunga. Sto sragionando. Suo padre era una persona così dolce, mi manca».

«È morto? Pensavo che stesse bene».

«Non sta morendo. Ma tra gli attacchi...».

«Gli attacchi? Ne ha avuto soltanto uno».

«Finora. E l'imprevedibilità. Oh, mi manca tanto il suo vecchio papà».

«Davvero?».

Lei continua a piagnucolare. «Mi chiamava sempre dalla sua stanza. "Non ti arrabbiare, Angie", mi diceva quando era alla quinta telefonata e io ero sul punto di esplodere. Ho ancora qualche suo vecchio messaggio. "Solo per sapere come stai". Non è una cosa dolcissima? Eccone un altro. "Georgia ha vinto il Pulitzer". Era così fiero del fatto che sua sorella avesse vinto il Pulitzer e tutto il resto. E non si lamentava mai di dover prendere le medicine. Non ho mai visto suo padre nascondersi una pillola sotto la lingua». Buon per lui, penso. Forse potresti prendere in considerazione l'idea di ficcargliene un flacone intero giù per la gola.

Angie va avanti imperterrita. «Ma, adesso che è tornato da quel reparto di psichiatria geriatrica, mi rendo conto che il nostro personale non è adeguato per occuparsi di lui».

«Cosa?», squittisco.

«Potrebbe assumere un'infermiera privata?».

«Un'infermiera privata? Quanto costerebbe?».

«Venticinque dollari all'ora».

«Sta scherzando?».

Lei prosegue.

Non sento quello che dice. «Mi scusi, cosa?».

«Posso occuparmi io di trovarla, se lei prepara l'assegno. Sa, cara, non deve farlo immediatamente. Si prenda il fine settimana».

«È coperta dalla sua Medicare?».

«No».

«Io non ci credo», dico quando torno in sala da pranzo.

«Che cosa c'è adesso?», chiede Joe.

«Prima di tutto, a mio padre serve un'infermiera privata. Seconda cosa, a me servono degli occhiali. Non riesco a leggere più niente. Non riesco a leggere le maledette scritte sulla segreteria telefonica».

«Tutti hanno bisogno degli occhiali dopo i quaranta. Perché tu dovresti fare eccezione? Io li porto da quando avevo cinque anni». Joe butta sul tavolo il tovagliolo e va in soggiorno.

Perché io dovrei fare eccezione? Perché io dovrei fare eccezione? Joe si siede sul divano, prende uno dei giornali della settimana e si mette a leggere. Vorrei strappargli il giornale dalle mani. *Perché io dovrei fare eccezione?* Il punto è proprio questo, Joe.

Vedo il bambino con il pugno sull'occhio. È seduto sulla poltrona di fronte a Joe. Ha appoggiato i piedi sul tavolino. Fa come se fosse a casa sua.

Fisso rabbiosamente la parte di dietro del giornale di Joe. Leggi, questo ti aiuterà. Nasconderà la tua torturatrice. "Infermiera di una casa di riposo colpevole di omicidio". Forse Angie avrà pietà di mio padre e lo ammazzerà. «Joe?».

«Cosa c'è, amore?». Posa il giornale per darmi la sua completa attenzione.

«Sono scappata dalla stanza di mio padre. Non volevo dirlo davanti a Jesse e Ifer. Ho perso la testa».

«Sono sicuro che è stato spaventoso».

«Per poco mio padre non mi muore davanti e io scappo?».

Joe fa spallucce.

«Ha avuto l'attacco dopo che gli avevo gridato che Lola era lesbica. Gliel'ho fatto venire io? L'ho quasi ammazzato?».

«Aspetta un attimo». Joe fa roteare la penna con lo stesso piccolo gesto che fa al suo tecnico in radio quando registra per indicargli il riavvolgimento del nastro. «Gli hai detto che Lola era lesbica?».

«Sì».

Joe scoppia a ridere. Ride a crepapelle. Ride così tanto che deve asciugarsi le lacrime.

«Joe, smettila, non è divertente. Smettila».

«Non puoi aspettarti di parlare con tuo padre come se fosse normale».

«E tu come fai a saperlo? Non lo hai visto».

«Eve», dice Joe con calma, anche se deve aspettare un secondo per evitare di ricominciare a ridere, «ti ho già proposto di venire a trovarlo con te e ti ci accompagnerò domani».

«Domani non ci vado». Omar non riderebbe. Ascolterebbe e poi direbbe qualcosa di affettuoso, di tranquillizzante, di confortante. "È una cosa bella che lei conosca una lesbica. Lo dirò a mia madre". Qualcosa del genere. «Ti saluto, Joe».

«Dove stai andando?».

«Da nessuna parte».

Salgo le scale di corsa, entro in camera nostra e resto immobile, soppesando le varie opzioni. Mi fiondo sulla televisione e inizio a fare zapping. A furia di cambiare canale, alla fine trovo un notiziario. Fammi vedere qualcosa, altrimenti cambio ancora.

«Oggi a Palm Desert, in California, uno studente delle superiori, promessa del basket liceale, è crollato a terra su un campo di gioco all'aperto ed è morto. La temperatura era di quaranta gradi».

Forse potrei portare mio padre a fare una passeggiata sotto il sole. Forse potrei portarlo a spasso fino a farlo morire.

Joe compare sulla soglia della stanza. «Calmati, Eve». Non lo dice con dolcezza. È un ordine.

Sposto di nuovo lo sguardo sullo schermo del televisore. Mi provoca una soddisfazione deliziosamente crudele limitarmi a spostare lo sguardo e non fare neanche cenno di aver sentito la sua affermazione. Ti odio, Joe. Non lo dico. Abbiamo regole, limiti. Ma io ti odio.

* * *

Angie mi ha detto di prendermi il fine settimana. Lo faccio. Mi chiudo nel mio ufficio per completare i preparativi per la festa. Non parlo con Georgia, né con Madeline né con la casa di riposo ebraica. Mi occupo dei fiori: centrotavola di giacinti ed erica, ghirlande di margherite per le porte e rose bianche da offrire alle signore al loro arrivo. Io e Kim prepariamo un programma, Madge approva il suo discorso di benvenuto. Adoro questa parte, quando si arriva al sodo, quando finalmente inizio a spuntare cose dalla lista. Ogni dettaglio è definito, gestibile. Perché nella vita non si può prevedere, conoscere, portare a termine senza intoppi ogni cosa come questa festa?

Be', ci posso provare. Il lunedì affronto queste complicatissime telefonate familiari come se fossero di lavoro.

«Maddy, sono Eve. Papà ha bisogno di un'infermiera privata, altrimenti lo sbatteranno fuori. La Medicare non la copre, perciò dovrò chiedere al suo commercialista di pagare usando i soldi del suo conto in banca. Arriverà un momento in cui potrebbero finire tutti, per cui il tuo bambino non erediterà niente, ma a meno che tu non abbia un'altra soluzione, dovrò fare così».

«Bene».

«Ciao».

«Georgia?».

«Eve, è quasi finita».

«No, non ancora. Il medico dice che potrebbe andare avanti così per...».

«Stavo parlando del numero speciale per l'anniversario. L'abbiamo quasi chiuso. Ho rinunciato all'articolo sulle melanzane. È stata una decisione sofferta, ma sai, l'altro giorno ho visto su un menu una pizza con le melanzane e mi sono detta che ci sono fin troppe melanzane a questo mondo. È stata una reazione istintiva, ma se c'è una cosa che so è che devo seguire il mio istinto».

«Papà ha bisogno di un'infermiera privata. Potresti chiamare il suo commercialista e vedere quanti soldi gli sono rimasti in azioni e buoni del Tesoro? E avvertilo anche che gli arriveranno le fatture dell'infermiera».

«Assolutamente sì, non ti preoccupare. Farò tutto il possibile. Se ne occuperà la mia segretaria. Corinne è un amore. Dovresti fargli firmare un assegno in bianco».

«Perché?».

«Così puoi prelevare tutti i soldi che ha sul conto e noi possiamo usarli. E poi, se dovesse morire, avremo un conto in meno di cui preoccuparci».

«Un assegno in bianco?».

«Riesci a trovarne uno?».

«Immagino di sì».

«Indovina chi metteremo sulla copertina del numero speciale per il decimo anniversario di "Georgia"?».

«Chi?».

«Georgia».

«Chi?».

«Io! Che coraggio, eh? Corinne, alza la cornetta».

«Salve».

«Salve, Corinne», dico.

«L'ho appena detto a Eve ed è rimasta senza parole».

«È vero».

«Adesso riaggancia, Corinne».

«Arrivederci».

«Arrivederci, Corinne».

Continuo a comporre numeri. Qualche volta, quando inizio, non riesco a fermarmi. La bocca vuole parlare. Il corpo vuole sentire la sicurezza intima della cornetta infilata tra l'orecchio e la spalla. Tutto l'essere brama quella sensazione inebriante di quando si gioca con il telefono. Pigio quei tasti con incredibile velocità e destrezza e poi mi collego. Non importa per quanto tempo o con chi, parlare al telefono placa la mia ansia. Anche se mi si potrebbe obiettare che, quando l'effetto finisce, quando mi scollego, l'ansia torna più forte di prima. Il telefono mi calma davvero o mi manda su di giri? Non conosco la risposta.

«Buongiorno Madge, sono Eve».

«Aspetta, prima di dire qualunque cosa, ho un'idea davvero deliziosa. Dobbiamo dare a ogni piatto un nome in onore di Richard Nixon. Per esempio i bignè di patate Charlene devono essere i bignè di patate Patricia. Sarà davvero originale».

«È un'idea magnifica».

«Ma direi che è meglio lasciare da parte gli aspetti dolorosi per concentrarci solo sulle cose positive. La Cina, le sue figlie, il suo amore per la musica e le sue radici».

«Assolutamente sì. Madge, hai a portata di mano la lista degli ospiti che hanno confermato la loro presenza, perché c'è un medico e mi stavo chiedendo... mi stavo chiedendo se è sulla lista. Si chiama Kunundar. K-U-N-U-N-D-A-R».

«Solo un attimo, cara, adesso guardo, è un amico?».

«Be'...».

«Non c'è bisogno che tu risponda. Mi sto solo impicciando un po'».

«È un conoscente».
«Sì, è sulla lista. Omar».
«Verrà?».
«Be', è stato invitato».
«E ha dato conferma?».
«Finora non ha risposto, ma mancano ancora cinque giorni e sono sicura che ci farà sapere. Di solito gli otorinolaringoiatri sono affidabili. Sono un po' come i dentisti, a dire il vero».
«Bene, grazie. Non appena avrai cambiato i nomi dei piatti sul menu, mandalo via fax a Kim».

«Adrienne, ti disturbo?».
«Sto preparando il tè. E sto mangiando i biscotti caldi con le gocce di cioccolato. Aspetta un attimo».
Sento il frigorifero che si apre e si chiude. So che ha appena versato il tè dalla teiera rosa da due tazze con sopra la signora che danza. L'ha comprata prima di conoscere Paul, quando pensava che non avrebbe mai conosciuto il suo Paul e sosteneva che la signora che danzava era lei, che se la spassava alla grande. So che in questo preciso istante Adrienne sta aggiungendo così tanto latte da rendere il tè color beige chiarissimo. Uno dei talenti di Adrienne consiste nel rendere tutto più confortante e spesso più ingrassante.
«Ann Sothern», dice.
«Che c'entra?».
«È lei l'attrice, non è vero?». Si prende un attimo per sorseggiare il tè. «Bassa, robusta, con la frangia».
«No, non è lei. Questa qui è più rammollita. Una mogliettina, in un'accezione molto anni Cinquanta… o forse Quaranta, non ne sono sicura. Ma comunque, senti que-

sta: Georgia metterà se stessa sulla copertina della sua rivista per il numero speciale per il decimo anniversario».

«Tua sorella è insaziabile. Un'egomaniaca».

«È determinata. Oddio, è questa».

«Cosa?».

«La parola che inizia con la *d*. "Determinata." Ci farà un articolo sopra e io non riuscivo a capire quale potesse essere. È davvero sveglia. Voglio dire, questa è una parola che adesso è sulla bocca di tutti».

«Non è così sveglia. È come uno di quei maiali che cercano tartufi. Sta sempre con il muso rasoterra e alla fine trova qualcosa».

«Adrienne, come sei cattiva».

«Sai benissimo cosa voglio dire».

«Un maiale che cerca tartufi. Oddio, Adrienne».

«Sto solo dicendo che è molto newyorkese e a New York chiunque pensa di essere più intelligente di tutti gli altri. Secondo te perché vivo qui? Hai sbattuto fuori quella ragazzina?».

«Chi, Ifer? No. Sai, è identica a Maddy. Penso che stiamo avendo una conversazione intelligente e poi, zac, lei menziona le tavolette Ouija o la reincarnazione. Maddy non fa altro che ossessionarmi con il suo: "Porta papà a prendere il sole"».

Adrienne sospira. «È come la televisione in lingua spagnola. Passo da un canale all'altro, cercando qualcosa da vedere, e credo di aver trovato un fantastico film in bianco e nero degli anni Quaranta e poi, all'improvviso, parlano tutti in spagnolo. Sto cercando di fare una vignetta intitolata: "Oops, televisione in lingua spagnola", ma non ho ancora trovato la chiave giusta. È meglio che vada. Ci sentiamo presto. Salutami Joe».

«Se ci parlo».

«E questo che cosa dovrebbe significare?».

«Non significa niente. È partito ieri per il Montana per passare una settimana nei boschi con una donna che parla con gli alci. Ecco tutto».

«Oh. Okay. Ciao».

* * *

Nel cassetto della mia scrivania ci sono alcuni assegni in bianco di mio padre. Angie me li ha mandati quando ha pulito la sua stanza prima che lo portassimo alla UCLA. Me ne infilo uno nel portafogli.

Per giorni ho rimandato il momento in cui sarei tornata alla casa di riposo per fargli firmare un assegno con cui rinuncerà ai risparmi di tutta una vita. La festa degli otorinolaringoiatri, alla quale adesso mancano solo ventiquattro ore, mi ha impedito di andarci. Anche le notizie riferite da Angie, secondo cui si è alzato all'improvviso dalla sedia a rotelle (quando la sua infermiera fissa, che è con lui ventiquattro ore su ventiquattro, guardava dall'altra parte) ed è caduto a terra. Dice che questa settimana non ha parlato quasi mai: una conseguenza dell'ictus, forse. Occuparmi di Jesse e Ifer mentre Joe è nel Montana, persino badare a Buddha durante gli ultimi giorni della sua cura sono state scuse che ho raccontato a me stessa per non dover affrontare prima la faccenda dell'assegno. Ma stamattina mi sono alzata determinata a farglielo firmare e a chiudere questa storia una volta per tutte.

Scendo le scale a tutta velocità. «Jesse, senti, vado a trovare mio padre, poi mi fermo in ufficio e… Perché voi due non siete pronti per la scuola?».

Jesse è a tavola e sta infilzando il toast con una forchetta. Accanto a lui, Ifer, le braccia lungo i fianchi, la testa china, piange. Buddha sta leccando il latte dalla sua ciotola dei cereali. «Togliete quel gatto dalla tavola», dico.

«Deve tornare a casa», mi spiega Jesse.

«Non mi faccia andare via», geme Ifer. Si lancia su di me e mi butta le braccia al collo. «La prego, non mi faccia andare via».

Io mi districo dall'abbraccio. «Se tua madre vuole che torni a casa, allora devi andare. Avete visto la mia borsa? Ho tirato fuori il portafogli e adesso non so dov'è la borsa».

Jesse gira la testa a sinistra e poi a destra. «Io non la vedo».

Ifer mi segue sulle scale e poi al piano di sopra. «Non può venire in tribunale con me e aiutarmi a divorziare da mia madre?».

«Ti maltratta?». Frugo nell'armadio. Ifer mi tiene il fiato sul collo.

«Sì, è proprio sgarbata. Baby M ha divorziato da sua madre».

«No, non era lei. Era un ragazzino che si chiamava Roger o qualcosa del genere. Mi sono dimenticata il nome. E comunque maltrattare non vuol dire essere sgarbati». Guardo sotto il letto e poi controllo in bagno.

«Che vuol dire allora?».

«Che ti picchia». Vedo la borsa. «Eccola, grazie a Dio. Io esco». Scendo le scale di corsa ed esco di casa altrettanto velocemente.

«E se fossi incinta…?», strilla Ifer dalla finestra mentre mi allontano a bordo della macchina. Ciò mi spinge ad accelerare. Prendere seriamente in considerazione questa possibilità fa salire lo stress a un livello inaccettabile. Non mi guardo neanche indietro.

Entro nella casa di riposo a passo svelto, saluto Angie,

che è dietro il bancone all'ingresso, e mi dirigo senza esitazione verso la stanza di mio padre.

Questa pausa prima di entrare adesso è un'abitudine: un'abitudine che si è consolidata dopo una vita passata a preoccuparmi per quello che troverò. Vorrei che il mio nervosismo fosse una conseguenza del fatto che non voglio vedere una persona a cui voglio bene in uno stadio avanzato di demenza senile. In quel caso entrare nella sua stanza non mi sembrerebbe pericoloso, ma soltanto triste. Ciò che mi guida non è l'amore, ma il senso di responsabilità. Sono la girl scout migliore del mondo. Se solo potessi superare questa paura dell'ignoto.

«Ciao, papà. Papà?».

Lui è sulla sedia a rotelle, trattenuto ormai da una sbarra di metallo sulla parte anteriore, come sulle montagne russe per impedire alle persone di cadere. Mi fissa con uno sguardo inespressivo. Apro la borsa e tiro fuori l'assegno. «Ho bisogno che mi firmi questo».

«Lei è Eve Mozell?». Una donna fa capolino da dietro la porta con cui, considerando il modo brutale in cui sono entrata, l'ho quasi schiacciata. È seduta su una poltrona e sta lavorando a maglia.

«Sì?».

«Sono Ogmed Kunundar».

Ricaccio in fretta l'assegno nella borsa. «La signora Kunundar?».

«Ogmed», mi corregge.

«È lei l'infermiera che hanno assunto? Che coincidenza incredibile».

«Oh no. L'infermiera è andata a prendersi un caffè».

«E allora lei che cosa ci fa qui?».

Ogmed mette giù i ferri e accarezza il letto. «Si sieda».

Ubbidisco immediatamente, come se fossi un cagnolino.

«Omar è preoccupato. Dice che lei non ha una spalla o una mano».

«Una spalla o una mano?», ripeto scioccamente.

«Su cui contare», prosegue Ogmed. «Perciò sono qui».

«Ma non mi conosce neanche».

Ogmed fa spallucce. «A volte sono l'Esercito della Salvezza».

Sto facendo fatica a comprendere questo nuovo sviluppo. Prima mi fa chiamare da sua madre. Poi è così preoccupato che me la manda? Mi ricordo che aveva detto: «Lei ha bisogno di una madre». E va bene, sì, ma la tua? «Come ha fatto a sapere che oggi sarei venuta?», le chiedo.

«Ho rischiato». Sorride della propria intelligenza.

«Pat», dice mio padre.

«Continua a ripeterlo», mi spiega Ogmed. Tira il filo che dalle ginocchia arriva nella sua borsa, che è aperta sul pavimento. «Pat», ripete mio padre, fissando Ogmed con un'espressione che potrebbe essere di contentezza, ma che potrebbe essere anche qualunque altra cosa.

Quando io e Maddy eravamo piccole, facevamo sempre un gioco. Io mi mettevo la mano sulla bocca e le dicevo: «Sorrido o ho il broncio?». Lei tirava a indovinare e quando spostavo la mano la faccia che stavo facendo era così strana che lei non capiva mai se aveva indovinato oppure no. Ed è esattamente la faccia che sta facendo mio padre in questo momento.

«Pat è il nome di mia madre».

Mio padre inizia ad ansimare. Il rumore è quello dell'aria che esce da un soffietto. Io scatto in piedi.

Ogmed lo osserva attentamente, la testa piegata di lato.

«Devo andare a chiamare un'infermiera?».

«Un attimo», dice.

Mio padre smette di ansimare. Lei ricomincia a lavorare a maglia e io mi lascio cadere di nuovo sul letto.

«Da quanto tempo è qui?».

«Non molto». Porta un paio di mezzi occhiali e mi guarda da sopra la montatura mentre mi risponde.

«È stato incredibilmente gentile da parte sua venire».

«Vuole dire folle», mi corregge Ogmed.

«No».

«È quello che stava pensando». Solleva il suo lavoro per esaminarlo. È un pezzo di maglia molto lungo, di un viola acceso. Spero che non sia qualcosa che vuole far indossare a Omar.

«Quello è per Omar?».

«Un maglione», risponde annuendo. «Lui è troppo impegnato per andare a fare shopping».

«È sposato?».

«Lo vorrei, ma non ci sono novità all'orizzonte».

«Oh». Inizio ad arrossire. Sento il rossore che si estende, salendo dal collo. Rovisto tra la corrispondenza appoggiata sul comodino di mio padre. Un estratto conto della American Express. Un volantino della Lega delle Elettrici.

Mio padre ha uno spasmo e ogni muscolo del mio corpo si contrae. Non avere un'altra crisi, ti prego. Non posso scappare via come un'isterica di fronte a questa donna che non sarò mai in grado di chiamare Ogmed. Sarebbe troppo imbarazzante, perciò ti prego, ti prego, non farti venire un attacco. La testa di mio padre è scossa da un altro spasmo e poi cade in avanti.

«Si è addormentato», annuncia Ogmed.

«Ne è sicura?».

«Naturalmente».

Ho la sensazione che mio padre abbia finalmente fatto qualcosa per me. Un'ondata di gratitudine mi invade.

«Si sieda. Si rilassi», dice Ogmed.

Non c'è alternativa, perciò lo faccio. Ogmed si risistema sulla poltrona. Deve essere bassa, perché ha i piedi che penzolano senza toccare il pavimento. Ha il corpo morbido di una nonna vecchio stile: cicciottello quel tanto che basta per essere accogliente. Porta un paio di pantaloni aderenti di un colore arancione che sarebbe visibile a tre isolati di distanza in una notte buia. Sopra ha una maglia di poliestere con una fantasia tropicale. Dal collo in giù sembra arrivata dritta da Miami, ma dal collo in su è la quintessenza del Medioriente: viso grande praticamente senza rughe, di un bellissimo color caramello chiaro; capelli folti brizzolati raccolti in una lunga treccia morbida; e occhi neri che promettono una saggezza antica. Vorrei sedermi ai suoi piedi e sorseggiare del tè. Sorseggiare del tè e farmi leggere le foglie da lei.

«Posso portarle qualcosa? Hanno caffè, tè».

«*Ssshhh*». Si porta un dito alle labbra e indica mio padre con un cenno.

A parte il ticchettio dei ferri, la stanza è silenziosa. Addirittura serena. Non ho l'abitudine di stare così, ho quasi la sensazione che sia rischioso. La mia famiglia parla sempre. Se non parliamo, ce ne andiamo. Se non parliamo, riagganciamo.

Eppure io e Ogmed restiamo così per mezz'ora, forse di più. La mia mente vaga. Penso di pugnalare mio padre con i ferri da maglia di Ogmed. Penso ancora una volta di farlo fuori con il suo proiettile, ormai una fantasia ricorrente. Solo che questa volta, dopo avergli sparato, annuncio al mondo che l'ho fatto e sono felice.

Di tanto in tanto mio padre ha il fiato corto. Ogmed alza lo sguardo, facendo schioccare la lingua e producendo un rumore quasi identico a quello dei suoi ferri. Lui si sveglia e guarda fisso il televisore davanti a sé, che non è acceso. Ogmed fa schioccare di nuovo la lingua. Vedo gli occhi di mio padre riempirsi di lacrime. Sei triste? Spaventato? Oppure i tuoi dotti lacrimali si stanno deteriorando come tutto il resto? Puoi dirmi qualcosa di quello che ti sta succedendo? Dirmi qualcosa, qualunque cosa?

Penso a tutto questo per evitare di pensare a qualcos'altro: l'assegno che ho in borsa. Come diavolo posso chiedergli di firmare l'assegno davanti a Ogmed? Potrei dire che l'assegno è per la sua bolletta del telefono o magari per pagare delle tasse arretrate. Ma in questo caso perché non ci penso io, la figlia amorevole? Perché la figlia amorevole sta facendo firmare un assegno in bianco al proprio padre?

«Abbiamo bisogno di prendere dei soldi dal conto di mio padre», sento dire a me stessa a voce troppo alta. La mia voce mi sembra quella di una sconosciuta. «Devo vedere se riesce a firmare un assegno».

I ferri si fermano. «Ha bisogno di soldi?».

Sto odiando Georgia, la sto odiando per avermi detto di farlo. «No, abbiamo bisogno di un po' di contanti di mio padre per pagare l'infermiera. Papà, mi serve che mi firmi un assegno, così posso mandarlo a Georgia». Appoggio l'assegno sul vassoio di fronte a lui. Tiro fuori una penna dalla borsa e ci stringo le sue dita intorno, mentre gli chiedo dolcemente: «Riesci a farlo?».

Lui muove la mano, che poi inizia a tremare, agitandosi come l'ago di un monitor cardiaco che mostra una fibrillazione intensa. Tiro l'assegno da sotto la penna, che lo strappa, e lo infilo di nuovo in borsa. Aspetto di risentire il ticchettio dei ferri prima di alzare lo sguardo.

* * *

Ogmed è piegata in avanti e sta infilando il suo lavoro a maglia in borsa. L'infermiera, che è tornata dalla sua pausa caffè di un'ora, sta aspettando che ce ne andiamo.

«Posso offrirle il pranzo? È stato davvero gentile da parte sua venire. Davvero non necessario e davvero gentile».

«Gradirei un tè», dice mentre richiude la borsa e se la infila sotto il braccio. «Arrivederci, signor Mozell». Gli fa un piccolo inchino con la testa.

«Mi raccomando, mi chiami se ci sono problemi», dico all'infermiera a beneficio di Ogmed. Non è quello che avevo progettato di dirle. Avevo progettato di dirle di chiamare Madeline.

«Ciao, papà». Gli do un bacio, sempre a beneficio di Ogmed. Gli sfioro con le labbra la fronte, che non sembra pelle. Sembra carta oleata. «Andiamo», dico a Ogmed.

Scendiamo le scale, lentamente, perché a lei non piace muoversi in fretta, me ne accorgo. «Soffre di demenza senile, è questo che mi hanno detto alla UCLA quando gli ho chiesto che cosa c'era che non andasse».

«Sta morendo», dice lei.

«È quello che intendevano anche loro, credo. Tra un anno o due».

«Adesso».

«Cosa?».

«Chiunque se ne renderebbe conto», insiste lei con un pizzico d'impazienza.

«Pensavo che...». Non riesco ad aggiungere altro.

Ogmed fa scivolare il braccio sotto il mio e mi guida. Sento che il petto mi si sta aprendo a metà. Lei mi stringe il braccio. «Guardi lì», sussurra mentre passiamo accanto a una donna che sta leggendo il giornale. O meglio, il giornale è aperto, spalancato, e le sue mani lo stringono saldamente, ma lei dorme della grossa. La testa penzola in avanti come un peso morto, facendo piegare la parte superiore del «Los Angeles Times». La vista mi si inizia ad annebbiare mentre Ogmed mi fa passare davanti alla porta, davanti ad Angie e mi conduce fuori.

«Da che parte?», chiede.

Indico il locale all'angolo, dove andavo sempre a pranzare con mio padre.

Ogmed accelera e adesso io sono soltanto il suo sidecar. Arriviamo al ristorante.

«Un tavolo per due, per favore, accanto alla finestra», dice Ogmed, senza smettere di stringermi forte. Mi lascia andare quando arriviamo all'altezza della panca. Ancora una volta mi siedo ubbidiente.

La cameriera non è Debbie, grazie al cielo, ma un'altra che ha sopportato le avance moleste di mio padre per quattro anni, per tutto il tempo che ha abitato all'ospizio e veniva portato qui regolarmente per un'uscita pomeridiana. «Come sta suo padre?», chiede.

Adesso sto piangendo come una fontana.

Ogmed apre la borsa, ci pesca dentro e tira fuori un fazzoletto.

«Mi scusi, è solo che io sapevo che il decesso era imminente…». Pronuncio parola che inizia con la *d* con una voce strozzata, mentre inondo il tavolo di lacrime. E sto anche sudando. Ho la camicia completamente zuppa. «Lo dicevo, ma tutti gli altri dicevano che…».

Ogmed mi accarezza la mano e questo scatena un'altra inondazione. «Prendiamo due tè e due sandwich al tonno. Deve mangiare», aggiunge. Questo mi fa singhiozzare a più non posso.

«Le piace il tonno?».

Annuisco.

«Bene».

Cerco un pezzetto di stoffa asciutta sul fazzoletto. Ogmed ne tira fuori un altro dalla borsa e me lo porge.

«Sa, lui è sempre stato un vero incubo e...». Non riesco a proseguire.

Ogmed allunga la mano e mi alliscia i capelli. Instancabilmente mi accarezza la fronte e la testa. Io mi appoggio allo schienale della panca, fuori dalla sua portata. Se mi tocca un'altra volta, giuro che non riuscirò mai più a smettere di piangere.

«Allora», dice Ogmed, come se io non fossi le cascate del Niagara. «Allora, mi parli di lei. È sposata?».

Annuisco.

«Quanti figli?».

«Solo Jesse, il guidatore. Ha sedici anni». Mi tampono gli occhi con il fazzoletto.

«E il resto della famiglia?».

«Due sorelle. Georgia e Madeline. Io sono quella di mezzo».

Adesso non faccio più fatica a parlare. Il pensiero di Georgia e Madeline prosciuga istantaneamente le mie lacrime.

«Georgia è quella che ha bisogno di soldi?».

«Oh no, non ha bisogno di soldi. È solo che mio padre ha bisogno di assistenza infermieristica ventiquattro ore su ventiquattro ed è molto costoso».

«Ci penso io».

«Cosa?».

Ogmed apre la borsa, fruga sotto il lavoro a maglia e tira fuori un telefono portatile. Digita un numero. «Sono la signora Kunundar. Devo parlare con mio figlio.

«Omar, sono qui con la tua amica Eve. Sta bene. Sì, siamo andate da suo padre. Sta morendo, ma lei è molto fortunata. Non è una buona idea farle pagare la riparazione della macchina. Uno dei tuoi nasi basterà per tre macchine, punto e basta. Adesso glielo dico». Preme il tasto rosso, chiude il telefono e lo rimette in borsa.

«Adesso non deve più preoccuparsi».

«Ma a me non dispiace pagare la riparazione. È colpa di mio figlio».

«La colpa non è mai il punto. Per quanto mi riguarda la faccenda è chiusa e lei dovrebbe dirlo a suo marito».

Dovrei dirlo a Joe? Come farò a spiegarglielo?

Si appoggia allo schienale e sorseggia il tè. La cameriera posa i sandwich sul tavolo.

«Perché sono fortunata? Perché ha detto a Omar che sono fortunata?».

Ogmed risponde come se fosse assolutamente ovvio: «Perché è qui».

* * *

«Kim, sono appena andata a trovare mio padre e non credo di riuscire a venire».

«Che succede? Dove sei?».

«In macchina. Sono esausta. Vado a casa a stendermi un po'. Puoi andare alla Nixon Library e rivedere il programma della festa con Madge Turner? Accertati che tutte le postazioni del buffet siano nel posto giusto, ricontrolla la scaletta dei discorsi, del rinfresco, delle esibizioni».

«Nessun problema, ci penso io».

«Hai confermato i Citrus Singer? E i fiori? Dovrebbero essere lì domani entro le tre. Anche Leon. Chiamalo. Ricordagli che la festa inizia alle sette e mezza».

«Eve, smettila, va tutto bene, non ti preoccupare».

Alla radio, registro confusamente una notizia. Una bambina piccola, scomparsa da tre giorni sulla Sierra, è stata ritrovata. «È sana e salva», dice suo padre con la voce rotta e sento in sottofondo una piccola di otto anni che cantilena: «Papino, papino, papino».

«Ci sei?», chiede Kim.

«Occupati tu di tutto, okay?». Pigio il tasto rosso che mette fine alla conversazione e poi "Numeri in memoria" e zero-due.

«Corinne, sono Eve, può passarmi Georgia?».

«Ciao, cara». Sento la sua voce allegra. «Abbiamo finito. Abbiamo appena chiuso il numero. Forse sono l'ottava meraviglia del mondo. O forse no».

«Non riesco a credere che tu mi abbia chiesto di farlo».

«Cosa?».

«Fargli firmare l'assegno. È stato disgustoso. Sta morendo».

«Chi ha detto che sta morendo?».

«Chiunque se ne renderebbe conto».

«Chi l'ha detto? L'ha detto il dottore?».

«Non ho intenzione di chiedergli di firmare nient'altro».

«Calmati. Non dovevi farlo. Perché pensi sempre di dover fare quello che gli altri ti dicono di fare?».

«È colpa mia? Stai dicendo che è colpa mia?».

«Sto dicendo che di certo non è mia. Aspetta un attimo».

Premo "Fine". Fine, fine, fine.

Entro in casa in fretta, senza far rumore. Vedo gli zaini e i libri di Ifer e Jesse sparpagliati in soggiorno. Oggi sono andati a scuola? Chissà. Muoviti. Sali in fretta.

«Mamma?».

Non abbastanza in fretta. «Cosa c'è?».

Jesse e Ifer arrivano in corridoio e alzano lo sguardo verso di me sulle scale. Ifer è ancora in boxer da uomo e maglietta. «Adesso possiamo parlare?», chiede Jesse.

«Sei incinta, Ifer?».

«No». Ha il buongusto di non guardarmi negli occhi.

«Bene. Adesso lasciatemi in pace».

Vado in camera mia e chiudo la porta sbattendola. Bussano subito. «Cosa c'è ancora?», dico con la mia voce più antipatica.

«Ha chiamato papà».

«Ah sì? Gli hai detto dov'ero?».

«Gli ho detto che eri andata a trovare tuo padre».

Spalanco la porta. «Tuo nonno, vorrai dire!».

«E va bene, mio nonno. Mio Dio, ma', datti una calmata».

«Ripetilo».

«Mio nonno». Jesse inizia a indietreggiare lungo le scale.

«Non ci sono andata». Sono sorpresa di sentire questa bugia che mi esce dalla bocca.

«Non ci sei andata. Pensavo che...». S'interrompe. «Accidenti, hai gli occhi tutti rossi».

«Io ero così quando Matt mi ha scaricato», dice Ifer. «Non uscivo neanche di casa».

«Ho mal di testa». Chiudo la porta.

Inizio a frugare nella mia borsa cercando un Benadryl, un Actifed, qualcosa che mi stenda in fretta. È come il fondo di una discarica, questa borsa. Individuo una mentina scartata, qualche Tic Tac, qualche monetina sudicia. M'intravedo nello specchio dall'altra parte della stanza. Frugo così disperatamente che sembro un furetto a chiazze. Ma poi lo trovo. Un antistaminico che mi farà dormire e mi libererà il naso e Dio solo sa quanto ne ho bisogno. Lo ingoio senz'acqua e mi butto sul letto.

Perché ho mentito a Jesse? Perché mi sento in colpa? Non ho invitato Ogmed a venire a trovarmi. Dovrei sentirmi in colpa perché, mentre ho delle fantasie su un uomo, mi ritrovo coinvolta in un rapporto con sua madre?

Mi sposto su un lato del letto, lasciando spazio a Joe come se fosse qui. Abbraccio il cuscino. Non c'è bisogno che Joe lo sappia.

«Mamma?». Sento la voce di Jesse dall'altra parte della porta.

«Cosa c'è?».

«Non ti arrabbiare se te lo chiedo, ma ha chiamato il carrozziere. La mia macchina è pronta. Più tardi possiamo andare a prenderla?».

La macchina. Devo dire a Joe della macchina.

«Mamma?».

«Non credo. Non oggi. Non mi sento bene. Mi metto a dormire».

* * *

Il telefono squilla. Che ore sono? Che giorno è? Guardo l'orologio, che brilla nell'oscurità. Le nove. Ho dormito sei ore. Il telefono continua a squillare. È Joe. È certamente Joe, che sta richiamando. Devo dirgli della macchina.

Mi costringo ad aprire gli occhi. Scuoto la testa come per mettere a posto il caos che c'è dentro. Uso la mia voce più cordiale. «Pronto?».

«Eve, sono Angie».

«Sì?».

«Suo padre... Be', pensavamo che avesse semplicemente smesso di parlare».

«Sì?».

«Ma gli ho dato un colpetto».

«E?».

«Sembra che sia in coma».

* * *

Sto correndo da una stanza all'altra. «Dov'è la mia borsa? Mi date una mano a cercarla, mi date una mano a cercarla, per favore? Oddio, ce l'ho in spalla». Apro l'armadio. Che ci faccio qui? Cosa mi serve? Una giacca, giusto, mi serve una giacca. «Jesse sei pronto?», strillo.

«Sono qui», risponde lui a bassa voce. Vado quasi a sbattergli addosso mentre esce dalla sua stanza.

«Mi scusi, signora Marks», dice Ifer, mentre mi seguono giù lungo le scale. «Ma è morto? Non fa niente se è morto, devo solo prepararmi se lo vedrò morto».

«Non lo vedrai affatto». Apro la porta e praticamente mi metto a marciare sul vialetto verso la macchina.

«Mi scusi, signora Marks, ma…».

Mi giro. «Il nonno di Jesse sta morendo, Ifer…».

«Lo so, ma…».

«Cosa?».

«Sta salendo sulla macchina sbagliata».

«Di chi è questa macchina?».

«Non lo so», dice Jesse. «È solo una macchina che è parcheggiata per strada. Mamma, credo che sia meglio che tu faccia guidare me». Tende la mano per farsi dare le chiavi.

Apro la borsa e inizio a frugarci dentro. «Non le trovo». Scoppio a piangere. «Non trovo mai niente».

«È comprensibile», dice Ifer, prendendo la mia borsa e allungandomi Buddha. «Il suo papà sta morendo».

«Oggi sei sconvolta», dice Jesse.

«No». Piango ancora più forte. «Sono così tutti i giorni».

Ifer allunga le chiavi a Jesse, prende il gatto e mi restituisce la borsa.

«Voglio questo gatto fuori di casa», dico singhiozzando.

«Okay», dice Ifer docilmente. Prende posto sul sedile posteriore con Buddha.

«Non voglio salire in macchina con il gatto».

«Mamma», dice Jesse. «Sei fuori come un balcone. Io credo che dovresti salire in macchina».

Partiamo senza dire una parola. «State zitti», dico dopo qualche minuto.

«Posso chiederle una cosa piccola piccola?». Ifer si allunga verso il sedile davanti appoggiando il mento sulla mia spalla.

«No».

«È in coma?».

«Credo di sì. Sì». C'è una pausa.

«Posso dire un'altra cosa?».

«No».

«Forse dovremmo parlare con lui. Dirgli che va bene morire e tutto il resto. Be', non io, perché io non lo conosco, ma forse lei». Gira la testa di lato per guardarmi. «Avrei voluto conoscerlo, perché era il nonno di Jesse».

«Un tempo era molto carino».

«Quando?», chiede Jesse.

«Non lo so. Solo qualche volta. Come quando stavo cercando di riprendermi da una rottura con un imbecille con cui pensavo che mi sarei sposata. Mi disse: "Puoi essere sposato con uno che non ami, ma non con uno che non ti piace"».

«Wow», esclama Ifer. Per enfatizzare il concetto si butta contro lo schienale del sedile. «"Ma non con uno che non ti piace". Che figata».

«Dov'è tuo padre, Ifer?».

«Vive a San Francisco. Vado a trovarlo durante le vacanze e cose del genere. Il mio caro paparino», canticchia. «È il mio migliore amico».

Ricomincio a piangere.

«È la pubblicità di McDonald's», aggiunge. «"Il mio

caro paparino è il mio migliore amico". Sa, probabilmente dovrebbe bruciare della salvia nella sua stanza. Sparpagliarla intorno al letto. Per scacciare gli spiriti maligni. I kasmiani lo fanno».

Mi giro. «Ifer, te lo giuro su Dio, se dici un'altra parola ti butto fuori dal finestrino».

Ifer strilla.

Jesse va a sbattere contro la macchina davanti a noi.

«Non è colpa mia».

Questa è la prima cosa che sento. Poi, dal parabrezza, vedo un uomo che scende dalla macchina davanti e sbatte lo sportello gridando: «Pezzo di merda. Brutto pezzo di merda che non sei altro».

Jesse si precipita fuori. «È colpa tua», grida a sua volta.

Ifer spinge in avanti il sedile su cui sono seduta per poter scendere. «È colpa sua, signore, ho visto tutto», urla.

Inizio a tastarmi il corpo per vedere se sono ancora tutta intera. Poi guardo Jesse e Ifer che continuano a inveire contro il tizio. Lui sta indicando la sua macchina che, lo noto adesso, è nuova di zecca. Non ha neppure la targa. Nel rettangolo in cui dovrebbe trovarsi la targa c'è scritto "Wilshire Lexus".

Jesse ha lasciato lo sportello spalancato nel bel mezzo di Pico Boulevard. «Ehi, chiudi lo sportello». Non mi sente. Farà un altro incidente. Ha tamponato una macchina e adesso anche il nostro sportello sta per venire staccato. Mi allungo e chiudo lo sportello. Poi scendo.

«Stiamo portando mia madre in ospedale», sta dicendo Jesse. «Mio nonno sta morendo».

«C'è un cartello di stop proprio qui», dice il tizio indicandolo. Il cartello è parzialmente nascosto da una palma.

«Eh? Quando l'hanno messo?».

«C'è sempre stato».

«Non è vero!».

«Io non l'ho mai visto», dice Ifer.

Esamino le macchine. La mascherina della nostra è distrutta. L'altra macchina non ha danni, neanche un'ammaccatura sulla carrozzeria. «Non ci sono danni», faccio notare.

«Potrebbe esserci qualche danno all'interno», dice il tizio. «Potrebbe avere una lesione interna».

«È impossibile che una macchina abbia una lesione interna se non ci sono danni esterni. Non è mica una persona». Mi rimetto a piangere. La cosa mi sconvolge. Le lacrime mi scendono lungo il viso, eppure sto parlando normalmente. Sarei assolutamente certa che non sto piangendo se non sentissi il sapore delle lacrime.

«Mia madre è sconvolta», dice Jesse. Mi mette un braccio sulle spalle.

Il tizio resta in silenzio per un attimo per lanciarci un'occhiataccia e farci sentire come se fossimo delle nullità. Poi sale in macchina e riparte.

«Che stronzo», dice Jesse.

«Lo hai tamponato. È colpa tua».

«Non sapevo che stava per fermarsi. Accidenti, come facevo a saperlo? Lì il cartello dello stop non c'è mai stato».

«Lascia stare. Adesso andiamo».

Risaliamo in macchina. «Un attimo», dice Ifer.

«Cosa c'è adesso?».

«Buddha è davanti con voi?».

«No».

«Dov'è Buddha?». E si mette a singhiozzare.

* * *

«Adrienne, sei sveglia?».

«Oddio, tuo padre è morto».

«No. È privo di conoscenza, ma è stabile. Gli stanno tenendo d'occhio i reni. Ho parlato al telefono con il medico e mi ha detto così. "Gli sto tenendo d'occhio i reni", come se i suoi reni potessero sparire quando il medico è girato dall'altra parte. Come Buddha».

«Chi?».

«Il gatto di Ifer. Ho passato tutta la sera a cercarlo. Non sono mai arrivata in ospedale e il gatto è stato sotto la macchina per tutto il tempo. Grazie al cielo, perché l'ultima cosa che voglio è partecipare al funerale di un gatto».

«Eve».

«Cosa?».

«Quello che dici non ha molto senso».

«È perché non ho dormito. Sono le quattro e mezza di notte, il che vuol dire che a New York sono le sette e mezza, perciò ho immaginato che fossi sveglia».

«Sì. Io e Paul andiamo a correre. Dov'è Joe?».

«Ancora nel Montana con la signora degli alci. Non riesco a dormire. So che non appena mi addormenterò il telefono squillerà e mi diranno che è morto».

«Ma hai appena detto che è stabile».

«Non c'è niente di razionale in tutto questo, Adrienne».

«Lo so, scusa».

«Non riesco neppure a mettermi in contatto con Georgia e ho parlato con lei nel pomeriggio. Ha chiuso il numero della rivista. Dov'è? Dovremmo parlare delle misure straordinarie da adottare… non che ne adotteremo qualcuna, visto che ormai non ha più praticamente neanche un cervello, ma Ogmed aveva ragione, sta morendo. Georgia dovrebbe palesarsi».

«Sta andando a Parigi».

«Cosa? Dici davvero?».

«Chi è Ogmed?».

«E tu come fai a sapere di Ogmed?».

«L'hai appena nominata».

«Davvero? È solo una persona di mia conoscenza. Come fai a sapere che Georgia sta andando a Parigi?».

«Ho fatto una riunione con lei qualche giorno fa e mi ha detto che ci sarebbe andata non appena avesse chiuso il numero speciale per l'anniversario».

«Voi due avete fatto una riunione? Pensavo che tu non sopportassi Georgia».

«A dire il vero è piuttosto brillante».

«Perché avete fatto una riunione?».

«Ha visto la mia vignetta "Aiuto-Memoria". Te la ricordi? Non è una battuta».

«No, in realtà no».

«Era concepita come una pubblicità di un servizio telefonico: "Non riesci a ricordarti come si chiama la madre della tua migliore amica? Chiama l'Aiuto-Memoria!"».

«Non riesci a ricordarti come si chiama un'attrice bassa, bionda, robusta e con la frangia?».

«Ci ho messo anche quello».

«Davvero? Non mi hai chiesto il permesso».

«Non lo faccio mai. Che pensavi di farci?».

«Il punto non è questo. Lascia stare. Non è un problema. Allora, perché Georgia è a Parigi?».

«Ha detto che sarebbe partita per una breve vacanza e, quando tornerà, discuteremo della mia collaborazione fissa...».

«Cosa?».

«Una vignetta mensile per la sua rivista... e andremo a cena tutti insieme: io, Paul, come si chiama il suo fidanzato, lo strizzacervelli?».

Non rispondo.

«Eve?».

Un'emozione violenta mi ha sommersa, un'immensa ondata di tristezza saltata fuori da chissà dove e, se cercassi di parlare, mi schiaccerebbe.

«Eve, ti dà fastidio che potrei lavorare per Georgia?... Eve?».

«Stavo solo... Stavo cercando di ricordarmi come si chiama. Stephen... ecco come». Più parlo, più diventa facile. «Non l'ho mai neanche conosciuto e neppure Madeline. Allora, andrete a cena tutti insieme?».

«Sono sicura che Georgia se ne dimenticherà».

«Quando ha in programma di venire qui, questo te lo ha detto? Ha in programma di venire qui prima o poi?».

«Non lo so».

«Oh... Be', è bellissimo che lavorerete insieme. Voglio dire, è fantastico, Adrienne. Congratulazioni».

«Non c'è ancora niente di certo».

«Ma comunque è fantastico».

«Vedremo. Chi è Ogmed?».

«Oh, è solo una persona che mi è stata molto vicino mentre succedeva tutto questo con mio padre. Mi è stata di grande sostegno e mi ha dato una grande mano».

«Che razza di nome è Ogmed?».

«Non ne ho idea. Devo andare a dormire. Ho questo grande evento alla Nixon Library».

«Oggi? Ma sei distrutta. Tuo padre sta morendo».

«Devo andarci».

«Eve, può occuparsene Kim. È la tua assistente da sempre».

«Non posso non presentarmi. E se non riesco a dormire almeno un po', avrò un aspetto terribile».

«Che te ne importa? È solo un mucchio di otorinolaringoiatri».

«Giusto».

«Fammi sapere come va».

«Cosa?».

«Tuo padre, cos'altro? C'è qualcos'altro?».

«No, ovvio che non c'è altro».

Riaggancio. Me ne resto distesa. Il telefono è disteso accanto a me. Naturalmente non è proprio così. È sul comodino, ma ho la sensazione che siamo a letto insieme. Mi metto su un fianco e lo fisso.

Adesso mi distendo sulla pancia e salgo un po' verso la parte alta del materasso per poter guardare il filo del telefono, che serpeggia lungo il muro dietro il letto fino al punto in cui finisce, in una scatoletta grigia. Allungo il braccio dietro il letto. Ho la sensazione di stare compiendo un gesto ardito. Praticamente rivoluzionario. Stringo l'aggeggio di plastica alla fine del filo. Si stacca subito.

Mi alzo e mi metto la vestaglia. Vado nel mio studio per staccare il telefono anche lì, poi al piano di sotto per fare lo stesso con quello del soggiorno e quello con la ghiera girevole di Joe. Disattivo il telefono della cucina staccandolo dal muro con un cacciavite.

Torno in camera mia. M'infilo sotto le coperte. Me ne resto stesa così, in un silenzio che non verrà infranto dallo squillo del telefono, dove non ci saranno notizie a meno che non sia io a volerle sapere. Sento che il mio corpo sprofonda nel materasso. È possibile che io mi stia rilassando. È possibile, ma la sensazione non mi è familiare, perciò non posso esserne sicura.

Nove

Quando Jesse era piccolo, Georgia gli mandò un telefono giocattolo con la tastiera sonora. Grazie a una batteria s'illuminava al buio e, oltre al vivavoce e alla riselezione dell'ultimo numero chiamato, aveva due tasti per la messa in attesa. Era più sofisticato dei nostri telefoni veri. Joe ne usava uno nero con la ghiera girevole per motivi estetici.

Eravamo sposati da quasi otto anni e vivevamo a West Los Angeles. A differenza del quartiere di quando ero piccola, con le sue strade tortuose e in salita, la zona in cui abitavamo era piatta, con le strade disposte a formare un'insipida griglia orizzontale-verticale. Ma io e Joe adoravamo la nostra casa. Era antica, in stile spagnolo, con spessi muri a calce, i pavimenti di mattonelle, gli archi e le stanze fresche. Andavamo in giro per mercatini dell'usato alla ricerca di vecchi tappeti, mobili di pino e divani e poltrone foderate su cui o si sentivano le molle oppure si sprofondava così tanto che alzarsi richiedeva una grande forza di volontà. Non possedevamo niente che non avesse un cuore, come pezzi in pendant con la tappezzeria elegante o la moquette. In quella casa una donna non sarebbe mai potuta impazzire com'era successo a mia madre, dicevo a me stessa per rassicurarmi.

Nel cortile sul retro avevamo una palma su cui viveva

un pappagallo. Ogni mattina Jesse correva fuori e faceva un verso per chiamare il pappagallo e, dalla cima dell'albero, il pappagallo gli rispondeva. Quello era stato il gioco preferito di Jesse fino all'arrivo del telefono, una settimana prima del suo quinto compleanno.

Me lo ricordo, perché fu il giorno in cui arrivò la prima sovvenzione per Joe.

«Solo quindicimila?», aveva detto Georgia confusa quando l'avevo chiamata esultando, dopo aver piazzato Jesse davanti alla televisione a vedere i *Puffi*.

«Ma non capisci», le avevo spiegato. «È una sovvenzione che copre le spese di viaggio elargita dal National Endowment for the Arts. Adesso Joe potrà fare interviste in tutto il paese. La National Public Radio acquisirà il suo programma».

Chiamai Maddy e poi Adrienne per lamentarmi della reazione di Georgia, riagganciai e andai ad accogliere Joe, che era tornato a casa con una bottiglia di champagne.

«Ti fanno tutti le congratulazioni», annunciai mentre lui faceva saltare il tappo. Mi schermai gli occhi. «Non si sa mai dove possono andare a finire questi tappi, soprattutto in momenti di grande eccitazione come questo. Ci manca solo che ci finisca in un occhio».

«Probabilmente pensi che anche il riso sia pericoloso», disse Joe.

«Ti può finire in un orecchio».

«Esatto. Pensi che il mondo sia pieno di coppie di sposini novelli che hanno dovuto annullare il loro viaggio di nozze perché avevano il riso nelle orecchie». Mi baciò, prendendosi tutto il tempo per farlo. La prima volta che mi aveva dato un bacio così leggero, dolce e tenero, sotto un lampione a Fifth Avenue, avevo capito di amarlo. Prestava così tanta cura e attenzione a un solo bacio… a me.

Il telefono squillò.

Smettemmo di baciarci e lo fissammo. «Tempismo perfetto», disse mentre rispondeva. «Pronto?». Mi allungò la cornetta. «Certe persone chiamano sempre quando sei molto felice o molto impegnato», disse per farmi capire chi era.

«Ciao, papà».

«Se sento parlare ancora una volta di quel cazzo di Raymond...», disse mio padre.

«Ah. Lo sapevo che stavi parlando di me». Claire si materializzò all'improvviso sulla linea da un altro apparecchio.

«Metti giù», ringhiò lui.

«Vuoi che ci pensi io?», chiese Joe.

Scossi la testa. «Papà, calmati. Non vi parlo se vi mettete a litigare».

«Di' alla signora di riagganciare», disse mio padre.

«Io vivo qui», disse Claire. Sentii che si tirava su come a volte fanno gli alcolizzati, quella mossa con cui una persona raddrizza all'improvviso la schiena e la testa e assume un'aria regale, facendo finta, immagino, di essere sobria.

Joe si chinò abbassando la testa in modo da guardarmi bene in faccia, cosicché io non lo potessi ignorare. «Posso occuparmene io al posto tuo».

Gli feci cenno di allontanarsi. «Non credi che potresti essere un po' più tollerante, papà?».

«Tuo padre è un drogato», disse Claire.

«Be', a volte tu bevi un po' troppo».

«Solo quando sono con lui. E comunque è uno sfigato. Sei uno sfigato, Lou. Raymond era un artista. Un artista e un santo».

In quel momento il campanello suonò e Joe andò ad aprire. Io portai il telefono all'ingresso per vedere chi era. Era il corriere della UPS. Joe gli offrì lo champagne.

«Tua figlia non ti chiama mai», disse Claire a mio padre.

«Claire, lui mi chiama in continuazione. Ecco perché io non lo chiamo».

«Non tu», ribatté lei. «La direttrice di giornale».

Era quello che era diventata Georgia. Era successo l'anno prima. Direttrice di «Harper's Bazaar» a trentasei anni. «Deve essere un record», aveva proclamato. «Anche se, con tutti questi yuppies in giro, viene promossa gente sempre più giovane, perciò forse non è un record».

«Questa settimana hanno messo Georgia su "People"», disse mio padre.

«Questa settimana hanno messo Georgia su "People"», gli fece il verso Claire.

«Voi due dovreste davvero andare a fare terapia di coppia. Non comunicate».

Claire riagganciò.

«Se n'è andata», disse mio padre.

«Già».

«Chissà dov'è andata».

«Senti, papà, tu hai una dipendenza da questa situazione. Ti piace avere queste discussioni».

«Hai visto Georgia su "People"?».

«Per la quindicesima volta, sì».

«E che ufficio che ha. L'ho chiamata e le ho detto che ho capito che era una donna di successo quando ho visto le sue piante. Ne ha una che arriva fino al soffitto. Scommetto che non deve innaffiarle. Scommetto che c'è qualcuno che lo fa per lei».

«Credo che tu e Claire abbiate davvero bisogno di aiuto».

«Sua figlia è una gigantessa», disse mio padre.

«Sì, ma questo cosa c'entra? È una modella di successo».

«Non avrei mai dovuto lasciare tua madre».

«Papà, è stata lei che ha lasciato te».

Joe si chinò sulla mia spalla e mi prese la cornetta dalle mani. «Ciao, Lou, sono Joe... Sì, mi dispiace che abbiate dei problemi».

Mi allungò il pacco del corriere e iniziò ad andare avanti e indietro con il telefono attaccato all'orecchio, facendo dei piccoli rumori confortanti. «Mmmmm, uhhuh». Questa cosa andò avanti per un po'. «Certo, ci sentiamo presto». Riagganciò, poi mi guardò con un sorriso così immenso che ci si sarebbe potuto nuotare dentro. «Me la sono sbrigata io», disse tutto orgoglioso.

«È stata una cosa strana».

«Puoi dirlo forte, sì». Joe buttò giù quello che restava del suo champagne e se ne versò un altro po'.

«Voglio dire, è stato strano che tu mi abbia tolto il telefono di mano. Stavo risolvendo io il problema».

«Eve, tesoro, tuo padre chiama dieci volte a settimana per lamentarsi di Claire. Credimi, non stavi risolvendo proprio niente». Si mise a frugare negli armadietti. «Ci serve qualcosa da abbinare a questo champagne. Abbiamo bisogno di...», scoppiò a ridere, «ti ricordi i Cheetos?».

«I Cheetos esistono ancora».

«Sono di un colore assurdo», continuò, spostando da un lato bottiglie e barattoli mentre cercava qualcosa da mangiare. Joe frugava persino negli armadietti in modo esuberante. «Chi ha mandato quel pacco?», chiese.

Lessi l'etichetta. «È da parte di Georgia, per Jesse. Joe, e se ci facessimo installare una seconda linea e dessimo il numero a tutti quelli che conosciamo tranne che a mio padre? Così non dovremmo rispondergli».

«E cosa diciamo a Jesse? Questo è un numero su cui chiama tuo nonno e noi non gli rispondiamo? Tombola!». Tirò fuori una confezione di salatini a forma di pesciolino, l'aprì e se ne infilò in bocca una manciata. «Senti, non è poi così terribile. È un rompiscatole, ecco tutto. Un rompiscatole, ma innocuo».

«Già».

«Vuoi un altro po' di champagne?».

«No, non credo». Andai in soggiorno. Joe mi seguì.

«Qual è il problema?».

«Non lo so». Mi lasciai cadere sul divano, sentendomi improvvisamente depressa. «Credo che sia stato strano che tu abbia fatto quella cosa».

«Ma pensavo che ti avrebbe fatto piacere».

«Sì, ma...».

«Cosa?».

«Mi ha fatto piacere».

* * *

Il sabato successivo io e Joe passammo la mattinata a decorare la casa per la festa di Jesse. Joe attaccò festoni con la scritta «TANTI AUGURI» in tutta la casa: all'ingresso, sulle porte, sopra il camino. Più che auguri di compleanno, erano proclami di felicità familiare.

Dopo la nascita di Jesse io non avevo lavorato per tre anni, ma adesso avevo un lavoro part-time in un'agenzia di pubblicità ed eventi, la L.A. Events. Ciò significava che potevo avere uno sconto sui palloncini riempiti di elio. Per festeggiare la bella notizia di Joe e il compleanno di Jesse mi ero fatta prendere la mano: ce n'erano cinquanta che svolazzavano contro il soffitto del soggiorno, con lunghi fili penzolanti attaccati.

Mentre io e Joe andavamo da una parte all'altra per attaccare i festoni, Jesse stava seduto a terra a giocare con il suo nuovo telefono.

«Credo che ci sia qualcuno, Jesse». Jesse m'ignorò, componendo un numero sul telefono e poi pigiando un tasto per farlo suonare. «Pronto, parla Jesse Marks», disse.

«Ha il gene del telefono», commentò Joe mentre Maddy entrava in casa con passo lieve, come un'increspatura appena accennata dell'acqua del mare. I suoi lunghi capelli erano raccolti in una treccia e aveva adottato una camminata eterea. Tutto ciò significava qualcosa di nuovo, ma cosa? Avanzava con un braccio teso dietro di sé e scoprimmo che il suo indice era intrecciato all'indice di un tizio che si trascinava dietro. Lui era legato a qualcun altro, era una catena umana? No, finiva lì, con quel tizio in gilet di pelle senza nessuna camicia sotto. Aveva dei peli neri e ricci sulla testa, sulle braccia e sul petto e una corporatura strana, con il busto massiccio e i fianchi stretti. Aveva delle spalle così larghe che ci si sarebbero potuti mettere sopra dei libri, come su una mensola. «Carlo, ti presento la mia famiglia», disse Maddy. Carlo alzò la mano libera, la tenne lì come un cartello di stop e poi la riabbassò.

«Sta uscendo con un fenomeno da baraccone muto», ecco cosa avrei detto a Georgia.

«Ciao, Carlo, come va?», disse Joe. Carlo alzò i pollici nella sua direzione.

Maddy prese in braccio Jesse e gli fece fare una giravolta. «Ciao, festeggiato!». Anche il suo abbigliamento adesso era diverso. Per mesi, da quando aveva visto il film *Flashdance*, aveva portato felpe con lo scollo tagliato a vivo che scivolavano giù lasciandole scoperta una spalla e aveva preso l'abitudine di strofinarsi la spalla contro la guancia. «Fa molto cerbiatta», aveva osservato Joe. Quel giorno però portava un vestito da campagnola, una palandrana di una stoffa a fiori leggera che le arrivava fino alle caviglie e che si sollevava mentre lei si muoveva ritmicamente, per non dire spiritualmente. Forse aveva scoperto Dio.

Gli invitati iniziarono ad arrivare, soprattutto genitori e compagni dell'asilo di Jesse. I genitori si presentavano come la mamma o il papà di questo o quel bambino e se ne stavano fermi a chiacchierare mentre i bambini correvano e andavano a sbattere l'uno contro l'altro come giocatori lasciati liberi su un campo. «Sono davvero felice di conoscerti, ho sentito parlare tanto di Jesse». Continuavo a sentir ripetere questa stessa frase, con variazioni minime. Poi comparve Minnie. L'avevo ingaggiata io, senza averla vista, su suggerimento del mio capo alla L.A. Events. Era una bella ragazza con orecchie da topo, calze che facevano assomigliare le sue gambe alle insegne a forma di palo a strisce dei barbieri, tacchi alti di tre numeri più grandi, un body e una gonna corta a portafoglio. Non assomigliava a Minnie, ma più a una che sarebbe potuta saltare fuori dalla torta dell'addio al celibato di Topolino. «Chi è il capo della banda?», chiese. «Tu!», gridarono i bambini. Tutti tranne Jesse, che si stava contendendo il telefono giocattolo con un bambino che si chiamava Dakota.

«Posso darti una mano?», mi chiese Maddy, seguendomi in cucina.

Indicai una pila di tovagliolini con sopra G.I. Joe. «I cappellini sono lì. Mettine uno su ogni posto». Infilai due pizze in forno per riscaldarle.

«Queste mele sono lavate?». Ne prese una dalla fruttiera.

«Sì».

Diede un morso, prese il pezzo che aveva staccato e lo esaminò. «Offri pizza e torta al cioccolato?».

«Esattamente».

Maddy si rimise il pezzo di mela in bocca e lo masticò.

«C'è qualcosa che non va in quello che sto per offrire?».

«No».

«Bene».

«A parte il fatto che è assolutamente malsano».

«Cosa c'è di malsano nella pizza?».

«Formaggio industriale». Aprì il frigorifero e ci guardò dentro. «Te lo giuro, Eve, tu sei l'unica persona che conosco che mangia ancora pane bianco».

«Hai visto la cosa di Georgia su "People"?».

«Prima l'ho comprato. Poi papà me ne ha mandato una copia. Poi me ne ha mandato un'altra copia. E non fa altro che chiamare e parlare di Georgia».

«Lo so. Non ti fa impazzire? Sceglie sempre il giorno in cui non ho fatto altro che scarrozzare Jesse da una parte all'altra. Credo che abbia un sesto senso per quando mi sento particolarmente esaurita». Le indicai con un cenno la sala da pranzo. «Non dimenticarti della tavola».

«Oh, giusto». Maddy chiuse il frigorifero, prese i tovaglioli e i cappellini e rimase immobile.

«Cosa c'è che non va?».

«Mi sono appena ricordata di una cosa. È davvero terribile».

«Cosa?».

«Be', Carlo ha questo amico che fa il fotografo di moda...».

«Sì?».

«E ha sentito che Georgia... Oddio, è una cosa troppo brutta».

«Cosa, Maddy?».

«Potrebbe perdere il lavoro».

«Ma perché? Perché Georgia dovrebbe perdere il lavoro? È passato solo un anno da quando l'hanno promossa».

«I ricavi pubblicitari sono in caduta libera». Indugiò sulla parola "caduta".

«Oh, cavolo».

Io e Maddy rimanemmo per un attimo in silenzio, già con la mente al funerale lavorativo di Georgia, terribilmente addolorate. Maddy si provò distrattamente un cappellino facendo schioccare a ripetizione l'elastico. Il rumore ritmico fornì un accompagnamento funereo ai nostri pensieri.

«Dovremmo dirle qualcosa? Lei lo sa?», chiesi.

Maddy fece spallucce.

«Oddio, la cacciano via dopo che è apparsa su "People". Che cosa imbarazzante».

«Io non vorrei apparire su "People"», riprese Maddy togliendosi il cappello e allisciandosi i capelli. «Be', forse potrei anche, quando diventerò famosa e dovrò pubblicizzare qualcosa, tipo me stessa. E andrei da Johnny Carson, ma, tipo, non da...». Si fece rigirare la lunga treccia intorno all'indice mentre pensava, ma non riuscì a farsi venire in mente neppure una trasmissione televisiva a cui non avrebbe partecipato neanche morta.

«Famosa perché?». Sentii un pianto che proveniva dall'altra stanza. Poi un urlo. Jesse, senza alcun dubbio.

«Ho deciso di diventare attrice», sentii mentre uscivo correndo dalla cucina.

Jesse si stava stringendo il telefono al petto. Dakota stava piangendo e la madre gli stava dando un bacio in fronte. «Jesse gli ha tirato in testa la cornetta», mi spiegò con un tono quasi mortificato.

«Non puoi picchiare gli altri bambini». Strappai il telefono dalle mani di Jesse e lo diedi a Dakota. «Chiedi scusa».

«Scusa», bofonchiò Jesse.

«Hai sentito che cosa ho detto?», chiese Maddy.

«Ho sentito». Presi Jesse in braccio. «Vuoi fare l'attrice? Sono sorpresa. Sei arrivata con questa specie di aroma semplice e campagnolo».

«Aroma?».

«Voglio dire stile. Non mi aspettavo che...».

Lei m'interruppe. «Ho l'aria centrata, ecco tutto».

«Ma non sei troppo vecchia per diventare un'attrice?». Tirai giù un palloncino per darlo a Jesse. «Dakota giocherà per un po' con il telefono e tu giocherai con il palloncino. Quando vuoi aprire i regali?».

«Adesso». Si divincolò, cercando di sottrarsi al mio abbraccio.

«Non vedo come tu possa dire una cosa del genere», disse Maddy.

«Perché? Hai quasi ventotto anni. Questo vuol dire che te ne restano soltanto dodici e non hai ancora preso neanche una lezione di recitazione. I quarant'anni non sono la fine di tutto per le attrici?». Posai Jesse a terra. «Adesso comportati bene, d'accordo?».

«D'accordo?», gemette Maddy. «Eve, per l'amor del cielo, non chiedergli il permesso».

«Lo faccio anch'io», disse la madre di Dakota mentre passava portandosi dietro Dakota e il telefono.

«Georgia non ha pubblicato un articolo che s'intitolava: "Cinque lavori che non puoi più fare dopo i quaranta e cinque lavori che puoi fare ancora"? E l'attrice non faceva parte di quelli che non puoi più fare?».

«Non saprei, io leggo "Vogue". Non mi sorprende che la licenzino se pubblica articoli del genere. Carlo ha venticinque anni e dice che sembro molto più piccola di lui». Lanciai un'occhiata a Carlo, che era seduto sul divano in mezzo a un nugolo di bambini di cinque anni vocianti e stava leggendo «California». «Posso passare benissimo per una ventitreenne. Non c'è bisogno che lo sappia nessuno a meno che non sia tu a dirglielo».

«E a chi potrei dirlo? Non conosco nessuno».

«Questo è poco ma sicuro», disse Maddy guardandosi intorno.

«Mi pare che il papà di Rachel faccia il produttore. È quello alto in tuta. Vieni, te lo presento».

Ci facemmo largo tra gli ospiti, con Maddy che avanzava con la sua camminata ritmica e concedeva a tutti uno splendido, anche se non gioioso, sorriso. Lungo il tragitto mi dovetti fermare a chiacchierare con varie persone, una circostanza che lei sopportò educatamente, anche se mi dava un colpetto nel fianco tutte le volte che mi soffermavo a parlare un po' troppo. «Alan, ciao», dissi alla fine. «Vorrei presentarti mia sorella, Madeline...».

«Madeline Lee», m'interruppe Maddy. Tese la mano e allargò il sorriso. Insieme al nuovo lavoro, al nuovo fidanzato, ai nuovi vestiti, alla nuova camminata e forse anche alla nuova stretta di mano decisa, aveva un nuovo cognome.

Li lasciai, con Maddy che si tirava la treccia, impegnata in un'intensa conversazione sui cambiamenti della vita.

«Venite tutti qui», dissi ad alta voce. «È ora che Jesse apra i regali».

Mentre facevo sedere Jesse su una poltrona con i regali ammucchiati tutto intorno a lui, mi accorsi che Joe stava parlando con Minnie dell'effetto che faceva camminare con scarpe gigantesche. «Joe, ho bisogno di una mano». Suonò di nuovo il campanello. «Per favore, puoi aprire tu?», chiesi alla mamma di Katie.

«Dai a me i bigliettini quando apri i regali», sussurrai a Jesse. Lui me ne passò ubbidientemente uno. «Questo è da parte di Dakota», annunciai.

«Io». Dakota alzò il suo piccolo pugno in aria. Dietro di lui, vidi mio padre che entrava barcollando in soggiorno.

La festa s'interruppe. Tutti gli sguardi si posarono sul selvaggio che era appena entrato.

I capelli di mio padre, che adesso erano grigi e si stavano diradando, erano dritti sulla testa e gli occhi gli uscivano dalle orbite. Sembrava che avesse subito un elettroshock e che da allora fosse rimasto così, con i capelli sparati e gli occhi di fuori. Aveva in mano una sacca blu sudicia della TWA e dal taschino del suo blazer spiegazzato spuntava un biglietto aereo.

Incrociai lo sguardo di Maddy che era dall'altra parte della stanza. «Ciao, papà», dissi. «Jesse, guarda chi c'è. Tuo nonno!».

«Chi?», disse Jesse.

Vidi una donna che si portava la mano davanti al viso e poi l'odore raggiunse anche me. Scotch.

Mio padre spostò con una manata i fili dei palloncini che penzolavano davanti a lui. «Sono scappato», annunciò.

Joe lo prese per un braccio con fare conciliante. «Forza, Lou».

Mio padre rimase fermo dov'era. «Sembra il D-Day», disse alzando lo sguardo verso i palloncini.

Joe lo tirò per il braccio. Mio padre si liberò con uno strattone.

«È la festa di compleanno di mio figlio», disse Joe con fermezza. «Adesso noi andiamo in cucina».

«Dopo di te», disse mio padre con un sorriso a trentadue denti.

Joe si avviò in quella direzione. Mio padre lo seguì ondeggiando.

Jesse aprì un regalo strappando la carta che lo avvolgeva. «Guarda che bel regalo!». Riuscii a entusiasmarlo con una tipica voce da mamma nel giorno del compleanno di suo figlio e tutti i presenti ricominciarono a comportarsi normalmente. «Grazie», disse Jesse a Dakota, guardando le Hot Wheels e poi appoggiando da una parte le macchinine senza neppure tirarle fuori dalla plastica. Afferrò un altro regalo. Il campanello suonò di nuovo. «Maddy, puoi aprire tu?».

Lei mi si avvicinò. «Probabilmente è Claire», sussurrò.

Rimanemmo impietrite. «Carlo», disse alla fine, «potresti aprire la porta?».

Carlo posò obbediente la rivista, scavalcò qualche bambino e andò alla porta. Io lessi un altro bigliettino. «Questo è da parte di Rachel».

«È una bambola Cabbage Patch», strillò lei, agitando la sua per farla vedere bene a tutti.

Tutti i genitori seguirono con lo sguardo Carlo che stava scomparendo nel corridoio che portava all'ingresso. «Vuoi che andiamo via?», chiese la mamma di Katie. Io scossi la testa.

«È il tassista», strillò Carlo, senza neppure fare capolino dall'ingresso. «Vuole essere pagato».

«Hai soldi?», chiesi a Maddy.

«Io?», squittì lei. «Io sono un'attrice senza lavoro».

«Ci penso io», disse la mamma di Katie.

«Grazie». Poi, rivolgendomi a tutti, dissi: «Mi scusate un attimo?», e andai in cucina.

Mio padre era al centro della stanza con le braccia conserte e l'espressione imbronciata.

«Non ho nessuna intenzione di darti da bere, Lou. Scordatelo», stava dicendo Joe.

«Claire è una stronza, stiamo divorziando».

«Non me ne frega un cazzo», dissi io.

«Calmati», disse Joe.

«Come ti permetti? Come ti permetti di presentarti a casa mia ubriaco? È il compleanno di Jesse».

«Adesso la chiamo».

Passò davanti a Joe con fierezza e sprezzo del pericolo.

Adesso non aveva più solo il proiettile, era John Wayne in persona, e stava sfidando Joe, il cattivo, a fare la sua mossa, per esempio a sparare. Se Maddy avesse mai dimostrato di avere talento come attrice, lo avrebbe sicuramente preso da lui.

Mio padre ci voltò le spalle mentre componeva il numero. «Claire! Rispondi a questo cazzo di telefono, Claire!», gridò. Dietro di lui, dall'altro lato della porta, riuscivo a intravedere una porzione di salotto, con tutte le teste rivolte nella nostra direzione. Jesse si mise a piangere. Maddy lo prese in braccio.

Joe tolse la cornetta di mano a mio padre. «Siediti, Lou, e stai zitto».

«No, vattene». Iniziai a spingere mio padre, a colpirlo sulle spalle, a farlo indietreggiare a forza di pugni. «Vattene e non tornare mai più».

Sentivo la fronte che mi si contraeva e la mascella che mi si serrava, sotto l'effetto di una specie di paralisi. Stavo strizzando tutti i miei sentimenti in una piccola palla compatta. Girai intorno a mio padre, aprii la porta che dava sul retro e lo spinsi fuori. Lui barcollò all'indietro sui gradini per poi atterrare sul sedere.

«Non tornare mai più a casa nostra. Mai più».

«Ti ho visto parlare con la topolina», disse a Joe.

«Cosa?».

«So cosa hai in mente».

«Vai via di qui», gridai.

Lui si tirò su, aggrappandosi alla siepe d'edera. L'edera si staccò e lui afferrò il reticolato di ferro che era dietro alle piante. Riuscì ad alzarsi, ma ondeggiando come una barca ribaltata che fosse tornata in posizione verticale. «Tua madre aveva ragione su di te», sogghignò. «"Questa rimandiamola da dove è venuta". Ecco cosa disse».

«Aveva ragione anche su di te», gridai. «Vai al diavolo, vai al diavolo».

Joe mi stava tirando dentro casa. Chiuse la porta.

«Cos'è successo?». Maddy era lì con Jesse in braccio.

Allargai le braccia e lui ci si tuffò dentro.

«Cosa?».

Mi limitai a scuotere la testa.

«Ci penso io alla festa», disse Joe e tornò in soggiorno.

«Cosa ha fatto papà?», chiese Maddy. Io scossi di nuovo la testa e mi girai ritrovandomi di fronte il muro. Avrei voluto piangere. Avrei voluto gridare. E invece mi limitai a stringere Jesse sempre più forte e iniziai a fare quelle facce che fai quando vuoi impedire che il tuo viso faccia quello che vuole lui, che è infrangersi in mille pezzi bagnati. «Lo odio. Lo odio tantissimo». Mi girai di nuovo. «Madeline, non parlerò mai più con lui. Non gli permetterò di mettere piede in casa mia. Se chiama, riaggancerò».

Maddy annuì.

«Non sto scherzando».

Lei annuì di nuovo.

«Oddio, mi sento malissimo».

Appoggiata al ripiano, Maddy si mordeva il labbro inferiore, l'aria avvizzita, appassita, il lungo vestito campagnolo che penzolava come una piccola tenda da campeggio di fortuna. «Auuh», disse.

«Giusto, auuh». Misi Jesse a terra. «Vai da papà, tesoro». Jesse corse via.

«Almeno tu hai Joe», riprese lei.

«Lo so».

Prese i tovagliolini di carta, che ancora non erano riusciti ad arrivare a tavola. «Ci penso io ad apparecchiare, va bene? Scusa, prima me ne sono dimenticata». Ma non si mosse.

«Sto bene», dissi. «Davvero».

«Cos'ha che non va la nostra famiglia?».

«Non dire così. Non dire così, ti prego. Noi siamo normali». Le misi un braccio sulle spalle. Lei mi allungò un tovagliolino perché potessi asciugarmi gli occhi.

«Claire! Rispondi a questo cazzo di telefono, Claire!». Io e Maddy facemmo capolino dalla porta della cucina. Jesse era seduto sul pavimento del soggiorno nel bel mezzo della sua festa e stava giocando con il telefono. Riagganciò, premette il tasto per farlo squillare e, quando squillò, rispose. «Claire!», gridò. «Rispondi a questo cazzo di telefono, Claire!».

* * *

La mattina dopo mi svegliai insultando mio padre. Non ad alta voce, solo nella mia testa. Continuavo a rivedere gli avvenimenti del giorno prima. Mio padre a terra, io davanti alla porta della cucina, ma stavolta gli urlavo centinaia di bugie che lo ferivano: che vedevo mia madre ogni giorno, che volevo bene a Tom Winston, che passavamo insieme il giorno del Ringraziamento e Natale, che mamma voleva tanto bene a Jesse e lui ne voleva a lei. In una delle mie fantasie arrivavo addirittura a urlargli che i suoi cani, probabilmente morti da tempo, venivano a stare da noi tutte le volte che mia madre e Tom partivano per un campeggio. Gli dicevo che Claire era troppo per lui. Gli dicevo che non volevo rivederlo mai più. Gli dicevo soprattutto questo, a ripetizione.

Chiamai Adrienne sei volte prima di riuscire a parlare con lei. Aveva iniziato a fare jogging, uno sviluppo imprevedibile per una persona che preferiva l'intimità di quattro mura, il suo tavolo da disegno, la televisione e una tazza di tè. Adrienne con le scarpe da corsa. Era difficile da immaginare. Ma aveva conosciuto un uomo. Lo incrociava tutte le mattine alle sei mentre faceva jogging. Anche lui correva, ma si fermava per una pausa sigaretta al parco del West Village, che era attaccato all'appartamento di lei. Dopo il primo giorno avevano iniziato a farsi piccoli cenni di saluto. Alla fine lei si era fermata per dirgli ciao. «L'ultimo dei grandi fumatori», mi aveva confidato delusa, anche se aveva venduto immediatamente una vignetta con quel titolo, in cui compariva un tizio che seminava mozziconi di sigaretta su una cartina degli Stati Uniti. Paul era un giornalista sportivo. Fino a quel momento non aveva fatto niente di sgradevole come mettersi i pantaloncini da corsa in testa, ma avevano passato una sola serata insieme e Adrienne si scusò per non essere stata a casa quando avevo bisogno di lei. Che fu una cosa dolcissima. Disse che era triste che vivessi a cinquemila chilometri di distanza da lei, perché non poteva venire a cucinarmi qualcosa. Disse che avrebbe disegnato una vignetta dal titolo "Rendez-vous", che avrebbe rappresentato uomini e donne che s'incontravano in tutta New York: al lago di Central Park, sotto l'arco di Washington Square Park, sulla torcia della Statua della Libertà. Conoscere Paul l'aveva resa prolifica e, se avesse disegnato abbastanza in fretta, forse la sua vignetta avrebbe potuto essere la copertina del «New Yorker» per il giorno di San Valentino. Disse anche che forse era già stata una copertina, di qualche altro artista, perché le sembrava familiare. E, a proposito di riviste, disse, il mese prima su «Esquire» era comparsa un'intervista, una lunga intervista, a Richard Nixon. «Segnati la data di oggi», disse. «19 gennaio 1984: tuo padre è in esilio e Nixon è tornato».

Non lo dissi a Georgia se non molti giorni dopo e non la chiamai io, fu lei a chiamare me.

«Ho saputo tutto da nostra sorella, Madeline Lee», disse.

«Non dirmi di ricominciare a parlare con lui, perché non lo farò».

«Eve, cara, non devi parlare con lui se non vuoi farlo».

«Joe lo odia ancora più di me. Joe ha detto che il suo comportamento è stato imperdonabile».

«Non devi parlare con nostro padre».

«Grazie».

«È riuscito a tornare a New York, casomai fossi preoccupata. E stanno davvero per divorziare. Claire se n'è andata di casa».

«Te l'ho detto, non mi interessa. Ti ricordi quando ho avuto quell'incidente, poco dopo che mi ero trasferita qui per vivere con Joe? Nei giorni seguenti il mondo mi sembrava così pericoloso che camminavo in punta di piedi dovunque andassi. Ed è così che mi sento adesso. Come se papà fosse venuto a casa mia e mi avesse investito».

Ci fu una lunga pausa.

«Che cosa melodrammatica», disse Georgia. «Be', dimenticati di lui, dico davvero. Vuoi sapere la mia novità?».

«Cosa?».

«Sono stata licenziata».

«Licenziata?».

«Sì».

«Oddio, mi dispiace tantissimo. Pensavo che "Harper's Bazaar" stesse andando alla grande. Voglio dire, so che i tuoi ricavi pubblicitari erano in calo, ma...».

Georgia m'interruppe bruscamente. «Chi ha detto questo?».

«Non lo so. L'ho letto da qualche parte, oppure me l'ha detto Joe... una cosa del genere».

«I ricavi pubblicitari di tutti sono in calo, non è un grosso problema».

«Oh».

«E comunque “Harper’s Bazaar” è irrilevante. Sono stata io a dargli una certa importanza, ma dovevo sforzarmi in continuazione per farlo».

«Deve essere stata dura per te».

«Credimi, non sai quanto».

«Bene, perché non vieni qui a trovarmi?».

Silenzio di tomba.

«Oppure perché non vai in Giamaica o in un posto del genere?».

«Martinica?».

«Giusto, Martinica, un posto così. Non hai mai avuto un po’ di tempo per te, lavori così tanto. Voglio dire, è come una morte improvvisa, la morte del tuo lavoro, devi darti un po’ di tempo per elaborare il lutto».

«Sto per lanciare una rivista tutta mia».

«Cosa? E come fai a fare una cosa del genere?».

«Ho dei finanziatori. Probabilmente mi ci vorrà un anno per metterla in piedi, ma la chiamerò “Georgia”».

«La chiamerai “Georgia”? Come Georgia Mozell?».

«Sì».

Riagganciai in fretta per chiamare Maddy e poter essere la prima a dirle che Georgia stava per dare il suo nome a una rivista. Ma non chiamai mio padre. Non gli parlai più per sette anni.

Una volta mi chiamò lui. «Non riagganciare», disse e io riagganciai. Chiese a Georgia di intervenire e lei si rifiutò di farlo.

Ogni tanto raccontavo a qualcuno che non parlavo con mio padre. Lo annunciavo con un tono indifferente. Non aggiungevo che non avevo rapporti neanche con mia madre. Essere ai ferri corti con entrambi sarebbe sembrato estremo, come se il problema fosse mio, come se fossi io la pazza. Era troppo difficile spiegare che mia madre non era una madre, il che significava che non potevo rifiutarla. C'era semplicemente un'assenza di qualcosa tra di noi, ecco cosa mi dicevo. Mio padre *era* un padre: una versione orribile e distorta da casa degli specchi di un luna park. «Non parlo con mio padre», dichiaravo, spesso per provocare qualcuno che aveva confessato un piccolo risentimento nei confronti del proprio: che, per esempio, suo padre aveva mandato un biglietto aereo a suo fratello perché potesse tornare a casa, ma che si aspettava che lui pagasse di tasca propria per il suo. «Io non gli parlo», dicevo per punzecchiarlo, sperando di indurre l'altra persona a fare altrettanto.

«E se dovesse morire?», era la domanda che mi veniva invariabilmente posta. «Non hai paura che potrebbe morire?».

«Se sapessi che sta per morire gli parlerei». Mi piaceva dire così. Mi piaceva la spietatezza di quell'affermazione. Per sette anni fui rilassata al massimo delle mie capacità. Per sette anni il telefono non squillò mai in un momento inopportuno.

* * *

Sette anni dopo. Primavera del 1991.

«Ciao, Eve, sono io. Non crederai a quello che sto per dirti. Papà mi ha appena chiamato per dirmi che Georgia ha vinto il Pulitzer».

«Il Pulitzer? Maddy, ma è incredibile».

«Già».

«Mio Dio».

«Immagino che avrà più successo che mai».

«Penso anch'io. Be', è pazzesco. È davvero fantastico. Hai già parlato con lei?».

«Ho provato a chiamarla, ma era in riunione».

«Dovremmo mandarle dei fiori», dissi.

«Aspetta un attimo, ho un avviso di chiamata... Era di nuovo papà che voleva dirmi la stessa cosa. È la terza telefonata. Sei proprio fortunata a non parlare con lui. Che cosa stavi dicendo?».

«Che dovremmo mandarle dei fiori. Da quando hai l'avviso di chiamata?».

«Da mesi».

«Mesi?».

«Ce l'hanno tutti. Non ti sei accorta che quando chiami qualcuno non trovi mai occupato? Il segnale di occupato è praticamente obsoleto. Dio mio, Eve, ma su quale pianeta vivi? Senti, puoi ordinarli tu i fiori? Poi ti restituisco i soldi».

«Ufficio di Georgia Mozell».

«C'è Georgia? Sono sua sorella Eve».

«È in riunione».

«Le faccia le congratulazioni da parte mia. E, per favore, le dica di richiamarmi non appena finisce la riunione».

«Sarà fatto».

«Ciao, mamma».

«Jesse, dove sei? Pensavo che saresti tornato a casa dopo la scuola».

«Io, Matt e Jennifer siamo a casa di Matt. Stiamo vedendo *Monty Python e il Sacro Graal*».

«Un'altra volta? Ma quante volte lo avete visto?».

«"Morti, tombe, morti! Fuori l'immortizia! L'immortezzaro! Li prendo caldi!". "Ci avrei questo". "Non so' morto"».

«Ma che stai dicendo?».

«È una battuta del film, quando lui arriva con questo carretto pieno di tizi morti».

«Tua zia ha vinto il Pulitzer».

«"Vi infilo il naso sotto l'ascella e vi faccio respirare fino all'asfissia". Anche questa è in *Monty Python*. Che cosa ha vinto?».

«Lascia stare. Torna a casa entro le cinque».

«Ciao, tesoro».

«Joe, dove sei?».

«All'aeroporto di Denver. Ho appena finito. Sarò a casa fra tre ore».

«Georgia ha vinto il Pulitzer».

«Cosa? Per che cosa? Un'inchiesta su quella rivista?».

«Immagino di sì».

«Ma stai scherzando? È assurdo».

«Be', l'ha vinto. L'ha detto papà a Madeline».

«Mio Dio».

«È ridicolo che lei l'abbia vinto e tu no. Voglio dire, quello che fai tu è molto più originale».

«Non danno il Pulitzer ai giornalisti radiofonici».

«Be', dovrebbero».

«E pensavo che non lo dessero neanche alle riviste».

«Ma comunque è una cosa fantastica per lei».

«Assolutamente. È fantastico. Stanno annunciando il mio volo. Devo andare».

«Ti amo».

«Salve. Chiamo dalla California. Vorrei ordinare dei fiori. Quanto devo spendere per averne parecchi?».

«Almeno cento dollari».

«Cento dollari? Ehm, okay. Splendidi fiori primaverili. È la stagione dei lillà. Ce li avete?».

«Per i lillà deve spendere centoventicinque dollari».

«Lasci perdere i lillà. Li mandi a Georgia Mozell al...».

«Lo sappiamo. Le abbiamo già consegnato fiori in passato».

«Oh. Grazie. Può farglieli arrivare entro domani mattina?».

«Nessun problema».

«Per favore, sul biglietto scriva: "Congratulazioni e baci, Eve – E-V-E – Joe – J-O-E – e Madeline – M-A-D-E-L-I-N-E". Ecco il numero della mia carta di credito».

* * *

«Pronto, Eve».

«Georgia, ciao, che cosa emozionante. Fantastica. Congratulazioni».

«Per che cosa?».

«Ho saputo che hai vinto il Pulitzer».

«Chi te l'ha detto?».

«Papà. Ha chiamato Madeline».

«E le ha detto così?».

«Già».

«Gli ho detto che stavo pensando di ingaggiare Roxanne Pulitzer per farle tenere una rubrica sul sesso. Poi però ho deciso di non farlo. È una cosa volgare, non è nello stile di "Georgia". È stata una di quelle idee che ti vengono così, alle quattro di notte. Che cosa facciamo con lui? Non può più vivere da solo».

«Non può vivere da solo perché ha confuso Roxanne Pulitzer con il premio Pulitzer? Probabilmente ha solo qualche problema di udito, complicato dal fatto che non ascolta».

«Nell'ultimo mese la polizia lo ha recuperato due volte. Una mentre andava in giro nel mezzo di 5th Avenue in mutande. Un'altra è entrato in una galleria d'arte a Madison Avenue dove c'erano alcune sculture fatte con le lattine di birra. Ne ha presa una, l'ha aperta e l'ha bevuta. Volevano fargli pagare dodicimila dollari per aver rovinato quest'opera d'arte straordinaria. Grazie al cielo io sono famosa, altrimenti non ne saremmo mai venuti fuori e continuo ad aspettarmi che l'episodio venga ripreso da qualche giornale».

«Perché non me l'hai detto?».

«Tu non gli parli, te lo ricordi? Perciò ho pensato che non fosse necessario fartelo sapere».

«Molto gentile da parte tua. Grazie».

«Prego. Credo che dovremo metterlo in un ospizio. Adesso ha settantasette anni. Ha bisogno di un ambiente controllato. Credo che riuscirò a farlo ammettere alla casa di riposo ebraica di Los Angeles».

«Qui? Dove sono io? Lo stai rimandando dove sono io?». La mia voce diventò così stridula che avrebbe potuto rompere un vetro.

«Non esattamente. È nella valle. È una zona che ha un codice di avviamento postale diverso da quella dove sei tu. Eve, è molto difficile trovare delle belle case di riposo per anziani». La sua voce aveva assunto un'intonazione sincera, addirittura affettuosa. Non era più il direttore delle operazioni che si stava preparando a spedire un carico nel deposito di stoccaggio prescelto. Adesso era la paladina degli anziani. Adesso era praticamente in lizza per essere eletta con un programma che aveva come punto centrale il motto "Salviamo i nostri cari anziani". «Sai come sono la maggior parte degli ospizi?», mi chiese accoratamente.

«No».

«Be', io sì, credimi, e il padre di Stephen...».

«Chi è Stephen?».

«Lo psicoterapeuta che ho ingaggiato perché tenga la rubrica: "Soluzioni nuove a problemi vecchi". Suo padre viveva lì».

«"Soluzioni nuove a problemi vecchi"?».

«So che sembra noioso. Forse dovrò cambiare il titolo, ma Stephen è straordinario».

«Hai una relazione con lui?».

«E questo cosa c'entra?».

«Mi chiedevo perché non me ne avessi parlato. Sei innamorata?».

«Mi piace davvero tanto».

«Sei innamorata, lo sento dalla tua voce».

«Veramente». La parola non aveva la solita intonazione tagliente. Forse vi si coglieva addirittura un certo rossore. «Stephen dona un sacco di soldi alla casa di riposo, è una delle cose più belle di lui».

«Dobbiamo mettere papà lì dentro?».

«Non può più stare da solo. Mi chiama dodici volte al giorno. Naturalmente non ci parlo spesso. La mia assistente dovrebbe vincere un premio per il suo cuore d'oro. Sono sicura di poterlo convincere ad andarci. Sai, in fin dei conti è un tipo malleabile».

«Solo con te, credo. Come la maggior parte delle persone».

«Sì». Georgia emise un sospiro profondo per il peso dell'incapacità altrui nel dirle di no. «È la soluzione migliore».

«Ne sei sicura?».

«Assolutamente sì. Avrà una vita, cosa che in questo momento non ha. Non frequenta nessuno, non ha amici. Ti ricordi com'era felice da Bloomingdale's?».

«E tu come fai a saperlo? Non sei mai andata a trovarlo».

«Me l'hai detto tu, cara. Immagino che ci vorranno un paio di mesi per organizzare tutto e poi ve lo manderò. Qualcuno dovrà portarlo lì».

«Può farlo Madeline».

«Non ha iniziato quella soap dove fa la segreteria – o è l'assistente? Le segretarie non si chiamano più segretarie – quella soap dove deve essere presente ogni giorno?».

«Oddio, dovrò ricominciare a parlare con lui».

«Be', non si può dire che tu non abbia avuto sette anni di tregua».

«Mi sento male, devo riagganciare».

«Eve?».

«Cosa? Te lo dico sinceramente, ho una nausea terribile. Devo andare a stendermi».

«Hai comprato quella giacca di Armani di cui ti parlavo?».

«No, ma Chantell ha chiamato tre volte. Joe continua a chiedere se Chantell è una persona. Vuole sapere se queste donne si chiamano già così prima di diventare commesse di Armani o solo dopo. Ha in mente di fare un'intervista buffa con alcune di loro. Ne conosci altre con nomi idioti?».

«Puoi scherzarci su se vuoi, Eve, ma adesso hai un'attività tutta tua. Quando vuoi fare colpo sulle persone, devi sempre vestire Armani e devi fare i complimenti agli uomini per la loro cravatta. È una cosa che non tutte le riviste femminili ti dicono, ma "Georgia" sì. Non abbiamo paura di sembrare stupidi se è un consiglio furbo».

«Grazie, Georgia».

«Allora, andrai a prendere tu papà?».

«Adesso devo davvero andare. Mi sento malissimo».

«Salve. Ho ordinato dei fiori per mia sorella, Georgia Mozell. Dovrebbero essere in consegna oggi».

«Sì».

«È troppo tardi per annullare l'ordine?».

«Temo di sì».

«Be', okay. Grazie».

* * *

Joe si rifiutò di venire in aeroporto. «Tra l'altro», disse, «Lou Mozell non rimetterà mai più piede in casa mia». L'affermazione aveva un che di antiquato e mi ricordò la battuta che avrebbe potuto dire il padre di un vecchio film. Uno dei padri di *Incontriamoci a Saint Louis* o *Vita col padre*.

«Tu puoi anche perdonarlo, ma io non lo farò mai», aggiunse Joe, il che era ben più estremo di qualunque cosa fosse mai uscita di bocca a uno di quei padri cinematografici. «Gli parlerò al telefono se sarò io a rispondere», disse. «Ma più di questo non posso fare».

«Joe si rifiuta di vederlo», annunciai orgogliosamente a Georgia quando mi comunicò il suo orario di arrivo. «Perciò ho deciso di farmi accompagnare all'aeroporto da Jesse».

«Perché?», mi chiese lei. «Spero che tu non sia così stupida da credere che nostro padre gli presterà anche solo la minima attenzione».

«Non ho detto questo. O no?».

«No. Lascia stare». Georgia non mi chiese scusa, ma addolcì il tono. «È invecchiato. Ti avverto, è invecchiato».

«È invecchiato», dissi a Jesse mentre eravamo in attesa davanti al gate.

«Rispetto a quando, mamma? Io non me lo ricordo neanche».

Avevo i crampi allo stomaco e un dolore lancinante in mezzo agli occhi. Avevo le gambe molli e sentivo strane persino le braccia. «Paura e delirio»: era così che Adrienne definiva sempre la mia condizione psicofisica prima che incontrassi mio padre. Com'erano familiari quelle sensazioni, forse addirittura confortanti, come amici di vecchia data di cui si potrebbe dire con una certa sorpresa: «È come se non ci fossimo mai lasciati».

«Cos'hai detto, Jesse?».

«Ho detto: "Io non me lo ricordo neanche". Quando torniamo a casa, vado a dormire da Matt».

«Va bene. Senti, Jesse, non riesco a concentrarmi. Il pensiero di incontrare tuo nonno mi manda ai pazzi».

Jesse, che stava cercando di vedere il proprio riflesso in una striscia di metallo cromato larga dieci centimetri che separava la vetrata dell'aeroporto dal muro, spostò la sua attenzione su di me. «E allora perché lo incontri?».

«Le tue zie si sono occupate di lui per sette anni. Adesso tocca di nuovo a me».

«Be', se questa cosa ti fa paura, dovresti fare come faccio io a scuola».

«Sarebbe?».

«Fai il conto alla rovescia. Pensa, tipo: "Okay, meno cinquantacinque minuti, meno cinquantaquattro...". E comunque, quanto tempo ci vorrà per fare questa cosa?».

«Tra ritirare il suo bagaglio e farlo sistemare, direi due ore».

«Oddio, non riuscirò mai ad arrivare da Matt».

Alla prima occhiata non riconobbi mio padre. Mi aspettavo Dracula o qualcuno di altrettanto terrificante. Avevo accumulato così tanta rabbia e paura nel corso di sette anni da giustificare quella visione e invece mi ritrovai davanti un uomo anziano che si muoveva lentamente, con un'andatura peculiare, e veniva urtato dagli altri passeggeri. Era più basso di prima. L'hostess che lo aveva accompagnato fuori doveva chinarsi per parlargli.

Non portava nessun blazer, niente che potesse dare l'idea che fosse un adulto presente a se stesso. Aveva i pantaloni troppo lunghi. Gli si posavano sulle Reebok come cappelli e la camicia era rigida come un pezzo di cartone anche dopo essere stata addosso a un omino sciatto durante un volo di cinque ore, al punto tale che aveva mantenuto una forma tutta sua. Mi ricordai che Georgia mi aveva detto: «Da quando Claire l'ha lasciato, compra solo stoffe fatte in provetta». Anche se non sembrava affatto che quei vestiti li avesse comprati. Sembrava che gli fossero stati donati.

Riusciva ancora a camminare senza cadere in avanti ed era allerta. Spostava lo sguardo da una parte all'altra, cercando me… e chi, sennò? Ma sembrava uno che aveva passato la vita sulla panchina di un parco a dare da mangiare ai piccioni, non il mio folle papà ubriacone che si era dato una racchettata sul naso.

Agitai il braccio, segnalando la mia presenza.

«Ehi, Evie». Mio padre mi rivolse il suo solito sorriso sghembo, quello che avrebbe voluto essere un sorriso pieno ma che veniva deviato dalle lacrime, che erano sempre in agguato.

«Ciao, papà. Lui è Jesse. Hai visto quanto è cresciuto?».

«Ehi, Evie, sei tu», ripeté. Gli occhi gli si riempirono di lacrime.

Tirò fuori un fazzoletto dalla tasca dei pantaloni. Un fazzoletto bianco, perfettamente stirato. Era sorprendente, come se avesse tirato fuori un coniglio dal cilindro. Mi provocò uno slancio incomprensibile di benevolenza.

«Non piangere, papà, ti prego. Tu piangi sempre». Gli accarezzai con cautela la schiena e per quel piccolo gesto di gentilezza mi sembrò di meritare una medaglia. Meno un'ora e cinquantotto minuti.

Lui si asciugò gli occhi senza spiegare il fazzoletto, solo tamponando prima un occhio e poi l'altro con quel quadrato di stoffa. «Non mi dai un bacio?», mi chiese lamentosamente, facendosi scivolare il fazzoletto in tasca, sorprendendomi di nuovo. Glielo avevo visto fare un milione di volte: tirare fuori il fazzoletto, asciugarsi gli occhi e rimetterlo in tasca. Era come con i denti: il viso intero può invecchiare, ma i denti restano sempre uguali. Me lo aveva fatto notare Georgia una volta: una persona può avere la pelle invecchiata, cadente, macchiata, borse che arrivano fino ai piedi, rughe profonde come il Grand Canyon, e conservare un sorriso smagliante. Ebbene, il mio decrepito padre conservava un fazzoletto bianco pulito che poteva farsi scivolare ancora tranquillamente in tasca.

Gli diedi un rapido bacio sulla guancia e feci un cenno a Jesse, che fece la stessa cosa.

«Com'è andato il viaggio? L'aereo era pieno? Che film hai visto?». Ero troppo nervosa per aspettare le risposte. «Credo che dobbiamo andare da questa parte».

«Io vado dove vai tu. So solo questo», disse mio padre.

«Be', io prendo la scala mobile».

Mio padre ebbe un attimo di esitazione, abbassando lo sguardo verso i gradini che si muovevano. Lo presi per un braccio. Meno un'ora e cinquantatré minuti, pensai.

Mentre scendevamo continuai a cianciare. «È tutto pronto per il tuo arrivo. C'è una signora che si chiama Angie. Senti questa, lavora alla casa di riposo da vent'anni.

Ha detto che presto ci verrà a vivere anche lei». Risi e poi capii dall'espressione di Jesse che quello che avevo detto non era divertente. Mio padre, comunque, non mi stava prestando attenzione. Era concentrato sui gradini. Alzò il piede troppo presto e per poco non cadde all'indietro quando il movimento cessò all'improvviso.

«Alt, fermi tutti!», esclamò Jesse stringendo il braccio di mio padre con tutte e due le mani e aiutandomi a rimetterlo dritto. Alt, fermi tutti? Non avevo mai sentito Jesse usare parole del genere. Era un linguaggio da persone anziane. Gli erano uscite di bocca spontaneamente, nello stesso modo in cui le persone si ritrovano a cicalare: «Cucci-cucci», quando hanno di fronte un neonato?

Mentre uscivamo dall'aeroporto e imboccavamo la San Diego Freeway, chiesi a mio padre: «Che te ne pare di Jesse? Non è bellissimo?».

«Non sono vecchio», disse mio padre, ignorando la domanda.

«Non sei neanche giovane. Hai settantasette anni».

«Non è il posto per me».

«Ti potrebbe piacere. Avrai un sacco di compagnia. Ultimamente non hai avuto una vita molto piena, no? Voglio dire, cosa fai tutto solo?».

«Mangio sandwich al formaggio filante. E ogni tanto mi scopo la tizia del ristorante cinese».

«Papà, per l'amor del cielo, c'è Jesse dietro».

«E allora? Io ho dodici anni», intervenne Jesse.

«Non mi portare lì, Evie».

«Devi andarci».

«Perché?», chiese Jesse.

«Stai buono, Jesse. Io penso che ti piacerà».

«Tua sorella è proprio un bel tipo. Prova a dire di no a Georgia. Potrebbe comandare l'esercito israeliano».

«Sei fortunato ad avere Georgia», dissi. «Georgia è straordinaria».

«Già». Le sue labbra iniziarono a fremere e tremolare come al solito. Feci partire la cassetta. *Gypsy*. Nessuno può piangere quando Ethel Merman canta.

Vidi la bocca di mio padre che si muoveva. Abbassai la musica. «Cosa c'è?».

«Ella Fitzgerald è viva?».

«Sì», risposi.

Lui annuì. Alzai di nuovo il volume. Meno un'ora e quindici minuti.

Quando entrammo nella casa di riposo erano più o meno le cinque e mezza, che, lo scoprii in quel momento, era l'ora di cena. La grande sala aperta dietro l'atrio era quella dove mangiavano e c'erano quattro teste grigie a ogni tavolo. Mio padre s'immobilizzò di colpo, come un vecchio procione che sa il fatto suo: riconosce il pericolo quando lo fiuta. Iniziò a retrocedere e andò a sbattere contro Jesse, che lanciò un urlo.

«Salve, signor Mozell. Sono la sua assistente, Angie». La persona perfetta per quel lavoro, morbida e tonda, un muffin, saltò fuori dal bancone all'ingresso e gli tese la mano. «Sono così felice di conoscerla».

«Non posso dire lo stesso».

«Le ha risposto davvero così?», disse Joe più tardi, quando io e Jesse arrivammo a casa e ci precipitammo subito nel suo studio.

«Non dirmi che sei sorpreso».

«No. Ma ha ancora le rotelle al loro posto».

«Le rotelle gli girano in testa in modo un po' casuale. Sono come gli ingranaggi di un macchinario. Ogni tanto una rotella gira nel verso giusto e allora si accende una luce, ma di solito girano in modo completamente casuale».

«Oddio, mamma».
«Non mi criticare».
«Mamma, stai paragonando l'uomo che ti ha dato la vita a un macchinario».
«Tu non capisci».
Rimanemmo lì, con Joe che pigiava distrattamente i pulsanti del suo registratore, producendo una specie di musica ritmata con "Stop" e "Rewind".
«Perciò adesso è lì e sta bene», disse Joe alla fine.
«Non lo so se sta bene. Lo abbiamo lasciato nella sua stanza, seduto sul letto singolo. Semplicemente seduto lì, con i piedi a terra».
«Sembrava la cella di una prigione», disse Jesse.
«Non direi proprio. C'era una parete quasi tutta di vetro e la carta da parati era...».
«Allegra?», suggerì Joe.
«Esattamente. A fiori».
Jesse si mise un dito in gola.
«Abbiamo tirato fuori il suo proiettile dalla valigia e lo abbiamo sistemato sul cassettone, dove può vederlo».
Jesse si strinse lo stomaco e simulò un conato di vomito.
«Basta così, Jesse. Mio padre ha un bagno tutto per sé... e un telefono tutto per sé, purtroppo».
«La città degli zombie», disse Jesse.
«Be', vuoi che venga a vivere qui?», sbottai.
«Qui! Non mi ha neanche detto ciao». Jesse balzò in piedi. «Io vado da Matt».
«Chi ti ci porta?».
«Sua madre. Aspetto fuori. La porta la vuoi chiusa o aperta?».
«Chiusa», rispose Joe.
«Okay». Jesse chiuse la porta. Lo sentimmo canticchiare mentre percorreva il corridoio: «"Morti, tombe, morti!

Fuori l'immortizia! L'immortezzaro! Li prendo caldi!". "Ci avrei questo". "Non so' morto"».

«Parole adattissime...», disse Joe, mentre il telefono squillava.

Risposi io. «Pronto».

«Ehi, Evie», disse mio padre. «Ehi, Evie, sono tornato».

* * *

La prima volta che io e Jesse lo lasciammo alla casa di riposo ebraica, ero così grata di essere riuscita a uscire di lì che gli promisi che sarei andata a trovarlo tutte le settimane. Quando arrivammo alla macchina nel parcheggio, però, iniziai già a chiedermi perché diavolo lo avessi detto e mentalmente cambiai la mia promessa in una volta al mese. In realtà ci andavo più o meno ogni sei settimane. Mi dirigevo lì sempre con lo stesso pensiero: tra un'ora e mezza sarà finita. Facevo il conto alla rovescia, da quando lo salutavo, mentre pranzavamo al locale all'angolo, dove lui faceva il cascamorto con la cameriera, fino a quando lo riportavo alla casa di riposo. Nei quattro anni successivi quella era stata la nostra routine.

«Le ha fatto l'occhiolino con un pezzo di cavolo che gli penzolava dal mento». Riferivo i particolari a Georgia o Madeline. Le cameriere iniziavano a farsi indietro non appena noi entravamo. Ne avevo addirittura vista una spingere avanti un'altra perché ci facesse accomodare e lei si era rifiutata: «Non ci penso neanche». Mio padre non se ne accorgeva. Parlava all'infinito di Georgia di fronte ai loro sorrisi di circostanza e poi del proiettile, di *Ghosttown*, di Maddy. «Ho una figlia che è una grande direttrice di giornale e un'altra che è una grande attrice». Poi indicava me. «Non so cosa fa, ma è un pezzo grosso anche lei».

«Complimenti», mi diceva di solito la cameriera.

«Grazie». Meno trenta minuti.

Maddy diceva che lei non sarebbe andata da qualche parte con lui neanche sotto tortura. Gli portava uno *schnecken*, un caffè e una registrazione recente della sua soap. La guardavano insieme sul grande televisore della sala comune, con mio padre che richiamava l'attenzione di tutti quelli che passavano di lì agitando la mano. «Lui si diverte un sacco e io non devo parlare», spiegava Maddy.

Tutte le volte che andavo a prenderlo c'era una fila di residenti seduti all'ingresso. Frances, che aveva un deambulatore e i tubi dell'ossigeno, era la mia preferita. Mi dicevo sempre che sarebbe stato bello se fossi andata a trovare lei, perché lei mi chiedeva sempre come stavo. «Come stai, cara?». Lo diceva in un modo dolcissimo. Mentre stavo rispondendo, mio padre grugniva: «Usciamo di qui». Alla tavola calda ordinava sempre la stessa cosa: un sandwich con manzo sotto sale e una Coca-Cola. Un giorno, mentre teneva il bicchiere in una mano e il sandwich nell'altra, mi accorsi che tremava e la Coca e il sandwich oscillavano come maracas. Non riuscii a trattenermi e allungai le mani per fermare le sue. Era la prima volta che lo toccavo volontariamente da quando era tornato nella mia vita e la prima volta dal quinto compleanno di Jesse che provavo compassione per lui. Era una reazione istintiva, ecco tutto. Niente di personale. Chiunque avrebbe potuto reagire così di fronte a un ottantenne che era praticamente in preda agli spasmi. Ma nell'attimo in cui lo toccai, provai un brivido: in un attimo mi ritroverò a tavola accanto a lui. Buon Natale. E buon anno.

Lo lasciai andare, lo lasciai andare con uno spasmo a mia volta, come se avessi infilato un dito nella presa della corrente, e misi le mani sotto il tavolo, nascoste, dove potevano stare ferme, l'una sull'altra.

Ogni volta che portavo fuori mio padre, avevo paura di sentire il suo odore. Cercavo di non stargli troppo vicino e di non respirare profondamente. Aveva ciuffi di peli che gli uscivano dalle orecchie e sempre più tagli sul mento, finché alla fine Angie non gli tolse il rasoio e iniziò a raderlo lei. Il naso e le orecchie gli s'ingrandirono, facendogli rimpicciolire il resto della faccia. E i capelli radi sembravano diventare più ispidi. Gli stavano ritti in testa, ammassati in ciocche appuntite, finché Angie non iniziò a pettinarlo. A quel punto, con ciò che rimaneva dei suoi capelli allisciati e perfettamente divisi da una riga al centro, sembrava la persona più anziana che avesse mai frequentato il catechismo domenicale.

«Si è tolto i denti nel bel mezzo del pranzo e poi se li è rimessi», dissi a Georgia. «Non sapevo che portasse la dentiera».

«Ci si potrebbe fare un articolo», commentò Georgia.

«Sulle dentiere?».

«No, sulle sorprese».

«Odio le sorprese».

«Ovviamente. Altrimenti perché avresti chiamato la tua agenzia No Surprises? Sai, Stephen dice che c'è un qualcosa in ognuno, un atteggiamento o una qualità, che la definisce. Una persona potrebbe basare un'analisi intera semplicemente parlando di quell'unica cosa nello specifico. Dirò a Stephen di fare la prossima rubrica su questo argomento. Può intervistarti? Perché credo che nel tuo caso questa cosa siano le sorprese».

«Non voglio comparire sulla rivista».

«Perché no?».

«Non voglio e basta».

«Va bene. Ma ti divertiresti a parlare di te. Povero papà. Deve essere davvero disgustoso».

«Detesto toccarlo».

«Eve, non devi fare altro che andare a pranzo con lui una volta ogni tanto. Ci sono persone che fanno il bagno ai loro genitori anziani».

«Preferirei morire».

Ogni tanto, nel corso del suo quarto anno alla casa di riposo, poco dopo che aveva compiuto ottantun anni, notai che mio padre cominciava a inclinarsi quando camminava, come una persona sferzata dal vento. Trotterellava, i piedi che cercavano di tenere il passo rispetto alla parte che lo precedeva, ma siccome non ci arrivavano mai, trotterellava sempre più in fretta. Sarebbe caduto in avanti? Aveva bisogno di sicurezza. Aveva bisogno di persone davanti a lui che tenessero una rete, dei clown, forse. Un giorno, mentre percorrevamo la breve distanza dall'ingresso della casa di riposo al punto in cui era parcheggiata la mia macchina, si fermò, ondeggiò come un birillo da bowling che sta decidendo se andare giù oppure no e mi chiese con voce lamentosa se potevo andare a prendere la macchina. «Certo», dissi. Meno quarantaquattro minuti.

Alla tavola calda c'era una nuova cameriera che non ne sapeva abbastanza per essere terrorizzata alla vista di noi due. Era in piedi davanti al bancone ed era tutta intenta a scarabocchiare con una matita su una copia della rivista «Sassy». Non appena ci fummo seduti, la chiuse bruscamente, si mise la matita dietro l'orecchio e corse da noi. «Stavo facendo un test. "Quanto sei risoluta?". Non molto». Ridacchiò.

«Chi sei?», le chiese mio padre.

«Debbie». Indicò il badge appuntato sulla divisa. «E oggi compio diciannove anni. Volete farmi gli auguri?».

«Tanti auguri», dissi io.

«Grazie».

Mio padre aveva un'espressione imbronciata: le labbra arrotolate come se qualcuno ci avesse infilato sotto dei dischetti di cotone, le spalle curve e gli occhi socchiusi. Se avesse fatto il test sulla risolutezza della cameriera, avrebbe battuto tutti i record. Concentrammo immediatamente entrambe la nostra attenzione su di lui.

«Scommetto che non sai chi era il mio migliore amico», disse.

«Chi?», chiese Debbie. «Voglio dire, qualcuno che conosco?».

«John Wayne. Ho scritto tre film per lui e lui mi ha regalato la sua pistola. Si sfilò il revolver a sei colpi dalla fondina e me lo diede».

«Chi è John Wayne?», chiese lei.

Mio padre le lanciò addosso il bicchiere pieno d'acqua.

Io scattai in piedi. «Mi dispiace, mi dispiace». Mi diedi da fare, raccogliendo cubetti di ghiaccio da terra. «Credo che oggi mio padre sia nervoso». Pazzo, avrei voluto aggiungere. Malato di mente, ma non potevo. Provavo una specie di lealtà nei suoi confronti.

Debbie rimase lì basita, con l'acqua che le gocciolava giù dal mento.

«Sono davvero spiacente per quello che è successo». Le allungai qualche tovagliolo di carta perché potesse asciugarsi. Non mi guardai intorno; anzi, tutto scomparve, a eccezione di mio padre, che se ne stava seduto in silenzio come se quella faccenda non avesse niente a che fare con lui. «Vieni, papà, ce ne andiamo».

«Eh? Abbiamo mangiato?». Prese un pezzo di cavolo sott'aceto da una ciotolina sul tavolo, se lo infilò in bocca e iniziò a masticare.

«No, non abbiamo mangiato, alzati». Usai la mia voce

più autoritaria, lo presi per un braccio e lo tirai su. Il resto del suo corpo lo seguì con reticenza. Sentii il peso morto di ogni chilo. «Muoviti, andiamo via». Lo guidai verso la porta e, grazie al cielo, si mise a trotterellare in quel suo modo follemente inclinato nella direzione giusta, stringendo in mano un pezzettino residuo di cavolo sott'aceto.

Una settimana più tardi Angie mi chiamò per dirmi che c'era qualcosa che non andava.

«Qualcosa più del solito, intende dire», scherzai io.

Angie non rise. Mi spiegò che aveva dato un pugno al suo vicino di stanza. Nessuno sapeva perché. Era così malfermo sulle gambe che lo avevano messo su una sedia a rotelle. «E non mi riconosce», aggiunse. «Bisogna farlo visitare».

Chiamai le mie sorelle. «Lo stanno per mandare alla UCLA. Al reparto di psichiatria geriatrica. È... oddio, come si dice quando non sai chi sei o dove ti trovi?».

«Disorientato», rispose Georgia.

«Esatto. È disorientato. Sta per finire di nuovo in manicomio».

Dieci

«Dove sei?».

«Di fronte a un ristorante che si chiama Patty's Pie Place».

«Che è successo al telefono della tua macchina?».

«L'ho lasciato a casa apposta».

«Il giorno della festa?».

«Kim, dimmi come devo fare per arrivare alla Nixon Library da qui. Ho sbagliato strada al bivio».

«John Gerity sta avendo una crisi di nervi. Leon dice che il forno a microonde non funziona e ha bruciato un fusibile cercando di attaccare la sua piastra».

«Dimmi solo come arrivare lì, Kim».

* * *

All'ingresso del parcheggio un cartello annuncia: «STASERA FESTA PRIVATA». Come ho fatto a non vederlo? Come ho fatto a passare davanti alla Nixon Library e a non notarla, insieme al gigantesco geyser che si innalza dal laghetto artificiale?

Anche se è tardo pomeriggio e la festa non inizierà prima delle sette e mezza, sono già vestita e pettinata e ho con me una borsa contenente ogni genere di prodotto da ritocco. Ho portato persino uno smacchiatore, non per mobili, ma per i miei vestiti. Sto cercando di essere pronta a ogni evenienza. Chi può dirlo? Un po' della salsa di prugne dei ravioli Grande Muraglia Cinese di Leon potrebbe finirmi addosso. Devo apparire al meglio delle mie possibilità per Madge e per chiunque altro volesse ingaggiarmi. Questo è ciò che mi sono detta quando ho infilato in una borsa prodotti di bellezza di tutti i tipi e l'ho messa nel portabagagli della macchina insieme alla mascherina distrutta.

Attraverso il parcheggio a passo svelto per quanto mi consentono i tacchi e il tentativo di mantenere comunque un contegno dignitoso. Attraverso le porte di vetro vedo Kim. Non è seduta, anche se c'è una sedia proprio davanti a lei. Si è allungata per arrivare al tavolo e sta riempiendo dei sacchetti con la velocità e l'isteria che associo alle persone lasciate a briglia sciolta in un supermercato che hanno cinque minuti per prendere tutto ciò che possono. Butta dentro alcuni gadget, come una bottiglietta di colonia, una grande busta gialla contenente informazioni vitali – il programma della serata, una piantina della biblioteca, una brochure dell'Istituto di Otorinolaringoiatria di Pasadena e così via – e da ultima una rosa bianca il cui stelo è infilato in una piccola provetta di plastica piena d'acqua. Lascia cadere il sacchetto in uno dei grandi cestini di vimini ai suoi piedi.

«È tutto sotto controllo?».

«Per favore, licenziami», dice Kim.

«Ti licenzierò domani».

Kim soffia verso l'alto nel vano tentativo di spostarsi i capelli da davanti agli occhi mentre le sue mani, con il pilota automatico, continuano a riempire i sacchetti. «Hai la cerniera della gonna aperta».

«Oddio». Tiro su la cerniera, ma… «Si è inceppata. La camicia ci è rimasta incastrata».

Kim fa il giro del tavolo e inizia a tirare la cerniera. «Tira dentro la pancia, come sta tuo padre?».

Mi limito ad agitare la mano davanti al viso. Il significato è chiaro: adesso non voglio pensarci.

«Madge sta arrivando», riprende Kim, «ma vuole che la chiami ora, sul telefono della macchina. Ecco qui, è a posto». Mi tira su la cerniera. «Puoi usare il telefono del negozio del museo».

«Dov'è la lista degli invitati che hanno confermato?». Lo dico con lo stesso tono con cui potrei chiederle se ieri sera ha visto un certo programma alla tv.

«Nella mia valigetta. Sul retro, negli uffici».

«Per favore, puoi andare a prenderla?».

«Prima preferirei finire di riempire questi sacchetti».

«Kim, voglio quella lista».

«Perché? C'è qualcosa che non va?».

«Vai a prendermela e basta. Adesso».

«Certo, non c'è problema».

«E chiedi una tovaglia a Leon. Questo tavolo è la prima cosa che le persone vedono quando arrivano e ha un aspetto orribile».

«Signora Mozell?».

Mi volto.

«John Gerity». Mi tende la mano come potrebbe farlo un soldatino giocattolo, il braccio piegato all'altezza del gomito, la mano rigida.

Questo tizio è magro, rapido e sbrigativo. Non spreca né parole né espressioni. La sua bocca riprende la posizione di riposo subito dopo che ha finito di parlare. I suoi vestiti sono impeccabili. Di sicuro non spiegazza i pantaloni cachi neanche quando si siede.

«Mi hanno detto che il suo gruppo di mariachi è fantastico», gli dico.

Vengo ricompensata da un sorriso arcigno, che scompare quasi prima che io possa vederlo. «Io sono i Citrus Singers».

«Oh, ma certo, mi scusi. Torno subito da lei». Mi segue nel negozio del museo.

«Salve, Madge».

«Eve, cara». In sottofondo sento il rumore dell'autostrada.

«C'è qualcosa che non va?».

«Sono stata sveglia tutta la notte».

«Anch'io», dico, pensando a come ho vagato per le strade buie di Los Angeles gridando: «Buddha, Buddha». Poi mi sono messa a letto troppo esausta per leggere, troppo nervosa per dormire, finché finalmente non ho staccato tutti i telefoni.

«Questi eventi sono proprio ansiogeni... dico bene? Credi che abbiamo commesso un errore nel non prevedere i badge con i nomi?».

«No, non credo».

«Ma è così rassicurante avere i badge con i nomi! In questo modo non c'è mai un momento in cui non ti ricordi un nome».

«Questa sì che sarebbe un'esperienza emozionante, ma adesso è troppo tardi per farlo».

«Ho dei badge in macchina».

«Madge, per favore».

«Lo so. Scordati che l'ho detto. Sono proprio un'apprensiva patologica. Come sta tuo padre?».

«Sta... morendo».

Gerity alza lo sguardo dal libro che sta fingendo di sfogliare. «Non sappiamo quando». Poi mi sento aggiungere con una voce allegra: «La morte ha un'agenda tutta sua».

«Che pensiero profondo», dice Madge. «Devo ricordarmelo. Quando mio padre è morto, ho pensato: "Be', Madge Turner, adesso sei un'orfana"».

«Quanti anni avevi?».

«Cinquantadue. La cosa terribile è questa. Quando i tuoi genitori muoiono», abbassa la voce fino a farla diventare un sussurro, anche se è da sola in macchina, «non resta niente a separarti dalla morte». Di nuovo la voce normale: «Tua madre è viva?».

Non ho esitazioni. «Non proprio».

Madge non coglie l'ironia della mia affermazione. «E allora presto sarai un'orfana anche tu».

«Direi di sì. Adesso è meglio che io vada. Devo occuparmi dei Citrus Singers».

«Va benissimo, cara. A presto. Sono solo a qualche albero di avocado di distanza».

Riaggancio. «Kim mi ha detto che è arrabbiato», dico a Gerity. «Qual è il problema?».

«Glielo mostro».

Mentre attraversiamo il museo si unisce a noi una dipendente di nome Victoria con una giacca blu da repubblicana. «Sono qui per aiutarvi, non avete che da chiedermelo», dichiara. Passiamo davanti alle ricette a base di frutta e verdura della famiglia Nixon, davanti alla medaglia come miglior oratore vinta da Nixon all'università, davanti alla station wagon a bordo della quale si spostava quando era candidato al Congresso. Ogni spilletta di ogni campagna elettorale, ogni aspetto della sua vita è documentato. Da televisori di epoche diverse Nixon sta pronunciando i discorsi che aveva pronunciato allora. «Pensate che a Julie e Tricia tutto questo piaccia?», chiedo.

«Certamente», risponde Gerity.

«E a chi non piacerebbe», aggiunge Victoria. «Qui il loro papà vivrà per sempre».

Ci fermiamo nella sala delle Leggende Viventi, dove sono esposte le statue di de Gaulle, Golda Meir, Zhou Enlai. C'è un cartello che ci dice di premere il pulsante di una leggenda per sentire che cosa ne pensava il presidente Nixon. Gerity appoggia la mano su una foto di de Gaulle. Sentiamo la voce di Nixon.

«Direi che è quasi amichevole».

E quali parole memorabili ricorderò io? «Tua sorella è una stronza. Sono suo padre, lo posso dire».

«Vede qual è il problema». Le labbra di Gerity si stringono e poi si corrucciano come se le stesse usando per spingersi da un bordo all'altro di una piscina. «Vede qual è il problema», ripete.

Lo vedo.

«Se qualcuno preme un pulsante e Nixon parla, coprirà i nostri canti e le nostre danze».

«Almeno abbiamo una cartuccia da sparare. Non è molto ma è pur sempre qualcosa», dico io.

«Sta parlando della Colt calibro quarantacinque della seconda guerra mondiale e dei sei proiettili d'argento che Elvis regalò al presidente?», chiede Victoria.

«Sì», mento io.

Lei sorride. «Bene, perché proprio lì davanti c'è un posto perfetto per cantare e danzare».

Stiamo andando verso la Colt quando Kim arriva di corsa con la lista degli ospiti che hanno confermato. «Spostiamo i Citrus Singers di fronte alla pistola», le dico. Inizio a sfogliare le pagine, controllando la lista. H, I, J, K. Kalawitz, Keefe, Kerlin.

Il cercapersone di Victoria si mette a suonare. Lei si porta il walkie-talkie all'orecchio. «C'è un'altra chiamata per lei», annuncia.

«Oddio, è morto».

«Sì», dice lei mestamente. «È sepolto sul retro con Pat».

Sgancio la cornetta di un telefono a muro. «Pronto?».

Si sente un rumore di elettricità statica. Poi una voce maschile dice: «Accidenti, ma Mitchell aveva anche solo la minima idea di quello che stava succedendo?».

«Mitchell? Ma chi parla?».

Victoria mi toglie la cornetta dalle mani. «Questo non è un telefono vero. Questo telefono riproduce la famosa telefonata schiacciante del presidente con Haldeman. Organizzare questi eventi strapazza anche me».

Vecchie telefonate, perfettamente conservate? Questo è un museo degli orrori.

Mentre prendo il telefono portatile di Victoria, continuo a scorrere la lista. Klein, Kolter, Kraven. Concentrarmi sulla lista mentre rispondo al telefono aiuta. M'impedisce di preoccuparmi per ciò che mi aspetta dall'altro capo della linea. «Pronto?».

«Sono di nuovo Madge».

«Ma non sei ancora arrivata?».

«Oh cielo, sì, sono nell'atrio. Non volevo attraversare tutto il museo per raggiungerti e così ti ho chiamato».

Krupp, Kubalik e alla fine trovo il suo nome. Trovo quello che spero. «Madge?».

«Sì, cara».

«Credo che sia meglio se prepariamo i badge con i nomi».

Vedo Kim che mi lancia un'occhiataccia. Spalanca la bocca. Si sventola con una mano. «Non abbiamo tempo, non possiamo assolutamente».

«Che splendida idea», esclama Madge. «Vado a prenderli subito nel portabagagli».

Mi avvio verso l'atrio. «Ti aiuto a compilarli», le dico.

«È assolutamente impossibile riuscire a fare centinaia di...». Kim mi sta inseguendo.

Mi giro. «Daremo tutti una mano». Un segnale di stop. A differenza di Jesse, lei lo rispetta.

* * *

Due ore dopo i badge con i nomi sono pronti e i primi medici stanno sciamando nella biblioteca e si stanno dirigendo verso il tavolo a cui sono sedute Kim e Victoria con i badge e la lista. Dopo essermi rinfrescata usando tutti i miei prodotti di bellezza, mi aggiro dietro il tavolo, sforzandomi di sentire i nomi, ma John Gerity pretende che ai Citrus Singers la cena venga servita adesso e Leon corre da me per protestare che non c'è abbastanza da mangiare. Mentre cerco di affrontare quest'emergenza, mi accorgo che adesso i medici arrivano a frotte, troppi e troppo in fretta perché se ne possa tenere traccia.

Forse Omar è grasso. Forse è alto un metro e deve salire su una sedia per poter manovrare i suoi laser.

Devo dare un'occhiata alla lista delle presenze. Devo controllare se mi è sfuggito. «Prenditi una pausa», dico a Kim. Il suo sguardo però vaga. Abbandona il mio viso e scivola al di sopra della mia spalla. Un'espressione sognante la travolge e le sue labbra si schiudono, quasi involontariamente. Mi giro.

«Devo darle il mio nome», dice.

Allontano Kim con una gomitata – in realtà per poco non la butto giù dalla sedia –, afferro una matita e la tengo puntata sul foglio, preparandomi a barrare il nome che già conosco. Riesco a sentire il battito del mio cuore, così forte che potrebbe uscire dagli altoparlanti dell'impianto stereo. Lo sente anche lui? Tutti questi otorinolaringoiatri inizieranno a spostarsi da una parte all'altra della Nixon Library seguendo il battito impazzito del mio cuore? «Sì, per favore, qual è?».

E ora che ha sentito la mia voce, mi riconosce anche lui. Adesso dirà: «Eve» con quel suo tono vellutato.

«Sono il dottor Kunundar. Omar».

E va bene, non mi ha riconosciuto, ma non sapeva che sarei stata qui. Controllo la lista fingendo di non sapere che c'è.

Gli allungo il badge e lui sorride. La temperatura sale di trenta gradi.

Ho descritto il suo aspetto?

Ha esattamente l'altezza richiesta per un'eleganza disinvolta. La sua pelle è liscia e morbida, color caffellatte, i capelli folti e di un nero corvino. Non dirò niente dei suoi zigomi o della mascella importante, ma i suoi occhi castano scuro sono laghi in cui si potrebbe annegare. E ha i baffi eleganti di un giocatore d'azzardo che in tasca ha solo dollari d'argento e fa solo puntate molto alte. Lui però non è un giocatore d'azzardo, è un ladro. È il bandito che arriva a cavallo da tanto, tanto lontano. E io sono davanti alla porta del vecchio saloon.

È anche solo. Com'è possibile?

«Kim, ti dispiace sostituirmi?», le dico come se avessi lavorato per ore.

Lo seguo a distanza. Una distanza discreta, almeno all'inizio.

"Ordinerà una vodka, liscia", mi dico mentre va verso il bar. Una vodka con un nome: Absolut, o magari quell'altra. «Succo di pomodoro», dice lui. Mi avvicino.

I Citrus Singers iniziano a danzare sulle note di *California, Here I Come*. Se Joe fosse qui, li bombarderebbe di domande. Che cosa vi ha spinto a provare la danza con gli zoccoli? È una passione di famiglia? Gli zoccoli di legno fanno male alle dita dei piedi? Se vivete in un appartamento, il rumore degli zoccoli infastidisce i vicini?

«Vuole bere qualcosa?».

«Chiedo scusa?». Mi ha davvero rivolto la parola e io non l'ho neanche sentito.

«Vuole bere qualcosa?».

«Sono Eve Mozell. Mio figlio è quello dell'incidente».

«No!». È la reazione stupefatta dei miei sogni.

«Ho organizzato io questo evento. È di questo che mi occupo».

«È destino», dichiara solennemente.

«Sono sposata».

Vorrei morire quando sento queste parole che mi escono di bocca all'improvviso, ma lui scoppia a ridere. «E allora è una tragedia per me. Ma dobbiamo parlare».

Si guarda intorno, ma non c'è nessun posto dove sedersi. I divani di fronte allo schermo che mostra i dibattiti tra Nixon e Kennedy sono pieni. Mi prende sottobraccio. «Un attimo, che cosa vuole bere?».

«Vino bianco».

«Ma certo». Lo dice come se il vino bianco fosse adatto a me, soltanto a me. Come se avesse scoperto qualcosa di profondamente rivelatore. Il barman glielo tende; lui lo allunga a me. Poi mi trascina lungo il corridoio. Mi guida con fare sicuro tra la folla. La sua competenza mi soggioga. Inizio a invidiare i suoi pazienti. Inizio a desiderare di dover subire un'operazione al naso.

«Eccoci». Si ferma alla sala del "Chiedilo al presidente". Entriamo, superando i computer con i pulsanti per selezionare le domande e andando verso le file di sedie di fronte a un grande schermo dove compaiono le risposte registrate di Nixon. Questo posto ipertecnologico non è dove dovremmo essere, ovviamente. Dovremmo essere fuori, sotto un salice piangente, illuminati dalla luna piena. Dubito che ci sia un salice piangente a Yorba Linda, anche se c'è sicuramente la luna. Persino Yorba Linda riesce ad avere la luna.

Il dottor Omar Kunundar mi guida verso due sedie alla fine della prima fila, il posto più appartato possibile, e aspetta che io mi sieda prima di farlo a sua volta. Tiene gli occhi castani fissi su di me. «Come sta?». È la domanda più significativa che mi sia mai stata rivolta.

«Sono molto triste». È un sollievo dirlo ed è un sollievo sentire per la prima volta che non c'è niente di pericoloso in questo sentimento. Non mi travolgerà come un'onda in mezzo al mare.

Lui annuisce con aria comprensiva. «Lei vuole molto bene a suo padre».

«No. Non è vero. Come potrei? Come potrei mai?».

«Questa è una domanda molto profonda», dice Omar.

Ci riflettiamo su.

Alla fine sospira, un sospiro che implica una ricerca intensa, dalle conseguenze tragiche.

«Cosa?», gli chiedo.

«Lei pensa che l'amore sia una cosa sana. È questo il problema».

«Be', ovvio, non è così?».

«Lei crede che il modo in cui vuole bene a suo marito o a suo figlio sia l'amore. Quest'altra cosa, cosa potrebbe essere? Come potrebbe voler bene a questo…».

«Pazzoide?».

«Che bella parola, non me la dimenticherò mai».

«Questo pazzoide egoista», aggiungo orgogliosamente.

«Sì, questo pazzoide egoista. L'uomo del tumulto».

«Tumulto?».

Omar sorride e intorno agli occhi gli si formano delle rughe gentili. Queste piccole rughe di interesse mostrano ore passate al capezzale dei pazienti, a spiegargli le loro radiografie, le loro cavità nasali congestionate, i loro setti deviati. «Ecco perché ho lasciato la Persia», continua. «L'Ayatollah ama il tumulto. Tutti devono essere sempre agitati. È il suo pane quotidiano. Lo mangia a colazione. Suo padre ha un grave caso di tumultite, anche se non grave come l'Ayatollah».

«Anche Nixon andava pazzo per il tumulto».

«E allora è perfetto essere qui». Alza il bicchiere di succo di pomodoro. «Alla sua tristezza».

«Alla mia tristezza». Facciamo tintinnare i bicchieri. Festeggiamo il mio dolore. Brindiamo come se fosse un successo.

Omar non mi stacca gli occhi di dosso, anche mentre beviamo.

«Come sta suo padre adesso?».

«Era tornato alla casa di riposo, ma adesso è a Tomorrowland».

«Prego?».

«È stato trasferito in un ospedale, in un reparto dove vengono ricoverati tutti gli anziani. Stamattina ho parlato con il medico. Ha detto che i reni di mio padre stanno smettendo di funzionare e che è privo di conoscenza. L'ho appena definito Tomorrowland perché è dove finiremo tutti… se siamo fortunati».

«Non capisco».

«Voglio dire che se viviamo abbastanza a lungo, è lì che moriremo».

«Sì», dice Omar, «è una strana ricompensa. Quando ero specializzando, ho lavorato in un reparto come quello dove sta suo padre e ogni giorno immaginavo di visitare una civiltà antica. Tutti quei...». Alza le mani impotente, la parola gli è sfuggita.

«Reperti?», dico.

«Come ha fatto a capire che è quello che non so?».

Faccio spallucce con modestia.

«Reperti». La sua lingua fa rotolare la *r* per poi adagiarla su un letto. «Reperti viventi». Seduce di nuovo la *r* e prosegue come se la conquista non significasse niente. «Nascondono segreti e saggezza, ecco cosa penso. Cosa potrebbe raccontarle suo padre?».

«I suoi rimorsi». Rido e Omar mi lancia un'occhiata strana. «Mi scusi. La sua vita deve essere un unico grande rimorso... tutti quei ricoveri perché beveva e perché era pazzo, mai un pensiero in quella testa che non sia saltato fuori. Sa, quando penso alla morte dico spesso ovvietà. Rimorsi, che cosa convenzionale. Voglio che abbia rimorsi, ecco cosa voglio».

«Vuole che lui si vergogni della sua crudeltà», dice Omar senza giudizi.

«No, in realtà no. Se avesse vergogna sarebbe una quantità troppo grande di sentimento riversata nella mia direzione. Lui assomigliava di più a un'inondazione che a un padre».

«Ci rifletta attentamente. Che cosa vuole?».

Tra di noi s'instaura un silenzio piacevole.

«Qualcosa che mi permetta di non avere paura della morte», rispondo.

«Ah, vuole saggezza e conforto».

«Ciò che non ho mai avuto in vita mia».

«Già, è difficile averli da un pazzoide». La parola lo fa ridere. «Ma non è ancora la fine. Forse avrà una sorpresa».

«Spero di no». Lo dico con una sincerità tale che lui ne è sorpreso.

«Eve». Mi dà un buffetto sul naso. «Credo che sia il contrario della morte a farle paura».

Questo mi fa sentire strana. Ciò che dice. La sua dolcezza. Il buffetto sul naso che sembra perdurare, anche se la sua mano è già tornata a posarsi sulle sue ginocchia.

Guardo lo schermo, dove adesso la domanda dice: «Lei ha conosciuto Elvis Presley. Come lo descriverebbe?». E Nixon, preservato sul nastro con un aspetto sano e un'aria cordiale quando in realtà è sepolto sul retro con Pat, risponde: «Ci sono persone che dicono che non poteva essere un esempio per i giovani perché si drogava, ma trascurano il fatto che non ha mai usato droghe illegali, solo sostanze prescritte dal suo medico».

Penso che Joe andrebbe pazzo per questa sala. Tutte queste domande con le loro risposte assurde. Lo manderebbe in visibilio.

Scatto in piedi. «Credo che sia meglio che io vada a controllare se è tutto a posto».

«Mi dispiace saperlo». Omar sorride di nuovo e a me gira la testa. Stringo lo schienale della sedia per recuperare l'equilibrio.

«Sono qui per motivi di lavoro».

Si alza. «Sì, anch'io ho da fare. Penso di dovermi sciogliere».

«Vuole dire mescolarsi agli altri?».

«Sì, mescolarmi».

Gli tendo la mano. «Mi ha fatto tanto piacere conoscerla. E sua madre è una persona straordinaria. La saluti da parte mia». Ci stringiamo la mano, ma lui non lascia andare la mia.

«Lei è una persona cordiale», dice.

«Grazie».

«Perché ho l'impressione che questa cordialità sia una

cosa che ha preso da suo padre?». Mi fa il baciamano. «Arrivederci, Eve».

E scompare. Se ci fosse stata una foschia lo avrebbe avvolto. Invece viene risucchiato da un gruppo di danzatori che sono in pausa cena.

* * *

«Allora?», chiede Kim, mentre aspettiamo che Leon finisca di caricare l'attrezzatura da cucina sul suo furgone.

«È stato un successo».

«Non la festa, non è questo che intendo. Il medico con cui parlavi. Chi era? Cosa voleva?».

«Credo che fosse qui soltanto per me. Lo ha mandato qualcuno». Non aspetto che mi chieda: «Chi?», visto che non ho una risposta. «Grazie, Kim, sei stata fantastica come al solito. Grazie di tutto. Ci vediamo lunedì».

«Ma Eve...».

«Ciao, Kim». Corro verso la mia macchina. «Grazie ancora», grido, ma il vento che si è alzato riporta le mie parole da me. Me ne accorgo perché Kim si avvia verso la sua macchina e non si guarda indietro. Non può sentirmi nessuno. Sono tutta sola in un parcheggio a Yorba Linda. Sono tentata di gridare: «Omar». Griderò il suo nome e lascerò che il vento lo porti su fino alle stelle, il posto perfetto per lui. «Omar», oso dire a bassa voce.

* * *

Quando imbocco il vialetto tutte le luci di casa sono accese.

«Eve, sei tu?», grida Joe dalla finestra della stanza da letto e poi spalanca la porta d'ingresso. «Eve».

«Come mai sei tornato? Hai finito con gli alci? Mio padre è morto?».

«No. Oddio, ero preoccupato». Mi stringe tra le sue braccia. «Sei a casa», sussurra. «Lo sai, vero?».

Appoggio la testa sulla sua spalla a mo' di risposta, trovando l'angolino tra il collo e la clavicola che è sempre stato il mio rifugio.

«Non riuscivo a mettermi in contatto con te, perciò sono salito su un aereo», dice Joe. «Perché hai staccato il telefono?».

«Non volevo essere sorpresa. Mio padre ha passato tutta la vita a sorprendermi e io ho intenzione di scoprire che è morto solo quando lo vorrò».

«Mi sembra assolutamente sensato». Joe mi lascia andare quel tanto che basta per ammirare me e la mia saggezza e poi mi stringe di nuovo. Il telefono squilla.

«Lo hai riattaccato?».

«Scusa», dice Joe.

«Be', deve essere morto. Chi altri potrebbe essere all'una di notte?».

«Sta squillando il telefono», grida Jesse da qualche punto al piano di sopra.

«Lo sentiamo», grida Joe a sua volta.

«Rispondo io», dico.

«No, lo faccio io», dice Joe. «Saprai la notizia da me. Così sarà più facile».

Nel frattempo il telefono continua a squillare. «È lo squillo la cosa che ho sempre odiato. Il fatto che sia improvviso», gli spiego.

«La sorpresa», dice Joe. «A volte però sono buone notizie».

«Vero». Adesso siamo in soggiorno e ci stiamo dirigendo verso il piccolo tavolino tondo. Il suono è particolarmente spaventoso e insistente. Per accompagnarlo il telefono dovrebbe vibrare, come succede nei fumetti, con la cornetta che si stacca dal supporto reclamando: «Rispondi».

«Rispondo io», insisto. «Posso farcela. Non è un problema». Prendo la cornetta dalle mani di Joe e, mentre lo faccio, mi rendo conto che ciò che ho detto è quasi vero. «Pronto?».

«Sono la madre di Jennifer».

Ha sbagliato numero, mimo con le labbra in direzione di Joe. «Quale numero sta chiamando?», le chiedo.

«Non è casa Marks?».

«Sì».

«Vorrei parlare con Jennifer».

«Oddio, intende Ifer».

«Intendo Jennifer. Le ho detto di tornare a casa stasera e non si è fatta viva. Potrebbe rimandarmi mia figlia a casa adesso?».

«Con molto piacere». Riaggancio. «La madre di Ifer la rivuole a casa».

La notizia si sedimenta. Alla sola prospettiva dell'imminente partenza di Ifer ci sembra di riprendere possesso della casa. Dovremmo correre da una stanza all'altra saltellando per la felicità. «È proprio un tesoro», dico a Joe. «Mi mancherà tanto».

«Anche a me», dice lui, che è già fuori dal soggiorno e a metà delle scale. «Ifer», grida.

Ifer e Jesse fanno capolino dalla ringhiera.

«Brutte notizie», dico.

«Tua madre ti rivuole a casa», spiega Joe. «E rivuole anche Buddha. Non dimenticare Buddha».

Ifer geme.

«Faresti meglio ad andare. Subito. Jesse, puoi prendere la mia macchina». Joe gli lancia le chiavi.

Ifer scende le scale fiaccamente, a piedi scalzi, con Buddha in braccio e lo zaino di tela sudicia in spalla. A ogni gradino i suoi passi si fanno sempre più pesanti. Alla fine la sua condanna sta per diventare esecutiva: sembra proprio che si stia avviando verso la camera a gas. «Spiritualmente lei non è mia madre», piagnucola. «Se mi buttate fuori sarò orfana».

«No, non è vero». Le do un veloce bacio sulla guancia. «Un orfano è un bambino inglese i cui genitori sono morti durante la seconda guerra mondiale. Oppure un bambino povero in un libro di Dickens che alla fine si scopre ricco. Ecco cos'è un orfano».

«Non tecnicamente, mamma». E di sicuro Jesse ha molto altro da dire sull'argomento, ma Joe chiude la porta.

«Vieni, tesoro». Fa per andare di sopra.

«Joe».

«Cosa c'è?».

«Devo vedere mio padre».

«Ci andremo domani».

«No. Domani potrebbe essere troppo tardi».

* * *

L'ospedale è deserto. Il rumore dei nostri passi nei corridoi e delle porte dell'ascensore quando si aprono è irritante e spaventoso. «Sembra che stiamo svegliando i morti», dice Joe mentre usciamo dall'ascensore. Sul muro ci sono gruppi di numeri di stanze con frecce che indicano tutte le direzioni. Cercare di dedurre dove si trovi la stanza di mio padre sembra un compito di una difficoltà insormontabile.

«So che è una stupidaggine arrivati a questo punto», dico a Joe, «ma voglio parlare con lui».

«Non è una stupidaggine. Be', forse sì», si corregge lui. «È privo di conoscenza, vero?».

«Con i reni che stanno smettendo di funzionare».

Mi stringo al suo braccio, aggrappandomi all'unica sicurezza che ho a disposizione mentre ci avviciniamo alla stanza di mio padre. La porta della sua stanza è chiusa. «Qual è quel quiz dove devi scegliere porta numero uno, porta numero due o porta numero tre?».

«*Il prezzo è giusto*», risponde Joe. «Almeno credo».

«Allora, che cosa c'è dietro la porta? Mio padre in coma o una lavatrice-asciugatrice?».

«Una televisione», risponde Joe. «La sento. E se lui è in coma, chi la sta guardando?».

Ogmed. E chi, sennò?

Joe va verso la postazione delle infermiere, dove c'è una sola infermiera, la testa appoggiata sulle braccia conserte. «Mi scusi?», le dice.

Lei alza la testa e si stropiccia gli occhi iniettati di sangue.

«Siamo qui per vedere Lou Mozell».

«Io sono solo una sostituta», risponde lei. «L'infermiera del piano è in pausa».

«Bene, ma credo che il padre di mia moglie sia privo di conoscenza e ci stavamo chiedendo chi fosse in camera con lui».

Lei fa spallucce. «Una donna».

Oddio, è davvero Ogmed? Chi altri potrebbe essere? Deve aver chiamato alla casa di riposo per sapere come stava, aver ricevuto la notizia ed essere venuta qui. L'Esercito della Salvezza, ecco come si era definita.

«Joe?». Lo prendo per un braccio.

«Cosa c'è?».

«Ti devo parlare».

Mi guardo intorno come un'invasata alla ricerca di un

po' di privacy, ma in effetti in tutto il corridoio ci siamo solo noi. «Ti ricordi quel medico di cui Jesse ha urtato la macchina?».

«Sì».

«Be', ti ricordi che ti avevo detto che mi aveva chiamato sua madre?».

«Questo non me lo avevi detto».

«No? Be', mi ha chiamato. Immagino che si occupi di alcune questioni per lui come una segretaria, perciò mi è capitato di dirle che stavo andando in ospedale e lei si è dispiaciuta per papà ed è venuta a trovarlo. È stata per un po' nella sua stanza a lavorare a maglia e poi ha detto che non avremmo dovuto pagare per la riparazione, perché le dispiaceva per me».

Aspetto di intravedere la sua reazione dall'espressione del suo viso mentre ci pensa su.

«Che strano», dice alla fine.

«Puoi dirlo forte».

«Non dobbiamo pagare? Questa è l'unica cosa che tuo padre abbia mai fatto per noi». Si mette a ridere. «Chi è? Di dov'è?».

«Della Persia».

«Vuoi dire dell'Iran. Gli iraniani dicono sempre che provengono dalla Persia perché pensano che tutti odino l'Iran». Corruga la fronte pensoso. Si passa varie volte la mano sul ciuffo ribelle che si ostina a cadergli sulla fronte. Poi scuote la testa come per dare libero sfogo ai suoi pensieri. Riconosco il processo. È inconfondibile. «Una donna anziana… è anziana?».

«Direi di sì».

«Una donna anziana è al capezzale di un uomo che sta morendo e che lei non conosce?». Adesso gli si rizzano i peli del collo. «Che cosa stava lavorando a maglia?».

«Qualcosa di viola».

«Mi piacerebbe intervistarla».

«Non credo che sia il caso, Joe, e non chiederglielo, per favore, perché penso che sia qui dentro».

«Tu credi che questa donna...».

«Ogmed».

«Pensi che Ogmed sia nella stanza d'ospedale di tuo padre in questo momento? Alle due di notte?».

«Sì».

«Tu sei pazza, Eve». Va verso la porta e la apre.

«*Ssshhh*», dice Maddy, senza spostare lo sguardo dallo schermo della televisione.

È seduta sulla poltrona accanto al letto di mio padre, perciò sono entrambi di fronte al piccolo televisore, che è uno di quelli con il videoregistratore integrato e che lei ha sistemato sul davanzale della finestra. Tiene la schiena inarcata, per cui la sua pancia, che è ancora quasi completamente piatta nonostante la gravidanza, sporge il più possibile all'infuori. «*Ssshhh*», ripete.

Mi rendo conto che sta guardando la sua soap.

È la sua ultima scena. «Papà, guarda», sussurra.

Mio padre è steso supino e ha gli occhi sbarrati. La sua dentiera è appoggiata sul vassoio regolabile del letto. Dei suoi denti veri gliene resta solo uno, un combattente solitario, l'ultimo soldato ad Alamo. È nell'arcata inferiore, proprio al centro. Riesco a vederlo perché il labbro di sotto gli penzola mollemente.

«Sono appena tornata da una vacanza e mi sento alla grande», spiega Maddy, mentre in televisione entra nell'ufficio del suo capo con un regalo, un cactus dal suo viaggio a Santa Fe.

«Non credo di poter accettare», dice il capo.

La Maddy nella stanza s'irrigidisce per l'emozione mentre in TV si gira da una parte all'altra, spostando lo sguardo dal capo alla stagista, una giovane donna sexy, e poi si prende un po' di tempo per fare due più due. «Oh, capisco. Siccome non potevi farlo con me, lo stai facendo con lei».

Sullo schermo Madeline afferra il telefono, lo stacca dalla presa della corrente e lo lancia contro il capo, che si china per schivarlo. Manda in mille pezzi il vetro della cornice del suo diploma di laurea. Poi lei esce a passi pesanti dall'ufficio.

Madeline spegne la televisione con il telecomando e ricerca con lo sguardo l'approvazione di nostro padre. Lui respira. «Volevo che vedessi quello che so fare», gli dice a bassa voce.

«Credi davvero che stesse guardando?».

Maddy rovescia la testa all'indietro. «È possibile».

«Ma se non stava guardando neanche lo schermo. È rivolto in quella direzione, ma è steso sulla schiena e ha lo sguardo fisso sul soffitto».

«Vuoi stare zitta? Potrebbe sentirti». Maddy va verso la porta e resta lì, in attesa.

La raggiungo e insieme, come se stessimo per farci una scazzottata, usciamo in corridoio.

Maddy è la prima a colpire. «Solo perché è incoscicnte e tutti i suoi parametri vitali sono crollati, credi che...».

«I suoi parametri vitali sono crollati? Vuoi dire che potrebbe morire da un momento all'altro? Quando è successo?».

«Stasera». Si sposta i capelli all'indietro. «È per questo che sei qui, no? Non sei venuta a vedere la mia registrazione, poco ma sicuro». Ritorna dentro.

«Mi piace il tuo modo di recitare», dice Joe mentre Maddy stacca il televisore dalla presa della corrente e inizia a riavvolgere il filo.

Lei lo ignora. «Non ti hanno chiamato?».

«Probabilmente non sono riusciti a contattarci. I nostri telefoni erano staccati».

Maddy si riparcheggia sulla poltrona, stringendo i braccioli mentre si siede per appoggiarsi con delicatezza, immagino per non agitare il bambino.

«Posso parlare da sola con papà?».

«E come fai a parlargli», dice sarcasticamente, «se è incosciente?». Gli accarezza la mano. «Scusa, papà».

«Maddy, ho detto solo che non stava guardando la televisione, ma forse può sentire. Forse si sveglierà mentre gli parlo. Non si sa mai».

«E va bene, Eve, come vuoi tu». Si tira su, appoggiandosi di nuovo ai braccioli, ed esce tutta impettita.

Joe mi stringe la spalla. «Vado a cercare di mettermi in contatto con Georgia. A Parigi sono nove ore più avanti e ho visto un telefono in fondo al corridoio».

Perciò adesso ci siamo soltanto io, papà e la morte. Cerco di sentirne la presenza. La immagino che aleggia sul letto, un'ombra di mio padre, un'immagine in negativo finché, boom, non cade. Ma non sento niente. Ho sentito e ho letto di racconti di scene edificanti al capezzale dei moribondi, familiari che si tengono per mano intorno al letto, creando un'amaca di conforto che consente alla persona che sta morendo di lasciarsi andare, se vuole farlo, e anche questa è una cosa che non riesco a comprendere. La morte e la pace. Come si fa a sentirsi in pace se non si sente più niente? Quest'idea della pace che verrebbe con la morte è l'ennesima falsa consolazione per i vivi. No, in questa stanza non c'è niente di spirituale. Osservo attentamente mio padre, consapevole del fatto che, per la maggior parte della mia vita adulta, ho cercato di non farlo. Improvvisamente gli sono spuntati i baffi. Immagino che l'infermiera non sia riuscita a radergli i peli sotto il naso e li abbia lasciati lì. O forse si diverte a mettere i baffi ai moribondi nello stesso modo in cui i bambini disegnano baffi e barbe alle persone delle foto sui giornali.

«Papà?». Lancio la parola in aria. Mi sento ridicola, come se lanciassi una palla che nessuno può ricevere.

Faccio il giro del letto, producendo energia, cercando d'immaginare di essere Ifer la kasmiana, che crede negli spiriti e nella magia, in modo che ciò che faccio non mi sembri stupido. «Papà, se avevamo un rapporto così speciale, me lo devi».

Mi chino su di lui, la voce nel suo orecchio. Sto minimizzando la possibilità che le mie parole non abbiano nessun impatto, che scompaiano nel percorso verso il suo cervello com'è successo a quasi tutto ciò che gli ho detto nel corso degli anni. «Non ce l'ho con te». Mio Dio, che taccagneria. «Ti ho voluto bene, anche se...». No, niente spiegazioni. «Hai paura?». Sbatti le palpebre. Fai qualcosa. «Dammi un po' di consolazione, ti prego».

Vorrei saltare sul suo letto e scuoterlo. Aiutami, pazzo egoista. In passato mi hai dispensato pillole di saggezza. Hai condiviso con me delle intuizioni momentanee, anche se sono scomparse come lampi quasi nell'attimo stesso in cui si verificavano. Ed è su di esse che ho costruito un padre, le ho usate per giustificare una vita intera di devozione.

Lo guardo intensamente, cercando di estorcergli qualcosa, cercando di costringerlo a un ultimo atto di generosità. Non può essere troppo tardi.

* * *

Sono ormai diversi giorni che siamo qui tra alti e bassi. La pressione di mio padre ci prende in giro, facendoci continuamente degli scherzi. Scende moltissimo – «È una questione di minuti», annuncia l'infermiera – per poi risalire inspiegabilmente. Quando è bassa, il respiro di mio padre si fa affannoso, rauco e il suo petto si tende a ogni inspirazione, come se fosse schiacciato da un peso. Io e Madeline abbiamo dei posti prestabiliti, proprio come ce li avevamo a tavola quando eravamo piccole. Lei si siede sempre sul lato sinistro del letto, una mano appoggiata sulla pancia. Io mi siedo a destra. Siamo le uniche due persone abbastanza stupide da cercare di ottenere da un uomo privo di conoscenza la saggezza e il conforto che non siamo mai riuscite ad avere da lui quando era cosciente. Si potrebbe pensare che ciò crei un legame tra di noi. O che, di fronte alla morte, la nostra irritazione reciproca appaia insignificante. E invece parliamo solo quando è necessario, entrambe sconvolte dall'insensibilità dell'altra. Joe è l'unico ponte tra di noi: ci porta caffè e sandwich quando non lavora o non bada a Jesse. Siamo state qui abbastanza da avere opinioni sulle pietanze della caffetteria, da consigliare il tonno, che sto mangiando adesso, ed evitare l'insalata di pollo. Abbiamo questa competenza ma nessuno a cui trasmetterla.

Sento dei rumori insoliti in corridoio. Insoliti perché, pur non essendo forti, non sono contenuti. Quando torno a casa di sera, Joe mi fa notare che ho iniziato a parlare sussurrando. «La tua voce da ospedale», la definisce. Ma la conversazione animata e allegra che sto sentendo adesso si potrebbe benissimo stare svolgendo a una festa. Mi scambio una rara occhiata con Maddy e poi esco dalla stanza.

Un nugolo di infermiere – a dire il vero non sapevo che qui ne lavorassero così tante – chiacchierano rumorosamente mentre si spostano in gruppo, ciascuna con una rivista in mano. Le agitano, le leggono, se le stringono al petto.

Georgia emerge dalla folla. È arrivata in aereo direttamente da Parigi e, nonostante ciò, circondata da camici e tozze calzature bianche, sembra la rosa perfetta al centro del bouquet. Il suo completo di lino è solo leggermente stropicciato. Un doppio filo di perle, naturalmente lunghe. I capelli neri lucidi e in ordine. Un velo di rossetto rosso.

«Ecco qui». Pesca in una borsa di pelle e mi consegna il numero speciale del decimo anniversario di «Georgia». «Fresco di stampa».

In copertina, davanti a uno sfondo metallico scintillante, Georgia è seduta su una poltrona da ufficio high-tech. Ha esattamente la stessa posa del *Pensatore* di Rodin, solo che non è nuda, ma sfoggia un raffinatissimo tailleur nero. «Quello che indosso al lavoro, ma meglio». Georgia mi legge nel pensiero mentre si esamina da sopra alla mia spalla. Nella foto, proprio come *Il pensatore*, tiene il gomito appoggiato sul ginocchio e il mento al dorso della mano. Solo che, invece di avere un'aria pensosa, ci sta facendo l'occhiolino. «Volevo che dicesse: "Sono una persona seria, ma sapete cosa, sono anche simpatica"».

«Stai benissimo», le dico.

«Grazie». Mi dà un bacio su entrambe le guance, un'abitudine presa dopo meno di una settimana in Francia. «Come sta?».

«Potrebbe andarsene da un momento all'altro». Mi metto una mano davanti alla bocca così può sentirmi soltanto lei. «Non parlo con Maddy. Ci credi che ha mostrato a papà una registrazione della sua…».

«*Ssshhh*». Georgia sta guardando al di sopra della mia spalla. «Ciao, Madeline, cara». Bacia sulle guance anche lei. «Come sta il bambino?».

«Bene. Grazie per avermelo chiesto». Maddy mi lancia un'occhiata carica di astio.

«Stephen non è riuscito a venire», dice Georgia.

«Non fa niente», dico io. «Tanto non lo conosciamo».

«Non vedo l'ora di farvelo conoscere, ma è dovuto tornare dai suoi pazienti».

«Non c'è problema. State insieme solo da quattro anni».

Georgia scoppia a ridere, poi chiude la bocca in tutta fretta, assumendo un'aria malinconica. Prende me e Maddy sottobraccio e gira la faccia triste verso di me e verso di lei a turno.

«Posso avere il suo autografo?». Madeline si stacca per firmare, mentre l'infermiera passa la rivista e la penna a Georgia sotto il naso di Maddy.

«Che cos'è?», chiede Maddy.

«Il numero speciale per il decimo anniversario», le spiego.

Georgia appone una grande firma sopra la sua faccia ammiccante. «Adoro "Georgia"», le sta confidando l'infermiera. «Leggo sempre per prima cosa il suo messaggio: "Lettera della direttrice"».

«Anch'io», interviene un'altra.

«Sapete», dice Georgia, «abbiamo fatto un sondaggio tra le lettrici, perché volevamo che "Georgia" contenesse ciò che vi interessa davvero e abbiamo scoperto che il mio messaggio era la parte più apprezzata della rivista. Non è incredibile?».

Un'infermiera che sta tirando su con il naso fa girare una scatola di fazzoletti tra le colleghe. «Se leggete il suo messaggio di questo mese ve ne servirà uno», ci mette in guardia.

«Grazie, ne serve uno a me», dice Georgia, tirando fuori un fazzoletto. «Sto andando a trovare mio padre adesso».

Con Madeline che le fa strada, Georgia lascia il gruppo

di infermiere che stanno confrontando i suoi autografi e ammirando la sua foto, ed entra nella stanza di nostro padre. Io le seguo, sfogliando la mia copia della rivista. Sembra che si apra naturalmente sulla pagina della "Lettera della direttrice". Probabilmente Georgia lo ha fatto piegare apposta perché succeda.

Gira lentamente intorno al letto, osservandolo da tutte le angolazioni. «Oddio», sussurra, «dov'è? Non riesco neppure a trovarlo in questo corpo».

«So che vuoi dire». Maddy fa una smorfia.

Io inizio a leggere ad alta voce: «Questa è stata la sfida più difficile della mia vita: preparare il numero speciale per il nostro decimo anniversario mentre mio padre si stava spegnendo. Chiunque abbia perso un genitore sa quanto sia straziante assistere al declino della vita del proprio padre o della propria madre. Ogni giorno spariva un altro pezzetto del papà che amavo, ma per quanto fossi sconvolta ho tenuto duro...».

«Come hai osato scrivere queste cose», sibilo a Georgia. «Tu non hai assistito al declino della sua vita. Io sì».

«E anch'io», dice Maddy.

«A malapena».

«Non fare tanto la nobile, Eve. Questo ruolo ti piace troppo», dice Georgia.

«Ricade sempre su di me perché non ho nessun aiuto».

«Non sono assolutamente d'accordo», ribatte Maddy.

Ci attacchiamo a vicenda da un lato all'altro del letto: Georgia da una parte, io dall'altra, Madeline ai piedi. Ci lanciamo frecciatine sopra questo pezzo di carne morente che è mio padre. La sensazione è quella di essere a una strana riunione di famiglia. Il Ringraziamento, forse, e stiamo litigando davanti al tacchino.

«Lascia che ti rinfreschi la memoria», dice Georgia sussurrando. «Io mi sono occupata di lui durante tutti gli anni in cui tu non gli parlavi più».

«Non è vero. Lo ha fatto la tua assistente. Tra l'altro per te non era così difficile».

«Non è colpa mia».

«Non è neanche colpa di Eve», dice Maddy. «Papà prendeva di mira soprattutto lei».

«Lei lo voleva», dice Georgia.

«Non è vero». Abbandono ogni pretesa di calma. Questa cosa la devo negare a voce molto alta perché so che qualcosa di vero c'è. Non apprezzavo la maledizione della sua attenzione, ma ne ero lusingata anche quando me ne lamentavo. Essere la sua confidente e occuparmi di lui era un modo per spiccare, per essere nel mezzo senza venire schiacciata. Quel pazzo di mio padre era un trofeo in una competizione tra me, Georgia e Madeline. Forse io ero l'unica sorella che competeva davvero, forse ero l'unica abbastanza stupida e bisognosa di attenzioni per farlo.

In questo momento mio padre è scosso da un brivido e i suoi respiri affannosi s'interrompono. Tratteniamo tutte il fiato, una reazione empatica spontanea.

Un'infermiera fa capolino. «Scusate se v'interrompo, ma anche mio padre è morto e be', leggere questo mi aiuta molto».

«Credo che sia meglio che lei controlli mio padre», le dico con irritazione.

Mentre si avvicina al letto, mio padre è scosso da un altro respiro convulso, abbiamo tutte un sussulto e poi le coperte ricominciano a salire e scendere in modo regolare.

L'infermiera gli sente il polso. Un occhio è chiuso e lei gli solleva la palpebra, ci punta dentro una luce e poi lascia ricadere la palpebra come la serranda di un negozio.

«Riesce a sentire quello che diciamo?», chiede Georgia.

«Probabilmente no», risponde l'infermiera. «Non credo che gli resti granché in testa».

«Si sbaglia», dice Maddy.

Tre ore dopo non ci sono stati altri incidenti. Joe è passato e se n'è andato di nuovo per preparare la cena a Jesse. Mi restituisce la copia di «Georgia», che ha sfogliato, e io la lascio cadere nel cestino della carta straccia. Georgia finge di non notarlo. Ha preso in prestito una terza sedia da una stanza vuota e sta seduta con i piedi appoggiati sul bordo del letto. Visto che abbiamo litigato nessuna di noi dice niente. Mio padre sta esalando i suoi ultimi respiri in una stanza piena di figlie arrabbiate. Gli sta bene.

«A chi assomiglia papà?», chiede Georgia all'improvviso.

Non resisto. «A Richard Nixon».

«Un tempo sì, ma adesso non più. Ha i capelli pettinati con una riga in mezzo perfetta e sono bianchi. Non ha davvero più nessun colore, eh?».

«E che ne dite di quegli strani baffi?», dice Maddy, accarezzandosi la pancia in modo indolente.

«So a chi assomiglia... a quello che scriveva romanzi polizieschi. Come si chiama? Stava con Lillian Hellman. Oddio, un altro nome che va a farsi benedire».

«Dashiell Hammett?», dice Georgia.

«Giusto». Mi metto dritta, tirandomi la blusa per sistemarla, un debole tentativo di darmi un contegno. «Io e Adrienne ci siamo torturate per settimane cercando di ricordarci come si chiama quest'attrice bionda e bassa degli anni Cinquanta... o forse Quaranta, non ne sono sicura».

«Donna Reed?», dice Georgia.

«No».

«È l'attrice che fa la parte di quella che diventa una scrittrice famosa di romanzetti da quattro soldi nel film sulle due amiche? Come s'intitola quel film?», dice Georgia.

«Non *Due amiche*, ma qualcosa del genere. Mi pare che si chiami Millicent… o forse è così che si chiama nel film».

«Ma è lo stesso film in cui l'altra amica è una scrittrice seria?», chiedo.

«Sì».

«Non è lei».

«Jill Clayburgh», dice Maddy. «Non è degli anni Cinquanta?».

«Non direi proprio. E non c'entra niente con la descrizione fisica che ho fatto».

«Oh».

«Credo che il nome di questa inizi con la *l*».

«Un'attrice bionda bassa…», riflette Georgia.

«Faceva sempre la rammollita ed era piuttosto robusta». Ci guardiamo a vicenda mentre i nostri cervelli sperimentano un guasto simultaneo dell'hard-disk.

Io unisco le mani e le tendo sopra la testa. «Oh, ti prego, dimmi questo nome e restituiscimi la pace».

«June Allyson».

Guardo Georgia e Madeline. «Cosa?».

«Io non ho detto niente», dice Georgia.

«Neanch'io», dice Maddy.

«E allora chi l'ha detto? Papà?». Scatto in piedi. «Papà!». Incombo sul suo letto, sconvolta. «Papà, lo hai detto tu, vero? Hai detto "June Allyson"».

«Chi è June Allyson?», chiede Maddy.

«Papà? Infermiera, infermiera!». Sto urlando.

Georgia esce di corsa dalla stanza. «Abbiamo bisogno di un'infermiera», urla. «Adesso».

L'infermiera entra correndo insieme a lei. «Si sta riprendendo, lo giuro, si sta riprendendo». Maddy mi stringe la mano.

«Signor Mozell», gli grida l'infermiera all'orecchio.

«Ha appena detto "June Allyson"», spiego io. «Oh, grazie, papà. Grazie. *È* June Allyson».

«Non inizia con la *l*», mi fa notare Maddy.

«Lo so, ma quasi. E comunque è lei. È in tutti quei film dove il protagonista maschile muore in un incidente aereo e c'è questa scena in cui lei non sa che lui è morto e...».

Georgia mi stringe il braccio. L'infermiera sta controllando il polso di mio padre. S'infila lo stetoscopio nelle orecchie e gli ausculta il cuore. Si sfila lo stetoscopio.

Restiamo immobili, aspettando che ci dica quello che sappiamo.

In corridoio, in lontananza, sento un telefono. Squilla, squilla e squilla. Perché qualcuno non alza la cornetta, perché qualcuno non risponde? Guardo Georgia e Madeline. «Il telefono. Nessuno risponde al telefono».

Georgia mi abbraccia. Maddy appoggia la testa sulla mia spalla. Adesso ho gli occhi pieni di lacrime. «Non sarà mai più lui».

«Questa sarà una consolazione», dice Georgia. Sta piangendo anche lei.

* * *

Sono le undici passate, Joe e Jesse sono andati a dormire, ma io e le mie sorelle siamo ancora in piedi, stravaccate in soggiorno. Io sono stesa a terra supina, forse in una specie di imitazione più o meno inconscia di un morto. Georgia è allungata sul divano, il braccio sulla fronte in una classica posa da donzella in difficoltà, solo che lei non è mai in difficoltà, solo su di giri. Maddy è seduta tutta scomposta su una poltrona, un contenitore del takeaway cinese appoggiato sulla pancia. È una bella sensazione essere troppo stanche per parlare molto e, tra l'altro, non voglio che questa serata finisca. Quando ci ritroveremo di nuovo tutte insieme? Continueremo a comunicare così spesso al telefono, adesso che non condividiamo più nessun fardello?

«Perché il tuo rossetto non si toglie?», chiedo a Georgia.

«È di una marca speciale. Te lo manderò, solo non rosso». Solleva la testa per osservarmi. «Credo che per te sia meglio prugna». Riappoggia la testa sul divano.

«Secondo voi dov'è papà adesso?».

«In un frigorifero», risponde Maddy. «All'obitorio, in un frigorifero gigantesco». Si soffia il naso con un tovagliolino di carta. «Il mio bambino non avrà mai un nonno».

«Stephen dice questa cosa a proposito di quando si perde un padre...».

La interrompo. «Non vogliamo sentire quello che pensa Stephen, visto che non lo conosciamo».

«No, ascoltate». Georgia si tira su. Le ci vuole un attimo prima di scrollarsi di dosso la sensazione di vertigine dovuta al passaggio repentino a una posizione verticale; poi si lancia nella sua dissertazione. «Stephen dice che dopo la morte di tuo padre non c'è più speranza. Ora è scolpito nella pietra: nel bene e nel male, quello è il padre che abbiamo avuto».

«Be', cos'è più triste? La persona che era o la persona che non era?».

«Il mio bambino non avrà mai un nonno», geme di nuovo Maddy, che adesso sta pescando nel contenitore del takeaway e tira fuori una costoletta fredda. La contempla tristemente.

«Era come se lui fosse una casa e quando entravi in soggiorno a volte trovavi quello che teoricamente dovrebbe essere in soggiorno e a volte trovavi quello che dovrebbe essere in cucina. E quando entravi in camera da letto...».

«No», dice Georgia, «in camera da letto non ci entravi mai».

«Ma è sempre stato strano?».

«Chissà?», dice Maddy.

«"Puoi essere sposato con uno che non ami, ma non con uno che non ti piace". Me lo disse papà dopo che avevo rotto con quell'orrido Philip».

«Sai», dice Georgia, «anche se non hai nessun talento come fotografo, se scatti un milione di fotografie, una verrà benissimo per forza».

«Immagino di sì».

Georgia si toglie gli orecchini, riservando a ciascuno uno sguardo tenero prima di appoggiarli sul tavolino. «Me li ha regalati Stephen».

«Spero che sarà un bravo zio», dice Maddy.

«E comunque», riprende Georgia, «papà si sbagliava. Esistono un sacco di coppie senza amore. L'odio non crea un legame altrettanto forte?».

«Forse sì, ma io credo che avesse ragione. Voleva dire che puoi essere felice senza amore se ti piace davvero la persona con cui stai. E comunque, santo cielo, questo non è un mio problema: io amo Joe e mi piace anche».

«E allora perché t'interessa?», chiede Georgia.

«Perché è...». La guardo confusa.

«Un momento di lucidità», suggerisce lei.

«Sì. E di dolcezza».

«Pensate che una di noi dovrebbe dirlo a mamma?», chiede Maddy, dirigendo a casaccio un'orchestra con l'osso della costoletta.

«Vuoi dire se pensiamo che tu debba dirlo a mamma?», le chiedo. «Gliene importa qualcosa?».

«Probabilmente no», risponde Maddy. «Ma mi sembra quantomeno corretto che, se tuo padre muore, tua madre ne venga informata».

Georgia scoppia a ridere. «Casomai stesse pensando di

tornarci insieme. E allora perché non dirlo anche a Claire, dovunque lei sia?».

Adesso mi metto seduta anch'io, stringendomi le gambe al petto per non sentire il freddo. Riesco quasi a sentire la sua voce: «Ehi, Evie. Ehi, ecco la mia Evie». Mi manca. Mi manca davvero. Odio pensare che sia in un frigorifero. L'ho visto nei film, quando infilano e tirano fuori i corpi adagiati su quei grandi vassoi. «Pensate che abbia un cartellino attaccato al dito del piede?».

«No», risponde Georgia, «non usano cartellini. O forse sì». Sorride. «Questa potrebbe essere una cosa che non so».

Madeline ributta la costoletta nel contenitore e si guarda intorno con un'espressione cupa. «E comunque, dov'è il proiettile?».

«Non lo so. Credo che sia ancora in camera sua alla casa di riposo. Sono sicura che è lì».

«Lo voglio io», dice Georgia.

«Be', anch'io».

«Lo voglio anch'io», dice Maddy. «Me ne sono ricordata io».

Georgia si alza, spolverandosi la gonna e tirandola giù. «Tireremo a sorte, va bene?».

Si lancia in direzione della cucina. La sentiamo aprire cassetti e armadietti, alla ricerca di qualcosa. Maddy si porta un dito alla tempia e lo gira per farmi capire che è una svitata. Io ridacchio. Siamo di nuovo bambine.

«Dov'è la scopa?», strilla Georgia.

«Per farci cosa?».

«Per i fili di saggina. Lascia stare, userò gli stuzzicadenti».

Ricompare, tutta allegra. «Forza, venite. Chi prende quello più corto vince». E ce li offre.

Finito di stampare
nel mese di giugno 2019
presso Print on web s.r.l.
Via Napoli, 85 – 03036 Isola del Liri (FR)
per conto di
Fazi Editore